War Mage

워메이지

김재한 퓨전 판타지 소설
FUSION FANTASY STORY

위메이지 5

김재한 퓨전 판타지 소설

초판 1쇄 찍은 날 § 2009년 10월 30일
초판 1쇄 펴낸 날 § 2009년 11월 5일

지은이 § 김재한
펴낸이 § 서경석

편집장 § 문혜영
편집책임 § 서지현
편집 § 주소영

펴낸곳 § 도서출판 청어람
등록번호 § 제1081-1-89호
등록일자 § 1999. 5. 31
어람번호 § 제1-1085호

주소 § 경기도 부천시 원미구 심곡2동 163-2 서경B/D 3F (우) 420-822
전화 § 032-656-4452 팩스 § 032-656-4453
http://www.chungeoram.com
E-mail § eoram99@chollian.net

ISBN 978-89-251-1977-9 04810
ISBN 978-89-251-1897-0 (세트)

FUSION FANTAST STORY

War Mage

워메이지　김재한 퓨전 판타지 소설

5

현세강습

Contents

Chapter 15

우화등선(羽化登仙)

쏴아아아아…….

먼 곳에서 보면 그건 마치 할리우드의 애니메이션 스튜디오에서 만들어낸 작품 같았다. 폭풍우가 몰아치며 비가 세상을 부술 듯이 몰아치는 가운데, 거대한 해일이 항구도시를 덮쳐 박살 내는 광경.

그렇게 스페인을 대표하는 도시인 바르셀로나는 파멸했다.

키에에에에에에……!

먼 곳에서, 현실에 존재할 리 없는 신화 속의 마수가 울부

짖는 소리가 들려왔다. 도시를 휩쓰는 해일 너머에 둥글고 거대한 몸체와 그로부터 뻗어 나온 여덟 개의 구불거리는 다리를 가진 존재가 눈을 빛내고 있었다. 심해의 문어를 수만 배로 확대시켜 놓은 듯한 형상. 크라켄이라고 명명된 재해 급 대요괴는 장장 60미터에 이르는 몸을 일으켜 세운 채 자신이 파멸시킨 도시를 굽어보았다.

"빌어먹을 놈."

그것을 먼 곳에서 지켜보는 눈이 있었다.

미친 듯이 요동치는 하늘 위에서 크라켄의 모습을 굽어보는 것은 얼굴의 왼쪽을 가면으로 가린 사내였다. 가면 사이로 드러난 왼쪽 눈동자는 붉은색을, 그리고 오른쪽 눈동자는 녹색을 띤 중년의 남자는 짙은 갈색 머리칼을 휘날리며 말했다.

"공격 개시."

그의 의념이 공간을 타고 먼 곳으로 흘러들어 갔다. 동시에 하늘 저편으로부터 무시무시한 기운이 퍼져 나갔다.

자신이 장악하는 영역 바깥에서부터 전달되는 파장에 크라켄이 고개를 들었다. 순간적인 위기의식이 번뜩이며 겹겹이 물의 장벽을 세운다. 그 모든 것이 1초도 안 되는 순간에 이루어졌다. 그러나,

쩌광!

그것보다도 더 빠른 속도로 섬광이 작렬했다.

콰아아아아아!

소리가 울렸을 때는 이미 섬광이 크라켄의 몸통을 정통으로 꿰뚫은 뒤였다.

마하 10을 넘는 속도로 쏘아진 마탄(魔彈)의 궤적을 따라 사방으로 충격파가 퍼져 나간다. 마탄이 강타한 크라켄의 뒤쪽의 해면으로부터 커다란 물보라가 일어나 크라켄의 몸을 넘어뜨렸다.

그 위로 하늘에 구멍이 뻥 뚫리면서 햇살이 쏟아졌다. 그리고 그 위쪽, 까마득한 고도에 떠 있는 거대한 섬의 모습이 드러났다. 지름이 1.3킬로미터에 달하는 그 섬은 아래쪽을 향해 거대한 포신을 드러낸 채 빛을 발하고 있었다.

"흥. 재해 급 아크다이몬이라고 기고만장해서는. 이쪽도 전력을 다 드러내면 네놈 하나 잡는 게 별일일 것 같으냐?"

가면의 남자가 코웃음을 쳤다.

한국의 육도가 허공도 신운을 중추로 삼고 있는 것과 마찬가지로 스페인의 데스트레자 역시 올림포스의 파편으로 알려진 허공도를 중추로 삼고 있었다. 평소에는 고도 2만 7천 미터에 위치하는 이 허공도에는 마법과 과학이 결집된 결전병기들이 장착되어 있었고 방금 전의 레일건 역시 그 일부였다.

쓰러지던 크라켄이 몸을 바로잡았다. 도시를 휩쓸 것 같은 엄청난 규모의 염동력이 그 몸을 통제하고, 레일건에 의해 꿰뚫린 상처가 빠르게 재생되기 시작한다.

— 역시 재생력은 가공할 수준이군.

— 영체 레벨에서의 타격은 미미한 것으로 판정. 곧바로 회복한다.

— 제2격 즉시 준비. 10초 안에 발사 가능.

가면의 남자에게 정신파로 목소리가 전해졌다. 허공도에서 무기들을 컨트롤하고 있는 장로 중 한 사람이었다. 가면의 남자가 코웃음을 쳤다.

"그렇군. 제법이야."

그토록 많은 저주와 마력을 담아 레일건으로 쏘아낸 마탄을 맞고도 저렇게 빠르게 재생하다니, 역시 재해 급이라 불리는 존재답다. 항공모함도 일격에 완파시킬 수 있는 위력이거늘.

가면의 남자가 눈을 빛냈다. 가면 속의 붉은 눈동자가 빛을 발하자 허공도에서 제2격이 쏘아졌다.

콰콰콰콰콰콰!

그러나 이번에는 크라켄도 마력이 집결되는 기미를 파악하고 미리 대처했다. 해일이 겹겹이 일어나 그 모습을 감추며, 동시에 그 장대한 물결을 따라서 공간이 왜곡되었다. 쏘아지는 순간 목표를 관통하는 레일건도 그 거대한 방어에 휩쓸려 목표를 잃었다.

동시에 가면의 남자가 새로운 명령을 내렸다.

"다차원 감응 결계 발동."

기기기기기깅!

공간이 뒤흔들리며 섬광이 주변을 어지럽게 수놓았다. 공간이 일그러지면서 반경 수백 미터에 걸쳐 다차원 감응 결계가 구축되었다. 데스트레자에서 쏘아 올린 위성으로부터 쏟아지는 에너지로 구현되는 이 결계는 적어도 몇 시간 정도는 크라켄의 움직임을 막아줄 것이다.

이쯤 되면 한숨 돌렸다고 생각할 수도 있겠지만 그렇지도 않았다. 바르셀로나는 이미 해일에 휩쓸려 박살났고, 크라켄은 본체의 운신이 제약될 뿐 권능을 휘두르는 데는 문제가 없었다. 더 피해가 커지기 전에 이놈을 여기서 그로기 상태로 몰아넣은 뒤 봉인해야 한다.

"도시 쪽 피해 상황은… 뭐 물을 것도 없겠군."

가면의 남자가 투덜거렸다. 사실 물을 것도 없이 도시가 완전 파탄 상태라는 것만은 알겠다. 높이 200미터짜리 해일이 덮쳤으니 아무리 대도시라고 해도 버텨낼 재간이 없다. 게다가 바르셀로나는 드넓은 해안평야에 세워진 도시다 보니 그러한 재난에 더더욱 취약했다.

그래도 다행인 것은 성녀 덕분에 미리 해일을 예고하여 주민들 대부분을 대피시켰다는 것이다. 지난 사흘간 바르셀로

나는 피난객으로 아비규환의 상황이 벌어지긴 했지만 그래도 대부분의 인구를 피난시킬 수 있었다.

사실 그렇게 유령도시가 된 바르셀로나를, 데스트레자는 완벽하게 지켜낼 생각이었다. 아무리 재해 급 아크다이몬이라고 할지라도 이쪽이 사흘간이나 준비를 할 수 있다면, 그리고 보는 눈을 걱정할 필요 없이 전력을 집중할 수 있다면 출현과 동시에 격퇴해서 해일조차 일으키지 못하게 하는 것도 가능하다. 그렇게 판단했었다.

'분명히 이놈들을 지원하는 거대 조직이 있어.'

가면의 남자는 이를 드러내며 으르렁거렸다.

어째서 성녀가 바르셀로나의 파멸을 절대 막을 수 없다고 예지했는지, 데스트레자는 절실하게 느끼게 되었다. 설마 크라켄이 태동하기도 전에 수십이나 되는 요괴의 군단이 바르셀로나와 데스트레자의 전투 병력 대기 포인트를 노리고 급습해올 것이라고 누가 상상이나 했겠는가?

성녀의 예지에도 잡히지 않은, 그야말로 허를 찌르는 공격에 데스트레자가 당황하는 사이 크라켄은 유유히 모습을 드러내서 해일을 일으켰다. 그리고 높이 수백 미터의 해일이 바르셀로나를 휩쓸어 버렸다.

"젠장! 건방진 놈! 감히 주제도 모르고 내가 전심전력으로 지켜온 세계를 엉망으로 만들다니, 영겁의 고통이 뭔지 알려주겠다!"

가면의 남자가 노호성을 토했다. 그의 뒤쪽으로 언뜻 거대한 새의 그림자가 떠올랐다 사라졌다. 적색과 녹색의 오드아이가 각기 다른 빛을 발하며 주변에 무수한 마법진들이 떠올라서 겹쳐지는 가운데, 데스트레자의 전력이 대괴수 크라켄을 향해 작렬하기 시작했다.

*　　　*　　　*

신우는 긴장한 표정으로 눈앞의 인물을 바라보고 있었다. 그 인물이 약간 어색한 동작으로 숟가락을 들어서 된장국을 한술 떠서 입에 가져가는 것을 한순간도 놓치지 않을 듯이 응시한다. 잠시 후, 그 인물이 된장국을 한술 뜨고 젓가락을 들자 조심스럽게 물었다.

"…맛이 어때요?"

"맛있어. 제대로 된 가정요리는 처음이군. 생각해 보니 한국에서는 백반요리도 거의 먹어본 적이 없어. 꽤 신선해."

약간 횡설수설하는 말투로 감상을 늘어놓은 것은 세계 7대세력 중 하나, 데스트레자의 마이스터였던 여자 아일라 스카우드였다. 여전히 표정 변화가 적은 그녀는 진지한 얼굴로 신우가 만든 된장국에 대해 이야기하고 있었다.

그 옆에서 유현이 비아냥거렸다.

"누가 보면 무슨 요리사 시험 치는 줄 알겠다."

"아하하. 왠지 긴장되어서요."

"뭘 먹어도 편의점 음식만 매일 먹는 것보다는 낫지. 젊은 여자가 매일 편의점 김밥에 라면만 줄창 먹고살다니 궁상스러워서 원."

"한국 편의점 음식, 제법 맛있어. 다양해서 찾아먹는 재미가 있는데. 삼각김밥도 좋지만 도시락도 각 편의점마다 다른 특색이 있어서 먹어도 먹어도 질리지 않지."

"그런 문제가 아니라고 보는데……."

한국에 체류하는 동안 완전히 편의점 마니아가 되어버린 아일라의 진지한 대답에 유현은 쓴웃음을 지었다.

어쨌든 오늘 저녁 식사 자리에는 긴장감이 감돌고 있었다. 유현이 그 이전까지는 적대적으로 들던 아일라를 느닷없이 초대했기 때문이다. 유현과 아일라는 태연했지만 상상도 하지 못했던 국면을 맞이한 신우와 한얼은 엄청나게 긴장하고 있었다.

'도대체 경주에서 무슨 일이 있었던 거지?'

신우는 유현의 눈치를 살피면서 생각했다.

유현은 경주에서 돌아온 이후로 조용히 지내고 있었다. 표면적으로 보이는 생활에는 아무런 변화가 없었다. 매일같이 정보를 수집하고, 신우를 수련시키고, 밤중에 안산 시내를 돌면서 문제가 생겼을 경우 개입해서 해결한다.

하지만 항상 그의 눈치를 살펴온 신우는 그가 이상해졌다고 느끼고 있었다. 이상할 정도로 말수가 없어지고 생각에 잠겨 있는 적이 많아졌다.

거기까지는 새로운 힘을 얻었으니 그렇다고 이해할 수도 있었지만, 아일라에 대한 태도가 완전히 변한 것은 도무지 뭐가 원인인지 알 수가 없다.

그러는 동안 아일라는 밥과 국을 깨끗이 비우고 자리에서 일어났다.

"잘 먹었어."

"바로 돌아가려고?"

"응. 아무래도 나 때문에 두 사람이 불편해하는 것 같으니 오늘은 이만 돌아가지."

아일라는 두 사람에게 살짝 고개를 숙여 보인 다음 거실에서 나갔다. 유현이 그녀를 현관까지 배웅해 준 다음 돌아오자 신우가 물었다.

"저기, 사부님."

"왜?"

"도대체… 무슨 일이 있었던 건가요?"

"별일은 없었어. 그냥 앞으로 그녀를 내 아군으로 취급하기로 한 것뿐이야. 너도 일단 그렇게 알고 있어라."

"…얼마 전까지는 친하게 굴면 죽여 버린다고 하셨던 분이 할 이야기가 아닌 것 같은데요?"

"그땐 그때고 지금은 지금이지. 잘 알아둬라. 어제의 적이 오늘의 아군일 수도 있고, 오늘의 아군이 내일은 적일 수도 있다. 하지만 적어도 적아가 분명한 그 순간 동안에는 그에 걸맞은 태도를 취하는 게 좋아."

신우에게 대답한 유현은 식탁 옆에서 음료수를 홀짝거리고 있던 난슬의 머리를 한번 쓰다듬어 주고는 자신의 방으로 들어가 버렸다. 신우는 빈 그릇들을 치우며 한숨을 쉬었다.

"아, 진짜 모르겠다. 적아가 하루아침에 바뀌니 뭐니 해도 뭔가 원인은 있을 텐데 그걸 가르쳐 주질 않으시니."

"그건 아마… 아직 도련님이 알아서 좋을 내용이 아니라 그럴 겁니다."

묵묵히 설거지를 시작한 한얼이 대꾸했다. 신우의 눈길이 자신에게 향하자 그가 말을 이었다.

"도련님이 알아서 감당될 일이 아니기 때문에, 혹은 아직까지는 말하고 싶지 않은 내용이기 때문에 대답을 안 해주는 거겠죠. 일단은 마음속에 묻어두세요."

"그래야 하려나."

신우는 입맛을 다시면서 설거지를 돕기 시작했다.

저녁 식사를 마쳤으니 느긋하게 풀어지고 싶지만 꾸물거리고 있을 시간이 없다. 그에게는 오늘 밤에도 유현을 따라서 안산 시내를 돌면서 '실전 훈련'을 하는 스케줄이 기다리고 있었으니까.

그날 밤, 유현은 언제나처럼 안산 시내를 돌면서 문젯거리를 찾아냈다. 요괴가 발생한 지점 주변을 결계로 둘러치고 신우에게 싸울 것을 명한 다음 멀리서 지켜보고 있었다.

신우의 실력도 요즘 들어 확실하게 성장해서 잡스러운 요괴 정도는 쉽게 상대했다. 물론 그 '쉽다'는 기준이 유현의 그것과는 많이 달라서 여전히 꼴사나운 모습을 많이 보이는 게 문제였지만…….

채채채채챙!

검광이 번뜩이며 날카로운 파찰음이 연달아 울려 퍼졌다. 신우와 요괴가 서로 마주한 채 엄청난 속도로 검을 뿌려대고 있었다.

신우는 시체에 원령이 씌어서 탄생한, 검을 주로 쓰는 무사 요괴와 제대로 맞서고 있었다. 이 정도면 그동안 투자한 보람이 있다고 할 수 있겠다.

요괴는 시체의 뼈에 요력을 씌워 만들어낸 요검으로 신우를 공격하고 있었다. 신우보다 덩치도 훨씬 크고, 육체적인 능력도 우위에 있는 요괴다. 하지만 신우는 항상 자신보다 강력한 상대와 훈련해 온 경험을 십분 활용해서 상대를 궁지에 몰아넣어 갔다.

"하앗!"

기합성과 함께 염동력이 폭발했다. 순간 강렬한 충격파가 요괴를 후려쳐 그 몸을 뒤로 날려 버린다.

균형을 잃은 요괴를 향해 신우가 따라서 뛰어들었다. 요괴가 검격을 날려왔지만 자세가 흐트러져 있었다. 신우가 마력을 부여한 검이 파르스름한 빛을 흘리며 뼈로 만든 요검을 흘려내고 그 주인의 목을 꿰뚫었다.

콰각!

요괴의 목이 몸통으로부터 분리되었다.

하지만 신우는 방심하지 않고 요괴로부터 검을 뽑아내며 뒤로 물러났다. 인간이라면 이걸로 끝났겠지만 상대는 요괴다. 아무리 잡스러운 요괴라고 하더라도 쉽게 끝나지 않는다.

과연 요괴가 흐느적거리며 몸을 일으켰다. 나름 마력을 실은 검으로 급소를 후려쳤는데도 아직 여력이 남아 있는 것 같다. 신우는 긴장한 기색으로 다시 요괴와 맞붙었다.

유현은 그 광경을 지루한 표정으로 지켜보며 상념에 잠겨 있었다. 그의 뇌리에 환몽여제 김지아의 목소리가 메아리쳤다.

"이 세계가 이미 파멸해 있기 때문이야."

지루하게 이어지는 신우와 요괴의 싸움을 보던 유현의 의식이 그녀와 마주했던 때로 되돌아갔다.

세계의 진실이라는 것을 그녀가 이야기했을 때, 유현은 잠시 동안 당혹감으로 아무 말도 할 수 없었다. 우리가 살아가고 있는 세계, 수십억 년 전에 탄생했고 아직도 그만큼은 더 이어져 갈 거라고 생각하는 세계가 사실 오래전에 파멸했다는 이야기를 들었으니 그럴 수밖에.

인류는 항상 자신들의 멸망을 이야깃거리로 삼는다. 그것은 갑작스러운 재앙에 의해서이기도 하고, 그들 자신이 만들어낸 어리석은 무언가에 의해서이기도 하다.

그런데 그런 멸망의 이유가 나타날 것도 없이, 이 세계 자체가 파멸한 것을 억지로 유지시켜 온 것이라니?

김지아는 유현의 놀란 표정이 흡족하다는 듯 짙은 미소를 지으며 말을 이었다.

"어때? 이제 좀 우리 쪽 제안에 흥미가 생기나?"

"확실히… 놀라운 이야기야. 하지만 그쪽에서 내 힘을 필요로 하는 이유는 뭐지? 내 능력의 희소성 때문인가?"

유현은 눈살을 찌푸리며 묻자 김지아가 고개를 끄덕였다.

"그렇다고 할 수 있지. 너는 신격을 가진 존재가 아니면서도 신격을 가진 존재를 멸할 수 있는 유일무이한 능력자다. 그리고 능력의 규모가 지금까지 보여준 것보다 훨씬 크지. 아마 제대로 된 지원을 받는다면 네가 구현하는 능력의 규모는 우리를 능가하지 않을까?"

"글쎄."

유현은 그 말에는 대답하지 않았다. 섣불리 대답해서 상대에게 정보를 넘겨줄 이유는 없었으니까.

하지만 그 말이 맞다는 것은 인정한다. 하늘의 왼손에 이어 땅의 오른손까지 손에 넣은 시점에서, 유현이 발현할 수 있는 힘의 크기는 월등히 커졌다. 앞으로 좀 더 연구하고 단련하기만 한다면 유현의 전력은 이전과는 비교할 수 없게 될 것이다.

김지아는 그런 태도를 예측했다는 듯 더 캐묻지 않고 말을 이었다.

"아까 하던 이야기를 계속하지."

"세계가 파멸해 있고 당신들이 그걸 어떻게든 누덕누덕 기워서 현상 유지를 하고 있다, 그 이상 할 이야기가 또 있는 건가?"

"그건 전체적인 이야기고, 이제 구체적인 이야기를 하려는 거지. 우리들은 너에게 진실의 대부분을 들려주기로 결정했거든. 물론 어디 가서 흘리진 않았으면 해."

"나도 그런 이야길 할 마음은 없지만… 사람을 그렇게 쉽게 믿고 기밀을 털어놓는다니 당신들답지 않군."

"그만큼 너를 인정하고 있다고 생각해 주면 좋겠군."

"생전 처음 받아보는 과대평가야."

"뭐 그런 이야기는 일단 접어두고, 나머지 이야기를 계속하지. 이 별에는 성흔(星痕)이라고 불리는 포인트가 있어. 흔히 말하는 용혈과도 비슷하지만, 문제는 그것이 별에 새겨진 상처라는 거야. 그 상처는 사람이라면 죽음에 이를 수밖에 없는 치명상이라서, 치료하는 것은 불가능하지만 어떻게든 완전히 벌어지는 것을 막아놓은 상태야."

"그게 바로 세계가 파멸했다는 이야기의 근거인가?"

"그래. 육도의 천상 계급이 왜 좀처럼 본거지를 떠나지 못하는지 생각해 본 적 없었나?"

"그건 의아하게 생각하긴 했지만, 당신들은 워낙 비밀주의라서."

"하긴 그렇군. 어쨌든 우리는, 그리고 우리뿐만 아니라 활동이 왕성한 축으로는 세계 7대세력이, 그리고 잘 드러나지 않은 몇몇 비밀결사에서… 이 성흔을 누더기처럼 기워서 이 세계를 지키고 있는 거야. 즉, 천상 계급의 힘이 부족하다는 것은 세계의 파멸로 이어질 수 있다."

세계 7대세력이라고 불리는 조직의 정점에 군림하는 자들은 모두 불사천존 이무준과 같은 존재들이었다. 인간의 거죽을 썼지만 인간도 아니고 인간의 한계 따위 진작에 초월한 그런 존재들.

전설대로라면 이미 천상에 올랐어야 할 그들이 이 더러운 지상에 남아 있는 이유는 이미 이 세계가 더 이상 버틸 수 없는 수준까지 와 있기 때문이다. 이들 일곱 존재가 세계 각지의 성흔이라고 불리는 포인트를 잡고 안정화시키지 않으면, 그 에너지는 거침없이 폭주해서 별을 뒤흔들고 그 위에 존재하는 모든 생명을 남김없이 소멸시키고 말 것이다.

즉, 그들은 인간의 인식을 속여가며 문명사회를 지키는 것만이 아니라 지구 전체, 정확히는 모든 생명이 존립할 수 있도록 지키고 있었다. 어리석은 자들은 육도가 자기들 위에 군림하는 것을 못마땅하게 여기고 세력 판도를 엎고자 하지만 그렇게 할 경우에 기다리고 있는 것은 인류의 파멸이다!

"정말… 어처구니없는 이야기군."

이건 이야기의 스케일이 달라도 너무 다르다.

이 '진실' 앞에서는 연옥의 부조리니 개인의 절망이니 하는 것은 도저히 명함도 내밀 수 없을 것이다. 육도를 비롯한 연옥이 이런 이유로 존립하고 있었다면, 무수한 희생자를 배출해 오면서도 철혈의 의지로 그것을 유지하고자 한 뜻이 이해가 간다. 그들 입장에서는 개개인의 존엄성보다도 세계를 지키는 게 중요할 테니까.

그것은 어떻게 보면 숭고하기까지 한 대의였지만… 물론 그것은 가장 높은 곳에 서서 세계를 유지하는 자들이기에 말할 수 있는 것이다. 그 아래쪽에서 진실도 모르는 채 희생되는 자들이 그런 이유를 들이댄다 한들 납득할 수 있을 리가 없다.

세계 평화를 위해서니까 너희들이 좀 희생해라. 괴로워도 힘들어도 어쩔 수 없지 않겠냐?

그런 소리를 듣고 '어이쿠, 그렇군요. 그런 숭고한 뜻을 모르고 이 빌어먹을 세상이니 뭐니 불평불만을 늘어놓던 저희가 잘못했습니다. 앞으로 닥치고 희생하겠습니다' 라고 말할 정신 나간 놈이 어디 있겠는가? 모든 사정을 알고 자신이 자원해서 희생하겠다고 나선 것이라면 모를까, 연옥의 모든 인간들은 아무것도 모르는 채 인생을 강탈당한 피해자들이다.

"오늘 들려줄 이야기는 이 정도로 해두지. 아직도 네가 모르는 이야기는 많지만 그건 앞으로 차차 이야기하기로 하고. 우리의 제안, 좀 더 생각해 봐줬으면 좋겠군."

"분명히 거절하겠다고 말했을 텐데?"

"알아. 다만 우리가 쉽게 포기하지 않을 거라고 말하는 것뿐. 그리고 넌 어차피 이 운명의 격류에서 자유로울 수 없을 거야, 진유현."

김지아는 불길한 예언 같은 말을 속삭이고는 일어나서 그 자리를 떠났다.

유현은 떠나는 그녀의 뒷모습을 보면서 오랫동안 생각에 잠겨 있었다. 아일라가 의아해하며 들어올 때까지 아주 오랫동안.

콰쾅!

폭음이 울려 퍼지며 공기가 요동쳤다. 유현은 그제야 상념에서 깨어나 소리의 진원지를 바라보았다.

박살이 난 요괴가 쓰러져 있고, 그 위에서 신우가 숨을 헐떡거리고 있었다. 부상은 가벼운 생채기 정도였지만 꽤나 많은 기력을 소모한 듯했다.

"흠. 오늘은 그럭저럭 잘했어."

유현은 신우에게 다가가며 말했다. 칭찬의 말에 신우가 기분이 좋은지 헤헤 웃었다.

"우와, 살다 보니까 스승님한테 칭찬도 다 받아보네요. 신기해라. 오늘 무슨 기념일로 지정해야 할지도."

그 말에 유현이 좀 당황했다.

"내가 그렇게 칭찬에 인색했던가?"

"네."

"딱히 그렇지는 않았던 것 같은데……."

"그랬다니까요."

"그거야 네가 워낙 답답하니까… 아니, 그만두자."

유현은 괜히 칭찬해 놓고 타박하기 싫어서 나오던 말을 집어삼켰다.

"그럼 오늘은 이만 돌아갈까?"

"그래도 돼요?"

"너도 많이 지쳤으니 이쯤 해두자. 나머지는… 뭐 다른 놈들이 알아서 하겠지."

이 시간에 순찰을 도는 것이 유현 일행뿐만은 아니다. 수많은 조직들이 뒤틀린 안산의 영맥이 낳는 요괴들을 경계해 돌아다니고 있었다.

"그리고 네 검 말인데, 이제 가격이 천만 원은 될 거야."

"어, 진짜요?"

신우가 믿을 수 없다는 듯 자신의 검을 보았다. 사람의 피를 머금은 검, 혼령을 벤 검, 요괴를 벤 검은 마법적, 주술적 값어치가 올라간다. 신우의 검도 요 근래 제법 많은 요괴를 베어넘겼고 그 결과 가치가 꽤나 상승했다.

유현이라면 바로 팔아버리고 다른 장비를 마련하겠지만, 신우는 그러지 않을 것이다. 왜냐하면 저 검은 한얼이 사준 선물이었으니까.

"그럼 가자."

유현은 좀 떨어진 곳에서 캔커피를 홀짝거리고 있던 아일라를 한번 바라본 다음 몸을 날렸다. 아일라도 빈 캔을 던져 버리고는 그 뒤를 따라 아파트로 돌아왔다.

'운명이라.'

세계 각지를 덮친 재난은 분명 이 세계를 극적으로 변화시킬 것이다.

육도를 비롯한 7대세력이 떠안고 있던 진실의 성이 무너지고 모든 것이 걷잡을 수 없이 폭주하기 시작할 때… 자신은 과연 무엇을 할 수 있을 것인가?

머리가 복잡했다. 하지만 그것이 결코 눈을 돌리고 도망칠 수 없는 문제라는 것을 유현은 너무나도 잘 알고 있었다.

2

망혼은 아직도 조직 내부 정비를 완료하지 못했다. 당장 박살난 아지트도 다 수리하지 못했으니 앞으로도 갈 길이 멀다.

조직의 중추는 무너졌고, 안산이 재해로 인해 뒤엎어지면서 세력권도 상당수를 잃었다. 힘이 모자라서 들어오는 의뢰도 제대로 처리할 수 없는 상황까지 몰리고 보니 이무기 사태 때 전력을 온존한 조직들의 도전을 물리치기 힘들었다. 지금은 조직의 사업권 등을 넘겨주면서 겨우 전쟁이 일어나는 상황을 막고 있었다.

'차라리 유현의 이름을 팔아버린다면… 아냐. 아직은 안돼. 유현이 허락할지도 알 수 없는 노릇이고.'

성아는 한숨이 많이 늘었다.

연옥의 세력 구도는 약육강식의 법칙에 의해 이루어진다. 안산의 맹주로 군림하던 망혼이라고 하더라도 힘이 약화된 이상 사방팔방에서 공격을 받을 수밖에 없었고, 그만큼 많은 것을 빼앗겨야만 했다.

예전에는 신령 덕분에 감히 남들이 넘볼 수 없는 강력한 힘을 행사할 수 있었고, 그가 행동 지침을 정해주면 그것만 따라가도 되었다. 하지만 이제는 조직원도 상당히 줄었고, 모든 것을 스스로 판단해야 하다 보니 성아가 받는 스트레스가 장난이 아니었다.

"잠깐 지혜를 보고 올게."

그녀는 읽고 있던 서류를 내려놓으며 수석 주술사 홍승영에게 말했다.

현재 조직의 우두머리는 과거 신관이었던 성아와 연지혜 두 명이다. 하지만 실질적으로 조직을 운영하는 것은 성아와 홍승영이었다. 성아도 현실적인 문제에는 다소 약한 편이라 실무는 대부분 홍승영이 처리하고 결정권만 행사하고 있는 참이다.

바깥으로 나와서 찬바람을 맞자 조금 답답함이 가시는 것
같았다. 그녀는 잠시 동안 마당을 거닐다가 연지혜가 있는 지
하층으로 내려갔다.

그곳은 과거 신령이 기거하던 곳이었다. 하지만 이제는 그
흔적만이 남아 있을 뿐, 편집증적이기까지 하던 봉마(封魔)의
흔적은 거의 치워지고 은닉에 특화된 결계만이 펼쳐져 있었
다.

연지혜는 그 안에서 하루종일 어떤 작업을 계속하고 있었
다. 영능력 면에서는 성아를 능가하는 그녀는 이무기 사건의
전말을 모두 알게 된 후부터 고문헌 등을 뒤져서 어떤 계획을
제안했고, 거기에서 희망을 본 성아는 전폭적인 지원을 약속
했다.

"지혜야."

성아는 벽을 톡톡 두들겨서 자신이 왔다는 것을 알렸다. 방
바닥에 달라붙어 있던 지혜가 고개를 들었다.

"아, 언니."

"밥은 먹고 하는 거니?"

"으, 으응. 지금 시간이… 어머, 벌써 이렇게 됐네."

"그러고 보니 요즘 잠도 안 자는 것 같던데."

"에헤헤. 그, 그게 조금만 더 하면 될 것 같아서……"

성아가 못마땅한 표정으로 바라보자 그녀가 귀여운 척 혀를 쏙 내밀었다.

평소에는 조선시대 왕족들이나 입었을 것 같은 거창한 예복을 입고 있던 지혜였지만 요즘은 더러워져도 되는 간편한 복장을 입은 채 소매를 걷어붙이고 맨발로 돌아다니면서 작업을 하고 있었다. 그녀가 하는 일은 고문헌을 비롯한 관련 문서들을 잔뜩 쌓아놓고 그로부터 얻은 연구 결과를 이 방 안에 빼곡하게 적어 넣는 일이다.

방 안은 한 번 새하얗게 칠해졌고, 그 위로 지혜가 적은 문자들이 빼곡이 차 있었다. 수천 자, 아니, 수만 자도 넘는 갖가지 글자들이 기괴한 패턴을 그리며 늘어져 있는 것을 보면 가만히 있어도 어지러워질 지경이다.

그것을 써내려가는 지혜는 손이고 발이고 옷이고 먹물과 피로 얼룩져 있었다. 먹물뿐만 아니라 핏물이 묻어 있는 이유는 주술적인 의미를 부여하기 위해 동물의 피와 인간의 피를 사용하고 있기 때문이다.

"너 피도 자꾸 뽑아서 빈혈기도 있는 것 같은데… 웬만하면 그건 다른 사람 피로만 해. 영력이 부족하면 내 피도 쓰고."

"으음. 하지만 술자 자신의 피가 가장 주술력이 잘 깃드는걸."

지혜는 초췌해진 안색으로 고집을 부렸다. 그녀는 주술진을 구축하는 데 쓰이는 피 중 상당량을 자신의 피를 뽑아서 쓰고 있었다. 의학적인 견지에서 보면 완전히 미친 짓이다.

"적당히 안 하면 내가 말릴 거야."

"무리하지 않을게."

"그걸 알면 오늘은 일단 쉬어."

"으응."

지혜는 불만스러운 기색이었지만 성아의 말을 더 거스를 수 없다고 판단했는지 고개를 끄덕였다. 성아는 한숨을 쉬며 물었다.

"지금 진척 상황은 어때?"

현기증이 날 정도로 많은 글자들이 이룬 진 한가운데는 하나의 시체가 누워 있었다. 인간을 닮은 윤곽을 가졌으면서, 명백히 인간이 아닌 특성을 가진 시체. 죽은 지 두 달이 넘었는데도 전혀 부패할 기미가 보이지 않고 오히려 꽃향기 비슷한 향이 나는 그 시체는… 바로 신령의 시체였다.

'정확히는 화신의 시체지만.'

신령의 진신(眞身), 이무기는 진유현에 의해 살해당했다. 그 영혼까지도 완전히 사멸한 이무기는 스스로를 억누르던 또 다른 인격이 기거하던 화신의 시체를 남겨두었다.

지혜가 찌푸린 얼굴로 대답했다.

"아직 풀리지 않는 부분이 많아. 지금 구축하고 있는 것은 어디까지나 밑준비 같은 것이니까, 어떻게 실행할 것인가에 대해서는 아직도 연구가 많이 필요……."

"잠깐."

그때 성아가 입구 쪽을 돌아보았다. 누군가 소리없이 다가오는 기척이 났기 때문이었다.

"아가씨, 손님이 오셨습니다."

내려온 사람은 홍승영이었다.

"손님?"

성아가 의아한 듯 물었다. 굳이 여기까지 내려와서 성아를 찾았을 정도면 무척 긴급한 용건이라는 이야기다. 어쩌면 상대가 위험인물이라 오래 기다리게 할 수가 없는지도 모른다.

그렇게 생각한 그녀는 일단 지혜를 두고 밖으로 나가려고 했다. 하지만 그때 지혜가 말했다.

"저, 저, 저 사람……."

"뭐?"

성아가 깜짝 놀라서 그녀를 돌아보았다. 그리고 그 순간 두 사람 사이로 한 사람이 너무나도 자연스럽게 걸어서 지나갔다.

성아는 충격과 경악으로 얼어붙고 말았다. 그것은 지혜와 홍승영도 마찬가지였다.

아무런 기척조차 없었는데, 그리고 홍승영이 들어온 통로는 한 사람밖에 통과할 수 없을 넓이였는데도… 이렇게 유유히 안으로 들어와 있다니?

들어온 사람은 성아와 비슷한 나이 또래로 보이는 소녀였다. 약간 나른한 표정이 특징적인, 시선을 끌어당기는 것 같은 분위기가 있는 아름다운 용모의 소유자다. 짙은 검은 머리칼을 양옆으로 늘어뜨리고 뒷머리는 모아서 위로 올린 다음 고풍스러운 옥비녀를 꽂고 있었다. 상의는 황색과 백색, 그리고 무릎 약간 아래쪽까지 오는 치마는 주홍색의 컬러로 이루어진 한복을 입고 있었으며 그 아래쪽으로 드러난 발은 맨발이었다. 아기 피부처럼 고운 발에는 먼지 하나 묻어 있지 않았다.

'인간이… 아니야.'

그녀에게서 풍기는 분위기는 절대 인간의 것이 아니었다. 성아도, 지혜도 그녀의 정체를 전혀 꿰뚫어볼 수 없었지만 그것만은 확실했다. 분명히 눈앞에 있는데도 아주 먼 곳에 있는 것처럼 공허한 존재감이 감각을 괴롭히고 있었다.

그녀는 방의 중앙으로 다가가서 신령의 유해를 빤히 내려다보았다. 그러더니 고개를 갸웃거리며 방 안을 한차례 둘러본다. 그러더니 손을 들어 지혜를 가리키며 물었다.

"이거, 네가 한 일?"

"네, 넷!"

연지혜는 자신도 모르게 존댓말로 대답했다. 소녀가 고개를 끄덕이더니 중얼거렸다.

"어린애가 굉장히 오밀조밀하게 잘했네. 신령의 유해를 먹어치우려는 생각을… 음. 그것도 네가 생각한 일이구나. 너희들이 지닌 영적 그릇의 크기라면 확실히 확률이 높을 거야. 상실한 힘을 되찾는 것 이상의 효과를 기대할 만하겠지."

"어떻게 그걸……."

마음속 밑바닥까지 꿰뚫어보는 듯한 소녀의 말에 지혜가 덜덜 떨었다. 허깨비 같은 그녀에게서는 아무런 압박감도 느껴지지 않았지만 왠지 모르게 몸이 마구 떨린다. 지혜의 본능이 경고해 주고 있었다. 눈앞의 존재는… 그동안 만났던 그 어떤 존재보다도 무서운 존재라고.

"원래는 여기 올 예정이 아니었어. 나한테는 별로 시간이 많지 않으니까. 하지만 하늘이… 천기라고 하는 편이 옳을까? 어쨌든 너희들과 나의 인연이 닿았어."

소녀는 혼자서 중얼거리더니 갑자기 허공에 대고 손을 한 번 슥 휘둘렀다. 그러자 허공에서 긴 두루마리 종이가 나타나서 그녀의 앞에 고정되었다. 그녀가 손가락을 한 번 빙글 돌리자 거기에는 먹물이 축축하게 적셔진 세필 붓이 나타나서 잡힌다.

이것은 마법사들이나 주술사들이 흔히 사용하는 아공간으로부터의 소환술이 아니다. 그녀 자신처럼 아무런 존재감도 없이 갑자기 나타나고 있었다.

'마치… 물질을 창조하는 것 같아.'

그런 생각을 떠올린 성아는 다음 순간 오싹한 느낌을 받았다.

그런 일이 가능하다면, 그건 바로 신이라고 불려야 할 존재가 아닌가?

그녀가 경악하든 말든 소녀는 허공에 둥둥 떠 있는 두루마리에 엄청난 속도로 뭔가를 적어나가기 시작했다. 손이 여러 개로 보일 정도로 빠르게 붓이 어지럽게 춤을 춘다.

잠시 후, 소녀가 붓을 놓고 두루마리를 접었다. 붓은 허공에 녹아들 듯이 사라지고 두루마리는 저절로 둘둘 말려서 붉은 실로 묶였다.

그녀가 그것을 지혜에게 건네주며 말했다.

"네가 하려는 일, 마지막 단계에 필요한 것이 적혀 있어. 아마 네가 지금 이대로 이 진을 구축하고 시도하면 치명적인 반동으로 많은 것을 잃게 될 거야."

"그, 그럼 이건……."

"약속된 정답 같은 것."

소녀는 살짝 웃으며 말한 다음 성아를 바라보았다.

"내 이름은 가람이야."

"아, 저, 저는 윤성아예요."

"응. 만나서 반가워. 시간이 없어서 불쑥 실례했어. 실은 부탁할 게 있어서 그러는데……."

"당신 같은 사람이 우리한테 부탁이라니… 뭐죠?"

"실은 내가 언니를 만나러 왔거든."

"언니?"

"응. 어디에 있는지, 어떤 상태인지도 알아. 그런데… 기왕 일이 이렇게 되었으니 당신을 통해서 만나는 게 좋을 것 같아. 그 편이 부드러운 만남이 될 것 같아."

소녀는 혼자서 말하고 고개를 끄덕이고 있었다. 성아로서는 당황스러울 뿐이었지만 그녀는 개의치 않고 말을 이었다.

"당신은 내 언니를 알고 있어."

"언니가… 누구죠?"

성아는 왠지 모르게 그 사람이 누구인지 알 것 같았다. 그런 성아의 생각을 읽은 듯 가람은 고개를 끄덕이며 말했다.

"당신이 만났던 유일한 요괴선인. 내 언니의 이름은 난슬이고, 구미호야."

*　　　*　　　*

유현은 간만에 또 안산을 벗어나서 경기도 쪽으로 나와 있었다. 이천 쪽에 볼일이 있었기 때문이다.

"우와, 총이 잔뜩 있어."

신우가 주변을 신기한 듯이 둘러보았다. 널따란 방의 벽에 완성된 총기와 부품들이 잔뜩 걸려 있었다.

"그야 당연하지. 총을 사러 온 거니까."

"진짜 사주시는 거예요? 총 비싸잖아요?"

"너도 슬슬 사격도 배울 때가 됐어. 언제까지 구시대적인 장비만 쓰고 있을 수는 없으니까."

유현이 찾아온 것은 육도 시절에 알게 되어 지금까지 개인적으로 거래하는 건 스미스(총기 장인)였다. 오늘은 유현 자신의 총기 때문이 아니라 신우에게 총을 하나 마련해 주려고 온 것이다.

연옥에서는 개나 소나 다 쏠 수 있는 화약의 발화 억제 마법 때문에 총화기를 쓰는 이가 거의 없다. 발화를 억제하는 마법이 있다면 그걸 파해하는 마법도 있게 마련이지만, 발화 억제 마법은 보급을 목적으로 간편하게 만들어졌고 보급 과정에서 무수한 변종이 파생되어서 그것을 어렵게 만들었다.

즉, 억제술식은 수천 가지가 넘게 존재하는데 그걸 파해하려면 그 술식 하나하나를 일일이 파악하고 대응해야 하는 것이다.

결국 다들 화약총을 쓰는 것을 포기하고 원시적인 장비를 쓰거나, 아니면 몇몇 조직과 장인들이 독점하고 있는 기술로 만들어지는 마총(魔銃)을 쓰게 되었다. 총기는 물론이고 탄약도 완전히 오리지널로 만들어지기 때문에 가격이 굉장히 높았다. 바깥 세상에서 쓰이는 공기총의 구조로는 있을 수 없는, 연사가 되는 권총 한 정이 1억 원을 호가할 정도다.

"요즘은 가우스 건도 많이 쓰는데, 생각없나?"

건 스미스 심석현이 물었다. 그는 국내에서는 손에 꼽을 정도로 적은, 개인으로 이름을 걸고 뛰는 마총 제작자였다. 해외의 건 스미스들과도 연계하고 있기 때문에 최신 이론 등도 발빠르게 도입해서 신형 총기를 제작한다.

그가 말한 가우스 건은 전자기력을 이용하기 때문에 화약 발화 억제 마법의 영향을 받지 않는다. 레일건과 달리 몇 번 쏘고 총신을 갈아줄 필요도 없어서 좋아 보이지만 대신 출력이 불안정해서 신뢰성이 떨어지는 무기였다.

물론 그것은 일반인 세상의 이야기고, 연옥에서는 그러한 점을 마법으로 보완해서 안정적이고 강력한 가우스 건을 만들어내는 데 성공했다. 가격이 비싸긴 하지만 그만큼 위력도 강력했다.

"흠. 가우스 건이라… 솔직히 전자기력도 웬만한 마법사면 쉽게 조작할 수 있어서 별로 신뢰가 안 가는데?"

"총 자체는 당연히 강력한 술식에 의해서 보호받고 있으니 쉽게 영향받지 않아. 나도 권총 쪽은 별로 권하지 않겠지만 라이플 쪽은 상당히 괜찮게 나오고 있어. 가격은 비싸지만 요즘 원하는 데가 많지."

"원하는 데가 많아봤자 국내에서 아저씨랑 거래하는 조직이 몇이나 된다고."

유현은 피식 웃으면서도 흥미가 이는 것을 느꼈다. 저번에 신아연이 쓰는 브류나크 M201를 본 이후 좀 더 강력한 총기가 탐나던 참이었다.

"추천할 만한 물건이 있나? 기왕이면 위력이 높은 것으로."

"어느 정도를 원하는 거지?"

"개인 화기로서는 최대한 높은 정도? 뭐 개인적으로는 쓰는 사람의 마력에 따라 위력이 더 증대될 수도 있다면 좋겠지만, 육도의 병기제작팀도 아니고 아저씨한테 거기까지 바라는 것은 좀 무리가 있겠지."

"이놈이 날 뭘로 보고… 뭐 좋아. 그런 거라면 최근에 만들어서 테스트를 다 끝낸 물건이 하나 있긴 한데, 한번 써볼

텐가?"

"한번 보여줘. 아, 그리고 저 녀석이 쓸 만한 권총하고, 라이플은 반동이 약한 것으로 몇 개 챙겨주고. 저놈도 자기가 쓸 총은 좀 쏴보고 정하는 게 낫겠지."

"그러지."

"나도 그 총, 볼 수 있을까?"

그렇게 물은 것은 조용히 총들을 살펴보고 있던 아일라였다. 그녀가 흥미를 드러내며 물었다.

아까부터 그녀를 신경 쓰고 있던 심석현이 유현의 옆구리를 쿡 찌르며 물어보았다.

"저 무서운 아가씨는 누구야?"

"아, 전에 데스트레자의 마이스터였던 사람. 이름은 아일라 스카우드라고 하지."

"뭐?"

심석현이 깜짝 놀라서 눈을 휘둥그레 떴다. 하지만 곧 무슨 농담을 하냐는 듯 피식 웃었다.

"에이, 자네도 농담이 심하구만."

"사실인데."

"…진짜?"

"응."

"……"

유현의 대답에 심석현은 침을 꿀꺽 삼키고는 아일라를 바라보았다. 처음 봤을 때부터 보통 인물이 아니라고는 생각했지만, 데스트레자의 전 마이스터라고?

아일라는 무표정하게 그의 시선을 받으며 물었다.

"지금 보여줄 가우스 라이플이라는 것, 혹시 재고가 더 있는 물건인가?"

"아, 세 정 정도라면……."

"그럼 성능을 보고 마음에 들면 나도 하나 사는 것으로 하지. 나도 써봐도 되겠지?"

"무, 물론이오. 그런데 데스트레자의 마이스터쯤 되시는 분이 총도 쓰나?"

"검술을 주축으로 하는 것은 사실이지만 검술만 쓰지는 않아. 이상한 오해는 하지 말아줬으면 좋겠군. 검술 하나만으로 세상 모든 것을 상대할 기세로 연마하라는 게 데스트레자에서 조직원들을 가르칠 때 주입시키는 좌우명이긴 하지만, 요즘은 시대가 시대니까 당연히 현대 병기를 사용하고 대응하도록 하고 있어. 그리고 난 총기에 대해 딱히 거부감이 있는 것도 아니고."

"어, 그, 그렇군."

아일라의 횡설수설하는 대답에 심석현은 말문이 막혀 버리고 말았다.

삐리리링.

유현이 그를 보며 피식 웃고 있을 때 핸드폰이 울렸다. 주머니에서 꺼내서 액정화면을 보니 성아에게서 걸려온 전화였다.

"여보세요?"

"아, 유현. 나 성아야."

"무슨 일이야? 지금 거래처에 와 있어서 그러는데, 급한 일 아니면 나중에 이야기하면 안 될까?"

"아, 그게… 실은 좀 급한 이야기라."

"그래? 그럼 잠시만."

유현은 심석현에게 양해를 구하고는 바깥으로 나왔다.

"아, 됐어. 이야기해 봐. 무슨 일이지?"

"그게… 너를 만나고 싶어하는 사람이 있어."

"나를 만나고 싶어하는 사람?"

유현은 대답하면서 묘한 기시감을 느꼈다. 왠지 얼마 전에도 똑같은 대화를 주고받은 것 같은데.

"응. 우리 조직에 찾아와서 너와 만날 수 있는 자리를 주선해 달라는데."

"거기까지도 거의 똑같군……."

"응? 무슨 이야기야?"

"아니, 신경 쓰지 마. 그보다 이번에는 어떤 사람이지? 또 만나자마자 칼질을 해대는 인물을 소개해 주려는 것은 아니 겠지?"

"아, 그, 그 일은 미안하게 생각하고 있는데……."

유현의 놀림에 성아가 당황했다. 아일라를 처음 만났을 때 의 상황은 지금 생각해 봐도 난감하기 그지없었다.

"이번에는 그런 일은 없을 거야. 너도 꼭 만나봐야 할 거 야."

"내가 꼭 만나봐야 할 거라고?"

"난슬하고 관련이 있지."

"난슬하고?"

유현의 눈이 크게 떠졌다. 다른 사람도 아니고, 난슬하고 관련이 있는 사람이라고?

성아의 말이 이어졌다.

"그녀의 이름은 가람."

유현은 그 이름을 듣는 순간 왠지 가슴이 두근거리는 것을 느꼈다.

분명히 기억에 있는 이름이었다. 언제 들었던 이름이지?

유현이 기억을 뒤져 그 이름의 출처를 알아내려고 할 때, 성아가 한발 먼저 정답을 말해주었다.

"난슬과 같은 스승을 모셨던 요괴선인이라고 해."

대한민국 연옥의 정점에 선 조직, 육도는 긴장 상태에 돌입해 있었다. 다름이 아니라 현재 최우선 주목 대상을 향해 위험 인물들이 접근하고 있었기 때문이다.

"이건… 상상도 못한 사건인데."

신아연은 메일함에 와 있는 지시 사항을 보고는 식은땀을 흘렸다. 그 뒤에서 같은 화면을 보고 있던 진선희도 긴장한 표정이었다.

문서에 담겨 있는 정보는 다음과 같았다.

금오의 십천군(十天君) 중 두 명이 한국으로 들어와서, 진유현에게 접근 중이다.

금오의 십천군이라고 하면 육도의 천상 계급과 필적하는 존재로 구성원 대부분이 요괴선인이라고 알려져 있다. 얼마 전 설악산을 점거하고 이쪽에 커다란 피해를 입힌 이들 역시 그 일부였다고 한다.

그런데 그런 분쟁이 있은 지 얼마 지나지도 않아서 그들이 한국으로 들어오다니? 이건 도대체 무슨 의미로 해석해야 하는 것일까?

'중국도 난리가 아닐 텐데, 이런 때 자기들의 자리를 비우는 것은 물론이고 다른 나라에 들어올 정도라면… 역시 뭔가 중요한 일이겠지.'

상층부에서 거기까지는 알려주지 않으니 알 수 없는 노릇이지만, 하필이면 진유현을 찾아온다는 것은 그만큼 그가 중요한 인물이라는 것을 증명한다. 육도 상층부에서는 천상 계급의 자리를 제안하며 돌아오길 권하는 것으로도 모자라 금오의 십천군이 국경을 넘어서 찾아오다니.

진선희가 어깨를 축 늘어뜨리며 말했다.

"되도록이면 진유현과 그들의 접촉을 막아라… 라니 불가능한 명령이잖아요, 이건."

"싸우면 뒈질 게 뻔한데 따로 지원을 해주겠다는 소리도 없고. 한마디로 진유현 본인에게 이 사실을 알리고 접촉을 피하게 설득하라는 이야기인데… 가능할까?"

신아연이 담배를 입에 물면서 투덜거렸다.

적대적인 관계에 있는 금오의 최상층부 인원들이 한국에 들어온 것은, 그것만으로도 분쟁의 사유가 될 수도 있었다. 무수한 병력의 표적이 될 수 있는데도 그들이 한국에 들어온 것은…….

"일단 외교적인 문제는 해결이 되어 있다는 결론이 나오는데."

"안 그랬으면 진유현이 그들과 접촉하는 것을 막으라는 명령이 아니고, 무력으로 그들을 칠 테니 거기 합류하라는 소리가 나왔겠죠."

어떤 사정이 있는지는 모르겠지만 일단 금오 상층부와 육도 상층부는 외교적으로 어떤 거래를 했다. 그 결과 금오의 십천군 중 두 명이 한국에 들어올 수 있었다.

하지만 육도 상층부에서는 그들이 진유현과 접촉하는 것을 바람직하지 않다고 판단했다. 따라서 최대한 그들의 접촉을 막아야만 한다.

"이건 뭐 기가 막히는군."

역시 고생은 말단이 하는 법이다. 일은 '어쩔 수 없는 사정' 때문에 자기들이 벌여놓고 수습은 아래에서 하라 이 소린데, 솔직히 그게 불가능하다는 것은 위에서도 알고 이쪽에서도 안다.

"지금 진유현 그놈, 어디에 있지?"

"일단 들어온 감시 정보로는 경기도 이천 쪽에 가 있어요. 건 스미스에게 총기를 구매하러 간 것 같은데요."

"이천 쪽의 건 스미스라면… 심석현인가?"

육도에서는 한국에서 활동하고 있는 무기 장인과 무기 상인들에 대해서 모조리 파악하고 있다. 그것은 다른 7대세력도 마찬가지다.

총기류에 대한 기술은 함부로 퍼져서는 안 될 기밀이다. 그렇기 때문에 7대세력끼리 담합해서 기술을 독점하고 일부러 조금씩 기술을 유출시킴으로써 자신들 외의 다른 조직들이 그것으로 고위 급 요괴들에게 맞설 수 있도록 조율하고 있었다.

심석현 역시 주요 체크 대상으로, 그 자신은 국내에 몇 안 되는 개인 마총 제작자로 자부심을 갖고 일하고 있겠지만 그가 그런 위치에 설 수 있었던 것 자체가 육도가 의도한 결과다.

"십천군들의 현재 위치는… 공항에서 리무진 버스를 타고 안산으로 이동 중? 평범하게 오는군."

"일단 이천 쪽으로 직접 가서 만나는 경우는 없을 것 같군요. 우리가 일단 이천 쪽으로 가는 게……."

"아니, 일단 기다리기로 하지. 어차피 이 건에 대해서는 너무 적극적으로 움직일 필요는 없다고 생각한다."

신아연은 시큰둥하게 말하고는 다 태워 버린 담배를 재떨이에 던져 놓고 또 한 개비를 꺼내서 불을 붙였다.

"후우."

그녀가 뿜어낸 담배 연기가 뿌옇게 흩어져 가는 것을 보면서, 진선희가 불쾌한 듯 인상을 찌푸리고 있었다.

심석현의 공방은 바깥에서 보면 조금 널찍하고 커다란 전원주택에 커다란 창고가 딸려 있는 모양새였다. 하지만 뒤에 바로 야산을 개조한 커다란 사격장이 딸려 있었고, 지하에도 사격장을 비롯한 여러 시설이 갖춰져 있었다.

나라에서 조사 한번 나오면 큰일날 집이지만 강력한 결계로 보호받고 있는 덕분에 총소리조차 새어나가지 않고, 이웃사람들도 이 집에 별 관심을 기울이지 않는다.

파아앙!

공기가 찢어지는 소리와 함께 가벼운 충격파가 터졌다. 강렬한 전자기파가 흩어지면서 총구에서 쏘아진 탄환이 마하 3 이상으로 가속해서 표적으로 날아갔다.

"호오."

유현은 사격용 글래스를 벗고 표적을 바라보았다. 생각보다 위력도 크고, 그에 비해 반동은 적다. 총기 주제에 배터리가 문제된다는 것이 웃기지만 그것은 마력을 변환해서 충전시킬 수 있는 최신 시스템으로 해결된다.

"이거 꽤 쓸만하잖아?"

단발, 점사, 연사를 다 해보면서 탄창 두 개를 비운 유현은 즉시 가우스 라이플을 구매할 것을 결정했다. 일반 라이플에

비해 약간 더 길이가 길고 무게도 더 나가지만 유현이 쓰기에
는 아무런 문제가 없었다.

"사격술이 굉장하군. 확실히 육도 쪽은 사격술에 많은 힘
을 쏟는 건가?"

"흠. 뭐 보통이지."

아일라의 노골적인 칭찬에 유현은 살짝 멋쩍어하면서 대
답했다.

확실히 유현은 원래 유격전과 저격의 달인으로, 육도에서
현역으로 뛸 무렵에도 자주 저격수의 역할을 맡곤 했었다. 그
실력은 지금도 녹슬지 않아서 지금도 고정 표적은 물론이고
이동 표적까지도, 예고없이 어느 순간 튀어나오는 랜덤 표적
까지 포함해서 전부 한가운데 명중시켰다.

팟! 팟! 파바밧!

옆에서는 총성과 함께 신우의 사격이 계속되고 있었다. 신
우의 사격술은 엉망이었다. 초인적인 육체 능력을 갖고 있음
에도 불구하고 고정 표적조차도 제대로 맞히지 못하고 있었
다.

'뭐 애당초 사격술은 가르친 적이 없으니 당연하겠지만.'

여태까지 가르친 것은 격투전뿐이었으니 총을 다루는 게
서툰 것은 당연하다. 어쨌든 신우는 몇 번 총을 쏴보더니 쏘
는 감이 굉장히 마음에 든 것 같았다.

"어때? 좀 마음에 드는 녀석이 있냐?"

"와, 재미있는데요. 이놈하고 이놈이 쏘는 감촉이 좋은 것 같아요."

"초보자 주제에 그중에서는 그나마 반동이 큰 것만 골랐군. 뭐 좋아. 어차피 반동이야 금방 소화할 수 있는 문제니까 자기한테 느낌이 맞는 무기를 고르는 게 낫지."

유현은 가우스 라이플 두 정, 그리고 최신예 자동권총 두 정을 샀고 신우에게는 라이플 한 정과 권총 두 정을 사주었다. 하는 김에 탄약도 2만 발 정도 샀다.

"아주 뽕을 뽑는구만. 전부 해서 18억 8천만 원인데, 어떻게 할 건가?"

"18억 8천만······."

신우가 어마어마한 숫자에 질린 채 중얼거렸다. 하지만 유현은 전혀 동요하지 않고 세라하 은행 체크카드를 꺼내며 말하는 게 아닌가?

"카드로 결제하지. 아, 그리고 이 녀석이 입을 만한 전투복도 하나 챙겨줄 수 있나? 그것까지 추가해서 계산하는 걸로 하고."

"어느 정도 등급으로?"

"레벨 SA로."

"그럼 4천 7백만 원이 추가되는데··· 뭐, 쇼크웨이브 나이

프 같은 것들 좀 추가해서 깔끔하게 300만 원어치 더 채우지 그래?"

"그럼 아예 폭탄류도 좀 구비해 볼까? 카탈로그 좀 줘봐."

유현은 카탈로그를 뒤져서 아예 20억 원어치를 채우고 말았다. 총기류 같은 것은 억대를 호가할 정도로 비쌌지만 소모품들은 그나마 좀 싸다. 물론 일반인 군대의 제식병기들보다는 훨씬 단가가 높았지만.

20억이라는 금액을 태연하게 계산하는 유현을 본 심석현이 혀를 내둘렀다.

"이야, 요즘 옥션에서 큰손으로 등극했다더니 벌이가 끝내주나 보구만."

"그 외에도 부업으로 이것저것 많이 벌거든."

유현은 씩 웃었다.

확실히 옥션에서 요괴를 벤 칼을 비롯, 조금이라도 값어치가 나가는 소모품—유현 입장에서—들을 계속 팔아서 돈을 모은 것도 사실이지만 요즘은 새로운 벌이가 생겼다. 그건 바로 퀘이사 에너지를 통해 얻는 끝도 없는 마력을 응축, 마법사들이 쓰는 정령석을 직접 제조해서 파는 일이었다.

어차피 잉여 마력이 넘쳐 나는 유현 입장에서는 굉장히 벌이가 좋은 생산업이라 할 수 있었고, 옥션에서도 엄청난 인기인 것은 물론 여러 조직들에서 유현과 직거래를 원하고 있었다.

"그럼 돌아가지."

아일라까지 계산을 마치고 나자 유현은 물건들을 전부 마법포켓에 집어넣고는 심석현의 공방을 나섰다. 신우가 총기가 든 자신의 마법포켓을 흥분한 기색으로 만지작거리며 물었다.

"그런데 사부님. 오늘 무기상에게도 간다고 하지 않으셨어요?"

"응. 하지만 그건 취소하고 곧바로 집으로 돌아간다."

원래 유현은 전투복이나 폭탄 등은 심석현이 아닌 전문 무기상과 거래할 예정이었다. 심석현은 마총 제작자이지 무기상으로서는 입지가 그리 큰 편이 아니었으니까. 하지만 아까 걸려온 전화를 받고는 생각을 바꿨다.

"그럼 가자."

유현은 스타렉스의 운전석에 올라서 시동을 걸었다. 우렁찬 엔진 소리를 듣다 보니 무면허 운전이지만 어차피 유얼의 명의로 살 거라면 좀 더 날렵한 차를 몰고 싶다는 생각을 했다.

*　　　*　　　*

성아가 옆에 누군가를 대동하는 것만으로 이렇게 긴장하는 것은 처음이었다. 유현의 집으로 가면서, 약간 졸린 듯 나른한 표정을 짓고 있는 가람은 소리도 기척도 나지 않는 발걸음으로 그녀의 곁을 따르고 있었다. 하지만 그녀의 존재가 분명히 거기 있는데도 불구하고 가끔 옆을 확인하지 않으면 그녀가 사라지지 않았나 하는 의심이 든다.

당연하지만 아주 독특한 차림새를 가진 그녀가 맨발로 걷고 있는데도 아무도 시선을 주지 않고 있었다. 성아야 인식장애 주문을 걸고 있으니 그렇다고 쳐도 그녀는 도대체 무슨 수법을 쓰고 있는 것일까?

"이 근처도 많이 변하긴 변했네."

문득 가람이 중얼거렸다.

해가 저물어가며 세상이 붉게 물들 무렵, 아직도 폐허가 된 상태 그대로인 안산 시내를 보며 말하면 성아로서는 약간 기가 막힐 수밖에 없다. 그녀가 물었다.

"마지막으로 왔던 게 언제였나요?"

"90년 전쯤?"

"…아, 그러면 당연히 많이 변했겠죠."

"너희 조직이 우리 언니 봉인했을 때, 그거 살펴보러 마지막으로 왔었어."

"……."

단숨에 입을 닫게 만드는 대답이었다.

하지만 그 말을 듣고 나니 의문이 생긴다. 지금까지 슬쩍 보여준 면모만 해도 신과 같은 능력을 가진 가람인데 어째서 난슬의 봉인을 풀지 않았던 것일까?

그녀가 그런 생각을 하는 순간, 가람은 그 생각이 자신에게 던지는 질문이라는 듯 살짝 미소지으며 대답했다.

"그때는 내가 지금에 비하면 많이 부족했거든. 그리고 당시에는 봉인을 풀었다면 팔미호와 이무기도 함께 깨어났을 거야. 너희들이 봉인을 그런 구조로 만들었어."

"그, 그렇군요."

생각을 읽힌다는 것은 대단히 불쾌한 일이다. 하지만 성아는 왠지 가람에게는 그런 기분이 들지 않았다. 금방이라도 사라질 것 같은 공허함과 동시에 왠지 마음을 차분하게 만들어주는 기운이 그녀로부터 흘러나오는 듯하다.

두 사람이 유현이 사는 아파트 안으로 들어섰을 때였다. 갑자기 오싹한 압박감과 함께 두 사람이 나타났다.

"당신들은……."

신아연과 진선희였다.

우연히 마주쳤다고 보기는 어려웠다. 두 사람은 장비까지 갖추고 반쯤 임전태세에 들어간 채로 기다리고 있었으니까.

"무슨 일이죠?"

"혹시 진유현을 만나러 가는 길인가?"

성아의 물음에 신아연이 되물었다. 성아가 눈살을 찌푸리며 대답했다.

"그런데요."

"그럼 미안하지만 나중을 기약해 줬으면 좋겠는데? 지금 좀 우리 쪽에 사정이 있어서… 당신들을 들이기가 그렇거든."

신아연은 가람을 경계하며 말했다. 그녀 역시 가람을 보는 순간 그 공허하면서도 불길한 존재감에 마음이 흔들리는 것을 느꼈다. 이런 존재는… 지금까지 숱한 연옥의 존재들을 상대하면서도 단 한 번도 만나본 적이 없었다.

"이미 유현이와 약속이 되어 있어요. 찾아가지 않으면 분명 그쪽에서 찾을걸요."

"흠. 그건 우리가 잘 말해보지."

"소용없어."

그때 가람이 나섰다. 나른한 표정 그대로 한 발 앞으로 나서자 신아연과 진선희의 표정이 굳어진다.

시각적으로는 잡히는데 그 외의 감각으로는, 그리고 영적으로는 전혀 그 존재를 식별할 수 없는 존재라니 저게 실체이긴 한 것일까? 하지만 맨발이 깨진 아스팔트를 밟을 때 흙들이 옆으로 밀려나거나 하는 것을 보면 물리적인 육체를 가진 것만은 분명해 보인다.

'아니, 저것조차도 계산된 허상일 수도 있어.'

자신의 감각을 믿을 수 없다는 것은 굉장히 스트레스가 심한 일이다. 신아연은 가능한 모든 방법을 동원해서 가람을 꿰뚫어보려고 했다.

"그는 무슨 수를 써서라도 나를 만나려고 할 거야. 그리고……."

가람이 갑자기 먼 곳으로 시선을 던지며 말을 이었다.

"당신들이 막고 싶어하는 금오의 십천군들도, 그와 만나야 해. 그러기 위해서 내가 여기에 온 거니까."

"금오의 일원이었나."

신아연이 으르렁거렸다. 하지만 가람은 곧바로 고개를 저었다.

"아니, 그건 아닌데."

"아니라고?"

너무 간단하게 부정하는 바람에 신아연은 맥이 좀 풀리는 것을 느꼈다. 가람이 말했다.

"하지만 그들과 연이 있는 것은 맞지. 어쨌든 당신들과 쓸데없이 시간을 낭비하고 싶지 않아. 진유현이 이 자리에 도달할 때까지 앞으로 20분. 그때까지 자리를 비켜줘야겠어."

"내가 싫다고 하면 무슨 수를 써서 그렇게 할 생각이지?"

"이미 그렇게 됐어."

가람은 그렇게 말하며 앞으로 걸어나갔다.

그러면서 성아에게도 따라오라는 눈짓을 보냈다. 성아는 당황하면서도 그녀의 뒤를 따랐다. 가람이 향하고 있는 곳은 신아연과 진선희 사이였다.

"깔보는 것도 정도가 있⋯⋯."

신아연의 말은 끝까지 이어지지 못했다. 그녀가 말을 맺기도 전에, 눈앞에서 가람과 성아의 모습이 사라져 버렸기 때문이다.

"뭐, 뭐야?"

냉정한 전투기계인 그녀조차도 당황감을 감출 수 없는 상황이었다. 게다가 정신을 차리고 보니 두 사람의 모습이 사라진 것뿐만 아니라 주변의 풍경도 변해 있는 것이 아닌가?

"지, 진법이에요."

천재 마법사라고 불리는 진선희가 한발 먼저 상황을 파악하고 말했다.

"진법이라고?"

"네. 이건⋯ 선인들의 진법이에요. 우리는 지금 진법 속에 갇혔어요."

"힘이 발동하는 기색이 전혀 없었는데 어느새⋯ 이런 말도 안 되는 일이 있을 수 있나?"

신아연이 기가 막혀하며 주변을 둘러보았다. 두 사람은 웬 산속 깊은 곳에 있었다. 진선희의 말을 듣고 감각을 더더욱 활성화시키고, 마법적인 수단으로 주변을 탐지해 봤지만… 이상한 것은 아무것도 찾을 수가 없다. 뒤틀어진 힘의 흐름조차 감지되지 않았고 눈에 보이는 풍경이 가짜라는 사실을 입증할 어떤 근거도 찾아내지 못했다.

─기천무극대진(欺天無極大陣)이라고 해.

그때 두 사람의 머릿속에 가람의 목소리가 울려 퍼졌다.

─해를 끼칠 생각은 없어. 내가 진유현에게 용건을 끝마치고 나면 풀릴 테니 거기서 기다리고 있어. 아마 당신들 상부에 보고할 때도 좋은 핑곗거리가 될 거야.

"이런……."

신아연과 진선희가 망연자실해하는 동안 그들의 정신에 접촉했던 가람의 존재감이 멀어져 갔다. 두 사람은 허탈해하며 서로를 바라보았다.

진선희가 물었다.

"이제 어쩌죠?"

"어쩌긴."

신아연은 다 포기한 얼굴로 담배를 꺼내어 입에 물고 불을 붙였다.

"그냥 기다려야지. 차라리 편해졌어. 아무리 봐도 우리가 감당할 수 있는 상대가 아니네, 이거."

4

유현이 집으로 돌아왔을 때는 해가 진 후였다. 길도 좀 막혔고 이천까지의 거리가 거리다 보니 어쩔 수 없었다.

"들어가면 일단 분해해서 정비하는 법을 알려줄게. 사격 훈련은 내일부터 하는 것으로 하고."

"네."

유현의 말에 신우가 두근두근 설레는 기색으로 대답했다. 표정을 보아 하니 새 장난감을 손에 넣은 어린애마냥 흥분해 있었다.

객관적으로 볼 때 신우의 실력은 일취월장하고 있다. 유현이 본격적으로 그를 제자로 들이고 가르치기 시작한 이후 아직 두 달도 채 지나지 않았지만, 심오한 마법의 비술을 접하고 새로운 장비를 갖추는 것만으로도 이전과는 비교도 할 수 없는 전력을 갖추게 되었다고 봐야 한다.

'이렇게 말하니 본신의 실력보다는 아무래도 돈으로 발라서 강해진 것 같군.'

하지만 어쩌겠는가? 그게 사실인걸.

어쨌든 집 앞까지 다가간 유현은 이질적인 상황을 맞이했다. 그가 문 앞에 다가오기를 기다렸다는 듯 문이 저절로 열린 것이다. 열린 문 안쪽에는 아무도 없었고 TV 소리만이 들리고 있었다.

'뭐지?'

유현은 경계심을 돋우며 탐지 마법으로 안쪽을 살펴보았다. 그런데 그때 한얼이 부엌 쪽에서 얼굴을 내밀었다.

"아, 오셨군요. 약속한 손님들께서 와 계신데요."

"손님? 아아, 성아?"

"네. 성아 씨와 또 한 분이 와 계십니다."

분명 그것이 난슬의 동생이라는 가람이라는 존재이리라. 그렇다면 방금 전 문을 연 것도 그녀의 소행일까?

"같이 가는 게 낫겠나?"

아일라가 물었다. 유현은 잠시 고민했지만, 곧 고개를 저었다.

"아니, 괜찮을 거야."

그사이 신우는 유현의 속도 모르고 안으로 들어가서는 한얼에게 오늘 산 총기들에 대해서 자랑을 늘어놓고 있었다. 유현은 왠지 한숨을 쉬고 싶은 기분으로 안으로 들어갔다.

거실에서 TV를 보고 있던 성아가 유현에게 인사했다.

"안녕. 약속 시간에 왔더니 유현이 없어서 기다리고 있었어."

"미안. 차가 좀 막히더라고."

유현은 사과하면서 그녀의 옆에 있는 소녀를 바라보았다. 독특한 용모와 신기루처럼 공허한 존재감을 가진 소녀가 요괴여우의 모습이 된 난슬과 놀고 있다가 고개를 들었다.

두근.

그녀의 나른한 눈을 보는 순간 유현은 왠지 가슴이 두근거리는 것을 느꼈다.

마음속 깊은 곳까지 꿰뚫어볼 듯한 눈이다. 퀘이사 에너지를 통제해 정보를 차단하고 있고, 거기에 교란용으로 거짓 정보까지 흘리고 있는데도 불구하고… 그녀의 눈에 모든 것이 읽히는 듯한 착각이 들었다.

그녀가 몸을 일으키더니 우아하게 고개를 숙이며 인사했다.

"안녕. 나는 가람이야. 언니를 돌봐줘서 고마워."

"…나는 진유현이야. 당신도 요괴선인인가?"

"요괴선인이라… 음. 그랬던 적도 있었지."

"그랬던 적도 있었다? 그럼 지금은 아니라는 이야기인가?"

유현이 눈살을 찌푸리며 물었다. 전에 난슬에게 들었을 때 분명히 가람은 요괴선인이라고 했다. 그런데 지금 눈앞의 그녀에게서는 전혀 그런 기색이 느껴지지 않았고, 게다가 저렇게 말하고 있으니 도대체 어떤 존재라는 건지 감이 잡히지 않았다.

가람이 대답했다.

"응. 그런 단계를 탈피했으니 더 이상 그렇게 불리는 것도 문제가 있지. 나의 본질은 언니와는 달리 개였지만 이제는 그런 것은 상관없어졌어. 본질과 허상의 차이가 없어졌으니까."

"그럼 당신을 뭐라고 불러야 하지?"

"당신이 알고 있는 존재 중에는 신선(神仙)이라고 부르면 가장 가까운 개념이야."

"신선?"

그 말에 유현뿐만 아니라 성아도 놀라서 그녀를 바라보았다. 천상에 올라 신위(神位)를 얻은 자만이 될 수 있다는, 모든 선도(仙道)를 걷는 자들이 궁극적으로 추구하는 지향점인 신선. 가람은 지금 자신이 그런 존재라고 말하고 있는 것이다.

유현은 납득할 수 없다는 기색으로 물었다.

"내가 얼마 전에 신선을 만났는데, 당신하고는 느낌이 전혀 달랐는데? 무엇보다 신선이 되었으면 당신은 이미 지상에 있을 수가 없지 않나?"

"땅의 오른손을 얻을 때였지? 그들과 내가 다른 것은 당연해. 나는 아직 완성된 신격이 아니니까. 정확히 말하자면 우화등선하기 직전, 지상에 남은 마지막 미련을 해결하기 위해서 만들어진 허상 같은 존재지. 실체의 나는 이미 육신을 버리고 현상이 되었어."

가람은 그렇게 말하며 난슬을 꼬옥 안았다.

"그렇기 때문에 나 스스로 언니를 되돌려줄 수는 없어. 언니가 필요로 하는 힘을 가진 나는 이미 세상에 없으니까."

신선은 인계에 기거하는 존재가 아니다. 그는 자아를 초월해 우주와 하나가 되는, 하나의 현상으로 화한 존재들이다.

가람은 자신이 그러한 경지를 완성함으로써 이 세상에서 사라졌다고 말하고 있었다. 그렇기에 지금 이 자리에 있는 그녀는 사라진 존재의 그림자 같은 것이며, 난슬을 구원할 수 없다고.

"그럼 너는 왜 여기에 왔지?"

"당신을 만나기 위해서야, 진유현."

"나를?"

"그리고 당신에게 언니를 구할 방법을 줘어주기 위해서야."

난슬은 여전히 기운없는 모습이었지만 그래도 가람에게 무척 친근하게 굴고 있었다. 그것만으로도 가람이 난슬의 동생이라는 말을 의심할 이유는 없을 것 같았다.

가람이 그런 그녀에게 애정 어린 시선을 보내면서 말을 이었다.

"지금 금오의 십천군 중 둘이 당신을 만나기 위해 안산에 와 있어."

"십천군이라고?"

유현은 깜짝 놀라고 말았다. 육도에서 자신에게 천상 계급의 자리를 제안했을 때만큼이나 놀라운 일이었다.

가람이 고개를 끄덕였다.

"응. 금오를 유지하는 예언자 헌우는 나에게 빚이 있거든. 30년 전쯤에, 그가 세계를 지탱하는 예지에 지쳐서 쓰러질 뻔했을 때 내가 10년간 그의 자리를 대신해 준 적이 있어. 나는 그때의 일을 이야기하며 십천군 중 두 사람이 당신을 만나러 오게 했어."

"그게 난슬을 살리는 데 무슨 도움이 되지?"

"그 둘은 모두 요괴선인이야. 여기까지 말했는데도 그게 무엇을 의미하는지 모르진 않겠지?"

"……"

유현은 입을 다물고 생각에 잠겼다.

요괴선인이라. 만약 그렇다면 그들의 힘을 분석해서 퀘이사 에너지로 재현하는 것만으로도 난슬을 되살릴 수 있을지 모른다.

하지만 그들이 과연 순순히 자신의 힘을 분석하게 해줄까?

힘의 본질을 파악하게 해준다는 것은 자신의 밑천을 다 내놓는 것이나 다름없는 일인데?

게다가 같은 요괴선인이라고는 해도 그들의 힘이 난슬을 살리는 데 도움이 될지도 모르겠다. 유현이 기억하는 난슬의 기운은 무척이나 청명해서, 요괴의 것이라고는 상상도 할 수 없을 정도였다.

그런데 금오의 십천군이 그런 난슬과 동질의 기운을 갖고 있을까? 만약 사이한 술법이라도 터득하고 있었을 경우, 그 힘을 분석해서 재현한다 한들 난슬이 회복될 수 있을 것인가?

"난 이미 선술사를 소개받기로 했어."

"그는 도움이 되지 않아."

가람은 마치 유현이 쌍둥이 무당들을 통해 소개받기로 한 선술사를 알고 있기라도 한 것처럼 말했다. 유현이 눈살을 찌푸리며 물었다.

"그를 알고 있나?"

"알고 있다고도, 모르고 있다고도 할 수 있지. 그와 연이 있냐고 하면 그건 아니지만 그가 인간으로서 터득한 조악한 선술이 순수하지 않다는 것만은 알 수 있어. 그렇기 때문에 내가 굳이 여기까지 왔고, 금오의 십천군을 끌어들이는 번거로운 일을 한 거야. 그렇게 해야만 언니를 회복시킬 수 있다는 확신이 있었으니까."

"으음……."

모든 것을 꿰뚫어보는 듯한 가람의 말에 유현은 말문이 막히고 말았다.

가람이 말을 이었다.

"당신이 무얼 걱정하는지 알아. 하지만 그건 걱정할 필요가 없을 거야."

"어째서지?"

"헌우는 은혜를 잊지 않는 존재야. 적어도 자신이 지키고자 했던 이 세계에 대한 문제라면."

"그건 솔직히… 신뢰를 할 수가 없는 이유인데."

연옥에서 은원을 이야기하는 것만큼 부질없는 일은 없다. 하물며 세계 유지라는 대의 속에서 살아가는 금오의 톱이라면 인간을 숫자 이상으로는 보지 않을 터. 오늘 은혜를 입는다고 하더라도 내일 필요에 의해 은인의 뒤통수에 대고 총알을 갈겨줄 수 있을 게 분명하다.

노골적으로 불신감을 드러내는 유현에게 가람은 다른 이유를 내밀었다.

"그럼 이건 어때? 금오 측에서는 당신을 만나고 싶어했어. 그들은 당신을 만나서 하고 싶은 이야기가 있는 거야. 지금까지는 육도라는 울타리가 있어서 함부로 하지 못했지만, 이번 일을 기회로 삼는 거지."

"어떻게 그걸 확신하지?"

"내가 신선이기 때문이야. 천기가 나에게 알려주고 있어. 헌우는 이 기회를 얻기 위해 육도에게 많은 것을 양보해야 했어. 그러니 부디 그들을 만나 내 불쌍한 언니를 살려주길 바라."

가람은 그렇게 말하면서 유현에게로 성큼 다가왔다. 그 동작이 너무나도 자연스러웠고, 동시에 시각을 제외한 감각에는 전혀 잡히지 않았기 때문에 유현은 허를 찔리고 말았다. 반응조차 하지 못하고 그녀의 손이 왼쪽 눈의 안대에 와 닿는 것을 방관할 수밖에 없었다.

"그리고 이건 이제 당신에게 필요없어."

찰칵.

안대의 잠금쇠가 저절로 열리며 그녀의 손에 의해 벗겨져 나갔다. 유현은 한 박자 늦게 깜짝 놀라서 외쳤다.

"무슨 짓이야!"

유현이 안대를 되찾기 위해 손을 뻗었지만 그것은 이미 자취를 감춘 후였다. 무슨 속임수를 썼는지 허공에 녹아들 듯이 사라져 버렸다.

우우우우우웅…….

아무런 준비도 없이 안대를 벗자 희미한 퀘이사 에너지의 잔향이 주변에 흩뿌려졌다. 하늘의 왼손과 땅의 오른손이 공명하면서 주변의 공기가 미미하게 울린다.

"당신은 이제 그 눈을 완전히 제어할 수 있어. 겁을 먹고 이런 것에 의존하고 있으면 오히려 그 힘을 제대로 사용할 수 없을 거야."

"크윽……."

유현은 왼쪽 눈을 가린 채 신음했다.

확실히, 지금은 안대를 벗어도 이전처럼 힘이 폭주하지는 않는다. 왼쪽 눈에 장치된 간이 봉인이 아니더라도 눈을 통해 유입되는 퀘이사 에너지를 확실하게 통제할 수 있었다.

그것은 하늘의 왼손과 땅의 오른손, 그리고 경주에서 흡수한 퀘이사 수정 덕분이리라.

가람이 말을 이었다.

"당신이 겁을 집어먹고 고삐를 확실히 쥐지 못하는 한… 그것은 결코 안정되지 않아. 당신의 불안정은 곧 설악산에 있는 근원의 불안정으로 이어져. 그 사실을 자각하는 게 좋을 거야."

유현은 입술을 깨물며 그녀를 노려보았다.

하지만 반박할 말이 없다. 확실히 유현은 퀘이사 에너지를 두려워하고 있었다. 그렇기 때문에 지금까지 그렇게 이 힘의 완전한 통제 수단을 찾는 데 집착해 왔던 것이다. 이 힘이 언제 자신을 집어삼키고, 그것으로도 모자라서 주변의 모든 것까지 파멸로 이끌지 알 수 없었으니까.

유현은 심호흡을 해서 가슴을 진정시키며 물었다.

"내가 설악산의 상황까지 결정할 수 있다는 말, 그거 확실한 건가?"

"어느 쪽이 먼저냐, 는 의미가 없지만 당신이 그 힘에 대한 통제력을 완전히 확보한다면 설악산은 더 이상 그 힘의 폭류에 시달릴 일이 없을 거야. 당신의 눈과 그곳은 결국 같은 것이니까."

"그것참… 기분 나쁜 사실이로군."

유현은 그렇게 투덜거리면서 천천히 손을 떼었다.

동시에 눈 주위에 장치된 봉인도 해제해 보았다. 순간 힘이 폭주하는 것을 염려했지만, 그런 일은 없었다. 거짓말처럼 안정되어서 뜻대로 그 출력을 조절할 수 있을 것 같았다.

"유현."

문득 성아가 그를 올려다보며 말했다. 유현이 그녀를 돌아보자 그녀가 살짝 웃으며 말했다.

"안대 벗은 쪽이 훨씬 나은 것 같아. 그 안대 디자인이 별로야."

"그런가."

너무나도 여자애다운 감상에 유현은 그만 킥 하고 웃어버리고 말았다.

*   *   *

　백호존 규혼은 하얀 여우 인간의 모습 그대로 사람들 사이를 거닐고 있었다. 그와 함께 온 적골마제(赤骨魔帝) 융우는 철저하게 본신을 감추고 인간 모습을 하고 있었지만 창백한 얼굴과 붉은 눈동자로부터 스산한 사기를 풍기고 있었다.

　그러나 지나가는 사람들 중 누구도 그들에게 신경 쓰지 않고 있었다. 그들 옆을 지나가면 왠지 오싹한 기분이 든다거나 하는 느낌은 있었지만, 그들이 발산하는 술법에 의해서 사람들의 인식에는 거대한 공백이 생겨 있었다.

　규혼은 폐허가 된 안산 시가지를 보면서 혀를 내둘렀다.

　"도시가 파괴된 것을 보니 생각보다 충격적이군. 우리 쪽은 대도시는 타격을 입지 않았는데……."

　중국 쪽에도 많은 재해가 일어났지만 발달한 도시까지 그 파괴가 미치지는 않았다. 십천군의 수장인 예언자 헌우의 예지가 모든 사태를 미연에 알아채서 막아냈기 때문이었다. 그러나 광산이 통째로 파괴되거나, 산간지방이 산사태에 휘말리거나, 둑이 무너져 수해가 일어나는 것까지는 어쩔 수가 없어서 피해 자체는 끊임없이 확산되고 있었다.

융우가 말했다.

"한국은 이상할 정도로 피해가 적은 편이지. 아직 이곳 하나만 파괴되었으니."

"나라가 작아서 그런 게 아닐까? 땅덩이가 코딱지만 하니."

대륙을 주름잡는 그들의 입장에서 보면 한국, 그것도 남한은 정말 코딱지만 한 땅이었다. 중국의 일개 성 정도의 크기이지 않은가?

융우가 고개를 저었다.

"일본을 보면 그렇지도 않은 것 같은데. 오사카에 해일이 몰아치는 것으로 끝나지 않고 홋카이도 지방에서도 피해가 미치고 있으니."

"으음. 그 마을 두 개가 통째로 얼어붙었다는 설녀하고 설인 사건 말이지?"

두 요괴선인은 말하면서 걷다가 아파트촌을 발견하곤 훌쩍 날아올라서 옥상에 올라섰다. 원래 그들은 한국에 입국할 때 접선 장소를 통보받은 상태라 높은 곳에서 안산 전역을 굽어보았다.

규혼이 투덜거렸다.

"뭐랄까. 폐허가 되기 전에도 굉장히 삭막한 도시였을 것 같군. 이 고층 건물들이 몰개성하게 줄줄이 모여 있는 꼴이라니."

"난 마음에 드는군. 질서정연하지 않나. 처음부터 이런 형
태로 계획되어서 만들어진 도시라는 거겠지."

"자네는 무채색의 풍경이라는 것을 정말 좋아하는 것 같
군."

두 사람은 그렇게 대화를 나누면서 몸을 날렸다. 두 사람의
몸이 가랑잎이라도 된 것처럼 기류를 타고 날아서 약속 장소
에 도착했다. 그곳은 유현의 아파트에서 얼마 떨어지지 않은,
폐허가 된 아파트 단지에서 그럭저럭 멀쩡한 현상을 유지한
몇 안 되는 아파트 위였다. 물론 안에 살던 사람들은 죄다 나
가서 완전히 유령 건물이 된 지 오래다.

"온다."

곧 융우가 한쪽을 바라보며 말했다. 고층 아파트들 옥상을
밟고 뛰면서 이쪽을 향해 접근해 오는 이들이 있었다.

"흠."

규혼은 그 선두에 서 있는 소녀를 보면서 눈을 가늘게 좁혔
다. 허깨비 같은 존재감을 자랑하는 그 소녀와 그는 아주 깊
은 인연이 있었다.

"가람."

곧 그의 앞에 가람과 몇 명의 사람들이 날아와서 섰다. 가
람이 말했다.

"오랜만이야, 규혼."

"그렇구려. 근 20년 만인가."

가람이 헌우의 짐을 나누어졌던 10년간, 그녀는 금오의 중추에서 몇몇 이들과 교류를 나누었다. 그리고 규혼은 그중 가장 깊은 교류를 나눈 이였다. 가람이 자신의 비법인 기천무극대진을 보여준 덕분에 그때까지 미완성 상태로 연구 중이던 역천반극대진이 완성될 수 있었으니 그로서는 그녀를 은인으로 여기지 않을 수 없었다.

"나와줘서 고마워."

"당신이 나를 지명했다고 들었소. 안 나올 수 없었지."

"내가 아는 금오의 요괴선인 중에 순수한 기운을 가진 이는 당신뿐이었어. 다른 이들은 전부 마법이나 사술에 빠져서 순수한 선기를 잃었으니까."

그녀는 그렇게 말하면서 살짝 옆으로 비켜섰다. 그러자 그 뒤에 있던 유현이 한 걸음 앞으로 나섰다. 그의 어깨에는 난슬이 올라탄 채 규혼을 물끄러미 응시하고 있었다.

규혼이 말했다.

"나를 부른 이유에 대해서는 들었소. 이 여우요괴를 되살릴 힘이 필요하다는 것도. 하지만 그것을 위해서는 내 힘의 대부분을 쏟아 부어야 한다는 것은 알고 있는 것이오?"

예언자 헌우는 규혼에게 가람이 그를 지명한 이유가 그녀의 언니를 되살리기 위해서라고만 말했다. 가람의 언니 난슬은 강대한 요괴선인이었으며, 얼마 전에 겪은 일로 인해서 그 힘을 잃고 점차 쇠약해져 가고 있다고… 그렇게 들었다.

확실히 순수한 요괴선인의 힘을 가진 규혼의 선기라면 난슬을 회복시킬 수 있을 것이다. 하지만 그녀를 회복시키기 위해서는 규혼도 많은 진원지기를 소모하지 않으면 안 된다. 그것은 규혼이 이룩한 요괴선인으로서의 경지가 100년 이상 퇴보한다는 것을 의미했다.

"그럴 필요는 없어."

그러나 가람은 고개를 저었다. 규혼은 당혹스러움을 드러내며 물었다.

"그게 무슨 말이오?"

"당신 앞에 있는 사람, 그가 바로 진유현이야. 적골마제 융우, 당신이 규혼을 따라온 것은 그 때문이었지?"

"훗. 역시 가람 당신은 모르는 게 없군. 혹시 헌우가 미리 귀띔해 주었나?"

융우가 씩 웃으며 나섰다. 창백한 안색에 붉은 눈동자를 가진 그의 본신은 붉은 해골이다. 생전에 전장에서 천 명 이상을 베어 넘긴 전설적인 무용을 자랑했던 무사가 죽은 지 수백 년 만에 용맥의 뒤틀림 속에서 요괴로 되살아난 것이 바로 그였다. 되살아난 그는 혼란 속에서 예언자 헌우를 만났고, 선연을 맺어 요괴선인이 될 수 있었다. 그리고 이후 자신이 품은 깊은 사기를 이용, 죽음을 갖고 노는 각종 사술에 심취하여 십천군의 일원이 될 수 있었다.

"진유현? 그건 무슨 말이지?"

규혼은 아무것도 모르는 듯 당혹스러워하며 물었다. 융우가 대답했다.

"눈앞에 있는 바로 저 애송이가… 내가 여기까지 자네를 따라온 목적이라는 거지. 그리고 자네가 지금 생각하는 문제를 해결할 능력도 있다는군."

"도대체 무슨 말인지 모르겠군."

규혼은 눈살을 찌푸리며 유현을 바라보았다. 빈틈이 보이지 않는 기세, 황량한 기운을 머금은 눈동자, 그리고 전신을 타고 흐르는 기력과 마력까지… 모든 것을 한순간에 읽어들인 그는 그가 일류의 전투 능력을 가진 존재지만 그뿐이라고 여겼다. 유현이 스스로의 정보를 완전히 차단하고 거짓 정보를 흘린다는 사실을 몰랐기에 쉽게 속아넘어간 것이다.

"뭐 곧 알게 될 거야."

스르릉!

융우가 그의 앞으로 나서서 유현에게 다가서는 것과 동시에, 그의 뒤쪽에서 한 자루 두터운 검이 저절로 뽑혀져 나와서 허공에 떠올랐다.

"애송이, 나는 너에게 금오의 제안을 갖고 왔다."

"무슨 제안이지?"

유현이 달갑지 않다는 듯 물었다. 융우가 히죽 웃었다.

"그 제안을 들려주기 전에… 네가 그 제안을 듣기에 합당한 자격을 갖췄는지 시험해 보고 싶군."

"싫다면? 난 당신들 제안을 듣든 말든 별로 상관은 없는데."

"뭐 그럼 협력의 조건이라고 하면 어떨까? 이건 규혼이 정할 바이긴 하지만, 그도 네 능력에 흥미가 있긴 있을 것 같거든?"

융우가 규혼을 바라보자, 찌푸린 표정을 짓고 있던 그가 살짝 고개를 끄덕였다. 규혼은 진법의 대가였지만 동시에 무투파이기도 해서 상대의 그릇을 알아보기 위해서 직접 부딪쳐 보는 것을 선호하는 타입이었다.

"그렇게 치사하게 나오다니, 뭐 어쩔 수 없군."

유현이 고개를 끄덕였다. 그때 아일라가 물었다.

"괜찮겠나?"

"금오의 요괴선인이라니 꽤나 상상을 초월하는 상대지만… 지금이라면 어떻게든 될 거야."

"믿어보지."

아일라는 흥미로워하는 기색으로 물러났다. 규혼과 융우 역시 그녀가 무척이나 신경 쓰였지만 일단은 무시하고 유현에게 집중했다.

"그럼 어디 한번 놀아볼까?"

사아아아아……!

융우가 대검을 쥐는 것과 동시에 맹렬한 사기가 흘러나오기 시작했다. 그것만으로도 주변 공간이 새카맣게 물들면서 떠돌던 혼령들이 동요할 정도였다.

유현은 난슬을 성아에게 맡겨두고는 그를 바라보며 말했다.

"좋아. 원하는 대로 해주지."

동시에 그의 손에 마술처럼 권총 한 정이 나타나면서 총구가 불을 뿜었다.

파앙!

5

'호오.'

규혼은 턱을 쓰다듬으며 감탄했다. 유현의 기습은 융우도, 규혼 자신도 전혀 예측하지 못했던 것이기 때문이었다. 무슨 수를 썼는지 모르겠지만 아공간으로부터 권총이 소환되어 그 손에 쥐어질 때까지 전혀 그 기척을 읽지 못했다.

그러나 그 공격은 융우가 사기와 함께 쳐둔 염력결계에 가로막혔다. 융우가 재미있다는 듯 웃으며 유현에게로 뛰어들었다. 동시에 대검이 무시무시한 기세로 휘둘러졌다.

콰창!

검과 검이 맞부딪치며 두 사람의 위치가 서로 반전되었다. 유현이 순간적으로 장군검을 꺼내 들더니 그 공격을 받아친 것이다. 동시에 그의 마법포켓으로부터 여섯 자루의 검이 튀어나오더니 염동력으로 허공에 고정되었다. 그리고 거기에 강력한 마력이 깃들어 빛의 창처럼 변해 버렸다.

'이건… 뭐지? 마력출력이 정상이 아닌데?'

이 공격에는 규혼도 놀랐다. 여섯 자루의 검을 염동력으로 자유자재로 조종하는 것은 물론, 3미터에 이르는 빛으로 화하게 할 정도로 강력한 마력을 부여하다니? 그가 파악한 유현의 능력으로 보면 절대 있을 수 없는 일이었다.

슈슈슈슈슛!

그 검들이 복잡한 궤도를 그리며, 엄청난 속도로 융우에게로 날아들었다. 융우는 혀를 차며 뒤로 죽 미끄러지면서 그것들을 정신없이 받아쳤다.

차차차차차창!

섬광이 어지럽게 튀면서 공기가 쩌렁쩌렁 울렸다. 그 뒤에서 유현은 느긋하게 라이플 한 정을 꺼내 들더니 융우를 향해 사격하기 시작했다.

투두두두두두!

"이런 젠장!"

융우가 짜증을 내며 염력결계로 그것을 막아내었다. 연사로 맞춰됐다고는 해도 가우스 라이플의 위력은 굉장한 것이라서 몇 발은 방어를 뚫고 그의 몸을 스쳐 지나갔다.

흐어어어어!

하지만 그때였다. 갑자기 유현의 뒤쪽에서 검은 안개가 뭉쳐서 만들어진 것 같은 커다란 사령이 나타나서 주먹을 휘둘렀다. 전혀 기척을 감지하지 못했던 유현은 급하게 반응해서 그것을 피해냈다.

동시에 주변에 무수한 사령들이 떠오르기 시작했다. 어떤 것은 거인의 형상을 하고 있었고, 어떤 것은 짐승의 형상을 하고 있었으며, 어떤 것은 공처럼 둥글게 뭉쳐서 흐느적거리고 있었다.

흐으으으으……

"큭, 진짜 기분 나쁜 힘을 사용하는군."

죽음을 갖고 노는 사술사들은 정말 기분 나쁜 상대였다. 사령이란 사기에 의해 오염된 혼령들, 융우의 경우는 자신이 특별히 길들인 사령들을 비장해 두고 있다가 이런 식으로 소환해서 쓰곤 했다.

유현은 여섯 자루의 검을 다시 자신의 곁으로 불러들이고는 융우를 바라보았다. 융우는 자욱하게 일어난 검은 사기 속에서 웃고 있었다.

"어디 실력을 더 보여봐라, 애송이."

"원한다면… 보여주지."

유현이 눈을 부릅떴다. 그 순간 하늘의 왼손과 땅의 오른손이 공명하며, 리스트 밴드 형태에서 장갑 형태로 화해 양손을 휘감았다. 그리고 유현의 왼쪽 눈이 파르스름한 빛을 발하기 시작했다.

쿠우우우!

동시에 유현이 들고 있던 장군검이 한줄기 섬광으로 화했다. 그것도 장장 10미터에 달하는 거대한 빛의 기둥으로!

"뭐야, 이건?!"

갑자기 폭증하는 마력과 기력이 엄습하자 융우가 당황했다. 이것은 요괴선인인 자신과 비교해도 전혀 뒤떨어지지 않는 힘이 아닌가!

챙! 챙! 촤챙!

동시에 유현의 주변에 떠 있던 여섯 자루의 검 역시 거대한 빛의 검으로 화했다. 아까 전과는 현격하게 다른 마력이 거기에 부여되어 있음을 알아볼 수 있었다.

"흡!"

유현이 기합과 함께 검을 내려쳤다. 빛의 검이 강맹한 기세로 공간을 가르자 융우가 기겁해서 그 자리에서 피했다.

콰하하하핫!

공기가 비명을 지르며 흩어져 갔다. 검을 휘두르는 궤적에 걸려 있던 사령들이 한순간에 찢겨져서 소멸하고 그대로 융우가 서 있던 아파트 건물까지 비스듬히 베어져 버렸다.

쿠구구궁…….

굉음과 함께 비스듬히 잘린 아파트 위쪽이 미끄러져 떨어지기 시작했다. 그 위에 서 있던 이들이 서둘러서 다른 곳으로 옮겨가고, 결국 거대한 아파트 조각이 대지로 떨어져 충격음과 함께 모래먼지가 일어 올랐다.

그 광경을 멍청하니 지켜보던 융우는 어처구니가 없어서 물었다.

"너… 정말 인간이냐?"

놀라고 있는 것은 그만이 아니었다. 규혼도 믿을 수 없어하는 기색이었다.

'정말 터무니없군!'

오로지 가람만이 태연할 뿐, 나머지 사람들은 다들 놀라고 있었다. 성아는 이무기와 싸울 때 이미 유현의 전력을 본 바 있었음에도 불구하고 여과없이 느껴지는 어마어마한 마력에 전율했고, 아일라 역시 그가 경주 사건 이후로 측량하기 어려울 정도로 강해졌다는 사실을 실감했다.

유현은 흥 하고 코웃음을 치며 대꾸했다.

"기분 나쁜 의심이군. 어쨌든 계속할 건가? 이 정도면 당신이 원하는 자격 증명 정도는 된 것 같은데."

유현은 마력을 전개한 김에 그것으로 주변에 거대한 인식 장애결계를 둘러치면서 말했다. 방금 전에 아파트 조각이 떨어지면서 낸 소리는 상당히 컸다. 일단은 이목을 차단해 두고, 이 매끄러운 절단면을 뭉개서 이무기 사건 때 파괴된 것처럼 조작해 둘 필요가 있었다.

"충분하군. 왜 현우가 너에게 이런 제안을 하라고 한 것인지 알겠어."

융우는 고개를 절레절레 저으면서 검을 집어넣었다. 동시에 주변에 퍼져 있던 사기가 그의 몸속으로 빨려들어 가서 자취를 감추었다.

유현도 마력을 거두었다. 빛의 검이 허공으로 녹아들 듯이 사라지고, 장군검을 비롯한 검들도 마법포켓 속으로 들어가서 모습을 감추었다.

"그럼 그쪽의 제안이라는 것을 들어보지. 무슨 제안이지?"

"흠. 뭐 간단한 제안이지. 진유현, 혹시 우리 금오의 십천군으로 들어오지 않겠나?"

'또냐?'

순간 유현은 경악하거나 의심하는 대신 허탈함을 느끼고

말았다.

그도 그럴 것이 금오 쪽에서 십천군씩이나 되는 이들이 와서 자신을 시험까지 해가면서 원하는 것이 뻔했기 때문이다. 얼마 전까지였으면 전혀 예상하지 못했겠지만 이미 육도에서 비슷한 제안을 한 번 받지 않았던가?

"실은 우리도 얼마 전에 한 명 결원이 생겨서 말야. 새로운 인원을 들이려고 조직원 중에서 고르고 있긴 한데 별로 마땅찮은 녀석이 없어서. 그런데 헌우가 너라면 최고의 전력이 될 거라고 하더군."

"당신들… 생각하는 게 어쩌면 그렇게 육도 상층부랑 똑같아?"

"으음. 역시 육도도 같은 제안을 했나?"

"당신들 제안에서 십천군을 천상 계급으로만 바꾸면 똑같아. 아마 당신은 그런 제안을 하면서 세계의 진실을 알려주겠다던가, 하는 이야기를 나에게 하려고 했을 것 같은데 혹시 내 생각이 틀린가?"

"아, 거기까지 똑같았나. 좀 다른 제안을 생각해 볼 것을 그랬군."

"……."

유현은 투덜거리는 융우를 보며 기운이 죽 빠지는 것을 느꼈다. 사실 7대세력이 서로 손에 손잡고 세계를 다스리는 놈들이다 보니 상층부란 놈들 생각이 참으로 천편일률적인 것 같다.

"어쨌든… 그 제안에 대한 대답은 거절이야. 육도의 제안도 거절했는데 굳이 중국에서 온 당신들의 제안을 받아들일 이유가 없다는 것은 이해하겠지?"

"쯧. 그렇군. 헌우도 크게 기대는 하지 말라고 하긴 했는데… 나 개인적으론 아쉽구나, 애송이."

"난 안 아쉬워."

유현은 단호하게 잘라 말하고는 규혼을 바라보았다. 흰 여우의 얼굴을 가진 그는 매우 흥미로워하는 기색으로 유현을 바라보고 있다가 물었다.

"넌 왜 육도와 우리의 제안을 거절하는 거지?"

"그렇게 하고 싶지 않으니까."

"어린애 같은 이유로군. 세계의 진실, 그걸 알게 되었다면 우리의 제안이 얼마나 무거운 것인지도 잘 알고 있을 텐데? 그런데도 불구하고… 그것을 걷어차겠다는 것이냐?"

그 말에 유현은 곧바로 대답하지 않고 잠시 그를 노려보았다. 그러다가 비아냥거림이 섞인 어조로 되물었다.

"그럼 내가 묻겠는데… 당신은 그 세계의 진실을 듣고, 대의를 위해 내 한 몸 아낌없이 바쳐 중생들을 구제하겠다는 숭고한 마음으로 금오의 십천군이 되었나?"

"음......."

그러자 규혼은 말문이 막혀 버렸다.

사실 규혼도 그렇고 융우도 그렇고, 그냥 조직 내에서 각자 추구하는 바를 따라서 정진하다 보니 십천군이 되었고, 진실을 알게 되었고, 빼도 박도 못할 신세가 된 것이지 딱히 대의를 위해 이 목숨을 초개같이 바치겠다는 숭고한 의지로 그 자리에 있는 것은 아니었다. 그러다 보니 유현처럼 물어오면 대답할 말이 궁해진다.

"당신들이 원하는 것은 어차피 성능 좋은 부품이겠지. 내가 당신들이 갖고 있는 부품보다 더 성능 좋은 부품이라서 나를 원할 뿐, 내가 가든 가지 않든 그 자리를 채울 부품은 이미 준비해 놓고 있지 않나?"

"부정하진 않겠다."

유현의 냉소적인 말에 규혼은 쓴웃음을 지었다.

유현이 말을 이었다.

"나는 당신들이 말하는 대의에 뜻이 없어. 나는 세계 전체를 숫자로만 바라보면서 잔혹한 희생을 강요하는 일은 하고 싶지 않아."

"그 덕분에 네가 살아서 우리와 마주 보고 있는 것인데도 불구하고 말인가?"

"오로지 그것만으로 이 세계가 유지되었다고 한다면 그것

역시 당신들의 오만이야. 나는 내가 지킬 수 있는 것만을 지킨다. 그뿐이야."

"그렇군. 그 뜻, 잘 알았다, 애송이."

규혼은 고개를 끄덕이고는 난슬을 바라보았다. 공교롭게도 난슬과 규혼의 본신은 둘 다 흰 여우였다. 난슬은 구미호였고(지금은 꼬리가 두 개뿐이지만) 규혼은 여우 인간이라는 차이점이 있었지만 말이다.

규혼은 궁금해졌다. 힘을 잃기 전의 그녀는 어떤 존재였을까? 소름끼칠 정도로 영민하면서도 어딘가 나사가 빠진 것 같은 모습을 보여줬던 가람과 비슷했을까?

그는 가람을 바라보며 말했다.

"그럼 가람, 애송이가 가진 방법이라는 것을 내게 말해주시오."

가람이 제시한 방법은 간단했다.

유현이 규혼이 가진 선기를 샘플로 그 본질을 분석해서, 퀘이사 에너지를 변환시켜 완벽하게 동질의 힘을 만들어낸다. 그리고 그 힘을 난슬에게 부여하여 그녀를 부활시킨다.

"그런 일이 가능한가?"

규혼이 의구심을 보였다.

힘의 변환 자체는 누구나 하고 있는 일이다. 모든 술사들은 자신의 영적 근원을 변환시켜서 마력을 얻고, 선기를 얻고,

주력을 얻는다. 의기강체술 등으로 다루는 기력 역시 생명력을 좀 더 쓰기 편한 상태로 변환시킨 결과물이다.

하지만 그러한 변환은 인간이 가진 능력을 발휘하기에 최적의 조건을 얻기 위해 이루어지는 것이다. 그렇기에 항상 일방통행이다. 변환이 가능한 술사가 없지만, 그 자신의 그릇이 어떤 힘에 최적화되어 있기에 자기 것이 아닌 에너지로의 변환 효율은 극히 떨어질 수밖에 없다.

"나는 가능하지."

유현은 의심하는 그에게 증거를 보여주었다. 퀘이사 에너지를 개방하여 막대한 마력을 만들어내는 것과 동시에 쌍둥이 무당들을 통해 구현할 수 있게 된 영력도 만들어내었다.

"이건… 정말 엄청나군. 헌우가 자네를 원하는 이유를 알겠어."

규혼과 융우 모두 유현의 진정한 가치를 알아보고는 경악했다.

방금 전까지 그들은 유현을 시험하니 뭐니 하면서 그 무력을 보고자 했지만, 그것은 터무니없는 오해에서 비롯된 착오였다는 것을 알 수 있었다. 유현의 가치는 막대한 에너지를 발휘할 수 있다는, 그런 흔해빠진 능력에 있지 않았다. 그 어떤 에너지라도 샘플만 주어지면 구현해 낼 수 있다는 것은 연옥의 수천 년 역사를 통틀어봐도 전례를 찾기 어려운 희귀 능력이다.

"이걸로 당신의 의문에는 답을 해준 셈이군. 이제 당신이 의사를 확실히 할 때다. 난슬을 살리기 위해 당신이 지닌 힘, 그 본질을 내가 분석하는 것을 허용할 수 있나?"

유현이 긴장한 채 물었다.

힘의 본질을 파헤치도록 한다는 것은 자신의 밑천을 남에게 드러낸다는 것이다. 일반적인 마력이나 영력, 이런 능력이라면 모를까 그 힘 자체가 희귀한 성향을 가져 쉽게 파악하기 어렵다면 더더욱 그렇다. 그리고 규혼의 선기는 확실히 그 희귀함에 있어서는 따라올 힘을 찾기 어려웠다.

"협력하지."

그러나 규혼은 맥 빠질 정도로 쉽게 고개를 끄덕였다. 그가 거절할 경우 무력을 행사해서라도 원하는 바를 성취할까 고민 중이었던 유현으로서는 당혹스러울 지경이었다.

"정말 쉽게 허락하는군."

"가람에게는 은혜를 입었으니까. 그리고 애송이 네가 내 힘을 분석한다 한들 그걸로 뭘 할 수 있는 것도 아니다. 요괴선인은 모두 요괴의 본질을 갖고 존재하기에 순수한 선기를 갖기 어려우니 내가 지닌 힘이 희귀할 뿐이고, 내 기술의 진수는 그 힘의 희소성에 기대지 않는다."

그것은 진법에 있어서만은 세계 최고를 자부하는 자이기

에 할 수 있는 말이었다. 유현은 300년에 걸쳐 연마된 그의 자부심을 엿보고는 조금이나마 경의를 느꼈다. 힘의 본질조차 상관없다고 말할 수 있는 대범함을 보일 정도라면 그의 기술은 분명 경의를 바칠 가치가 있는 것이리라.

유현은 분석 작업을 위해 힘의 흐름을 통제하기 위한 마법진을 그리려고 했다. 하지만 귀혼이 고개를 저었다.

"내가 하마. 아마 네가 하는 것보다 나을 거다."

"마음대로."

유현은 순순히 물러났다. 어차피 그의 마법 지식은 그리 깊지 못한 편이고, 진법에 대해서는 선술이 마법보다 훨씬 낫다.

규혼이 자신의 손가락 끝을 한 번 튕기자 핏방울이 튀었다. 그리고 그것이 공기중의 수분과 결합하더니 묽은 액체가 되어 사방으로 튀면서 순식간에 커다란 진을 이루는 게 아닌가?

'놀랍군.'

너무나도 간단하게, 척 봐도 대단히 복잡하고 심오한 진을 구축하는 규혼의 솜씨에 유현도 감탄하고 말았다. 이런 기술이면 정말 자부심을 가질 만하다.

유현과 규혼은 진 안에 마련된 자리에 서로를 마주 보고 앉았다. 규혼이 말했다.

"그럼 시작하지."

규혼은 정신을 집중해 자신의 힘을 허공에 흘려내기 시작했다. 맑고 투명한, 그것을 접하는 것만으로도 마음이 편안해지는 듯한 기운이 주변을 채우기 시작한다. 이런 기운을 가진 자가 피를 피로 씻는 조직의 정점에 서 있다는 것이 믿어지지 않을 정도였다.

'확실히… 난슬의 것과 거의 비슷한 기운이다.'

유현은 그 기운이 감각이 전해주는 느낌이 난슬의 것과 거의 흡사하다는 것을 인정했다. 동시에 그 힘을 받아들여서 분석하기 시작했다. 빛이라는 형태로 에너지의 흐름과 구조를 꿰뚫어보는 그의 눈은 조금만 그 사용법을 알면 이 힘도 분석해 내는 것이 가능했다.

그렇게 얼마나 시간이 지났을까?

"후우……."

유현이 한숨을 쉬며 선기를 받아들이기를 멈추었다. 규혼이 그를 바라보며 물었다.

"이제 됐나?"

"된 것 같군."

유현이 고개를 끄덕이며 변환을 시도해 보았다. 곧 유현으로부터 아주 맑고 투명한, 규혼이 발했던 것과 똑같은 기운이 퍼져 나오기 시작했다.

그것을 본 규혼이 쓴웃음을 지었다.

"이렇게 될 거라는 것을 알고는 있었지만, 고작 몇 시간 만에 내 힘을 똑같이 베껴 버리다니 어이가 없을 정도군."

"일단 쓸 수는 있을 것 같지만 좀 더 순수화를 시키는 편이 좋겠지. 어쨌든 협력에 감사해. 당신 덕분에 난슬을 회복시킬 수 있을 것 같아."

유현은 그에게 공손히 고개를 숙였다. 남에게 이런 식으로 고개를 숙여본 것이 얼마 만인지 기억도 나지 않았지만, 지금 규혼은 그에게 이런 인사를 받을 자격이 있다고 생각했다.

"건방진 애송이가 공손하게 구니 낯이 간지럽군."

규혼은 흥 하고 코웃음을 쳤지만 싫은 기색은 아니었다.

유현은 씩 웃어 보이고는 난슬을 안아 들었다. 그리고 천천히, 아주 조심스럽게 변환시킨 힘을 일으켜 그녀에게 주입시켜 보았다.

"끼잉……."

난슬이 몸을 부르르 떨었다. 지금까지는 정령석의 힘을 조금씩 흡수해서 연명해 왔던 난슬이지만, 본래 자신이 가졌던 것과 거의 흡사한 힘이 유입되기 시작하자 전신에 충만한 듯한 감각이 찾아들었다. 유현은 아기 고양이에게 젖병을 물리듯이 아주 세심하게 힘의 양을 조절해서 그녀에게 부여해 주었다.

우우우우웅.

그녀의 몸이 은은한 빛을 발하며 주변 공기가 떨리기 시작했다.

그때 가람이 다가와서 유현과 난슬의 주변을 한 바퀴 빙 돌았다. 유현은 이 여자가 왜 이러나 싶어서 그녀를 바라보았는데, 그 순간 갑자기 이변이 일어났다.

"이건⋯⋯."

갑자기 난슬이 발하는 빛이 강해지며 그녀의 실루엣이 급격하게 확장되기 시작했다. 유현은 깜짝 놀라서 그녀를 놓고 뒤로 물러났다.

"돌아오고 있어?!"

유현이 경악했다.

확장된 빛의 실루엣은 인간 소녀의 모습 바로 그것이었다. 물결치는 빛이 찰랑거리는 머리칼을, 그리고 그 위로 쫑긋 세워진 여우의 귀를, 굴곡이 확실한 소녀의 몸을 그려낸다.

"우우웅."

잠시 후 빛이 잦아들면서 한 소녀가 기지개를 켰다. 그것은 쫑긋 세워진 여우의 귀와 엉덩이 쪽에 두 개의 꼬리를 가진 요괴선인 소녀였다.

"난슬⋯⋯."

유현은 알몸을 적나라하게 드러낸 그녀를 보며 당혹감을 금치 못했다.

서구적인 느낌이 가미된 혼혈아 같은 앳되고 사랑스러운

용모, 왼쪽은 녹회색, 오른쪽은 청회색을 띤 오드아이는 유현이 기억하는 난슬의 모습 그대로였다. 차이점이라고는 머리카락도, 여우 귀도, 꼬리도 눈처럼 하얀색이라는 점과 꼬리의 숫자가 두 개로 줄어들었다는 차이뿐이다.

어떻게 이런 일이 있을 수 있을까? 유현이 난슬에게 주입한 힘은 얼마 되지도 않는다. 이 정도로 인간 모습으로 변신하는 게 가능할 리가 없다.

"안녕, 유현."

그러나 눈앞에는 분명 난슬의 모습이 존재하고 있었다. 그녀는 알몸을 부끄러워하지도 않은 채 유현에게 인사했다. 유현도 별로 낯이 뜨거워진다거나 당황하지는 않았지만 왠지 자연스럽게 가슴으로 눈이 간다. 그러고 보니 난슬은 얼굴은 앳되어 보였지만 가슴은 꽤나 풍부하고 모양새가 좋은 편이었는데, 이렇게 알몸인 상태로 보니 확실히…….

"저질."

그때 성아가 옆에서 한마디 툭 던졌다. 그 말에 유현은 퍼뜩 정신을 차리고는 헛기침을 했다.

"흠흠."

그때 난슬이 배시시 웃으며 손을 들었다.

"미안해, 유현."

"뭐?"

"오랜만이라서 반갑기는 한데… 지금 나에게 이 모습이 허락된 시간이 그리 길지 않아."

그녀는 혀를 쏙 내밀어 보이고는 몸을 돌렸다. 그 앞쪽에는 가람이 부드러운 미소를 지은 채 기다리고 있었다.

"가람."

"언니."

가람은 자신에게 다가온 난슬을 부드럽게 끌어안았다.

"163년 만이야."

"……."

감동의 상봉이었지만 가람이 내뱉은 말은 그런 훈훈함을 날려 버리기에 충분했다. 유현은 잠시 동안 어이가 없어하면서 두 소녀가 끌어안고 있는 것을 바라보았다.

잠시 후, 난슬이 그녀와 떨어져서 말했다.

"드디어 우화등선의 꿈을 이루었구나? 축하해."

"응. 언니와 함께하지 못한 것이 아쉬울 뿐이야."

"내가 네 족쇄가 되었구나. 미안해."

가람은 오래전에 우화등선의 경지에 도달하여 신선이 되었다. 그녀의 본체는 이미 신격을 얻고 거대한 현상이 되어 이 세상을 돌리는 위대한 순환고리 속으로 녹아들었다.

그러나 그것은 완전하지 않았다. 난슬이라는 미련이 있었기에 그녀는 오랜 시간 동안 완전해지는 시간을 미룬 채, 그것을 해결할 시간을 기다리고 있었던 것이다.

가람이 고개를 저었다.

"아니야, 언니. 언니가 나를 지탱해 주었기 때문에 나는 비원을 이룰 수 있었어. 이제 언니와 이렇게 다시 만났으니 더 이상 미련이 없어."

"꼭 죽는 사람 같은 말이야, 그거."

"그러네."

난슬의 농담에 가람이 빙긋 웃었다. 동시에 그녀의 모습이 희미해져 가기 시작했다. 그것을 본 난슬이 아쉬워하는 표정으로 물었다.

"가람, 가는 거야?"

"응. 이제 내가 언니에게 해줄 수 있는 일은 끝났으니까. 먼저 가서 기다릴게. 언니라면 분명히… 올 수 있을 거야."

"응. 언젠가, 꼭."

난슬은 살짝 눈물이 맺힌 눈으로 고개를 끄덕였다. 가람의 모습이 희미한 윤곽으로 변해가면서 주변이 요동치기 시작했다. 엄청난 에너지 파동이 주변을 뒤흔들면서 감각을 압도한다.

쿠르르르릉…….

그 영향을 받은 하늘이 불안정해지기 시작했다. 밤의 어둠 속에서도 알아볼 수 있을 정도로 시커먼 구름들이 달을 가리면서 소용돌이친다. 그 한가운데 커다란 구멍이 뻥 뚫려 있었고 그로부터 희미한 빛줄기가 내려와서 가람을 감쌌다.

그 속에서 가람의 몸이 빛에 녹아들어 가듯 서서히 떠오르기 시작했다. 가람은 규혼을 바라보며 말했다.

"고마워, 규혼. 덕분에 마지막 미련을 해결할 수 있었어."

규혼은 자신이 추구하는 길의 마지막에 도달한 그녀에게 고개 숙여 경의를 표하며 대답했다.

"별말씀을. 지고한 경지에 도달한 것을 축하드리오."

"고마워. 그리고 당신도 너무 지상에 미련 두지 말고 얼른 따라와. 안 그러면 이것저것 점점 미련이 쌓여서 헌우처럼 천년만년 지상에 묶여서 아무것도 못하는 워커홀릭이 되니까."

"워커홀릭……."

가람의 적나라한 표현에 규혼은 픽 웃어버리고 말았다. 워커홀릭이라. 신적인 존재가 되었으면서도 지상을 버리지 못하고, 어떻게든 파멸한 세계를 깁고 기워서 유지하려고 모든 것을 다 바치는 헌우에게는 확실히 어울리는 말이었다.

가람은 이번에는 유현을 내려다보며 말했다.

"언니를 잘 부탁해."

유현은 그녀와 시선을 마주하며 고개를 끄덕였다.

그녀가 왜 수백 년간 추구한 비원조차 미룬 채 난슬과의 인연을 중시했는지, 왠지 이해할 수 있을 것 같은 기분이 든다.

유현의 황량한 마음조차 열어 젖혔던 난슬과 함께한 이라면 누구나 그녀를 사랑할 수밖에 없었을 테니까.

가람은 만족스러운 듯이 웃었다. 마지막으로 그녀는 난슬을 끌어안고 볼에 입맞춤했다.

"이제 곧 상상도 못할 겁난이 이 세계를 휩쓸 거야. 천기가 유례없는 대재앙을 예고하고 있으니까……."

그녀의 몸이 빛기둥 속으로 녹아들어 가면서 조금씩 난슬과 맞잡은 손이 미끄러지며 멀어져 간다.

"하지만 언니라면 괜찮을 거야."

"가람!"

"언니, 안녕. 정말로… 고마웠어."

그 말을 끝으로 가람의 손이 난슬의 손과 떨어져 나갔다. 그녀의 모습이 완전히 빛 속으로 녹아들어서 자취를 감춘다. 노랫소리 같은 바람의 속삭임과 함께 빛이 하늘에 뚫린 문을 향해 올라가고, 주변을 지배했던 압도적인 힘의 파장도 서서히 녹아서 사라져 갔다.

"안녕."

빛을 삼킨 하늘을 올려다보며 난슬이 작별을 고했다. 그녀가 눈물을 닦으며 유현을 돌아보았다.

"고마워, 유현."

"……."

"앞으로도 잘 부탁해. 아마 다시 만나기까지는 조금 시간
이… 걸리겠지만."

그녀는 아쉬움이 남는 목소리로 말하며 눈을 감았다. 동시
에 그녀의 몸이 빛으로 휩싸이며 급격하게 그 크기가 줄어들
어 갔다.

잠시 후 빛이 사그라진 자리에는 두 개의 꼬리를 가진 작은
여우가 새근거리며 잠들어 있었다. 방금 전에 원래의 모습을
되찾았던 것은 아마도 가람이 마지막 가는 길에 손을 썼던 것
이리라.

"정말로… 못 말리는 녀석."

유현은 그녀를 안아 올리며 미소 지었다. 평소의 그에게서
는 찾아볼 수 없는, 너무나도 부드러운 미소였다.

그 앞에서 규혼이 말했다.

"그럼 우리는 돌아가야겠군."

"그러게. 아, 젠장. 눈앞에서 우화등선을 보다니. 한동안
눈앞에서 어른거려서 뭘 못할 것 같은데."

"억울하면 더 마음을 비우고 수행해서 도달하면 될 일이야."

"자네는 그게 가능할 것 같지만 난 안 될 것 같거든?"

융우는 투덜거렸다. 그 본질이 투쟁에 지배받고 있고, 죽음
을 갖고 노는 융우는 자신이 결코 선도의 끝에 도달할 수 없
다는 것을 알고 있었다. 처음부터 거기에 미련을 두지 않았기

에 절망도 느끼지 않았지만, 눈앞에서 가람이 그 경지를 완성하는 것을 보니 마음이 흔들리는 것은 어쩔 수가 없다.

"그럼 다음에 인연이 닿으면 다시 만나지. 부디 전장에서 보지 않기를."

"고마웠어."

규혼의 인사에 유현이 답례했다. 규혼은 씩 웃고는 미련없이 몸을 날렸다. 융우도 유현에게 한번 시선을 보내고는 그 뒤를 따랐다.

멀어져 가는 그들의 뒷모습을 바라보던 유현은 잠들어 있는 난슬을 쓰다듬으며 성아와 아일라에게 말했다.

"그럼 우리도 돌아갈까? 한얼이랑 신우가 목이 빠져라 기다리고 있겠는데. 저녁 준비를 해놨을지 모르겠군."

"해놓을 정신이 아니었을 것 같은데."

성아가 회의적인 가능성을 제시했다. 유현이 픽 웃으며 대꾸했다.

"뭐 안 해놨으면 뭐라도 시켜 먹으면 되겠지. 성아, 너도 밥이나 먹고 가지?"

"어, 정말?"

"그래. 아일라, 당신도."

"고맙게 얻어먹지."

아일라는 사양하지 않고 대답했다.

곧 세 사람의 그림자가 안산의 폐허 위를 날아서 가로질렀다.

*   *   *

한편, 그들과 별로 떨어지지 않은 곳에 있던, 가람이 펼친 기천무극대진에 갇혀 숲 속 한가운데서 줄담배를 피우며 시간을 죽이고 있던 신아연이 텅텅 빈 담뱃갑을 들고 흔들면서 신경질을 냈다.

"아, 이건 언제 풀리는 거냐고!"

"그러게 말이에요."

진선희가 옆에서 땅이 꺼져라 한숨을 쉬었다.

결국 두 사람이 풀려난 것은 그로부터 몇 시간이 지난 후, 아침이 밝아온 다음이었다.

Chapter 16
서울 어설트

"후우……."

해도 뜨기 전, 한밤중에 눈을 뜨는 것은 흔한 일이었다. 하지만 육체를 완벽하게 통제할 수 있는 이라면, 자신이 설정해 둔 기상 시간 이전에 눈을 뜨는 것은 달갑지 않은 일이었다.

아일라 스카우드는 간만에 불쾌한 꿈을 꾸었다. 2년 전, 아직 데스트레자라는 거대 조직에 몸담고 있던 시절의 꿈을.

데스트레자의 마이스터 중 한 명인 그녀는 그중에서도 단연 돋보이는 실력을 가진 인물이었다. 그녀와 필적하는 자는 마이스터 로드와 또 한 명, 흑검사 세르반테스밖에 없다고 이야기할 정도로.

"우리가 하는 일에는… 아무런 의미도 없어."

세르반테스는 아일라와 같은 나이의 청년이었다. 아직 실전에 투입되기 전, 한창 입문 커리큘럼을 거칠 당시에도 두 사람은 자주 비교당했다. 한때 세르반테스는 소년다운 치기로 여자인 아일라가 자신과 비교당하는 것을 자존심 상해하기도 했지만, 성인이 되고 실전을 같이 겪은 이후에는 서로를 인정하면서 등을 맡길 수 있는 동료가 되었다.

그러나 그것도 2년 전 어느 날부터 삐걱거리기 시작했다.

사실 연옥에서 조직 생활을 한다는 것은, 어지간히 정신이 망가져서 황폐해지기 전까지는 환멸을 느낄 수밖에 없는 일이다. 어느 정도 일반인 사회와 맞닿아서 살아가는 경향이 있는 토착 조직들과 달리 데스트레자쯤 되는 조직은 철저하게 유리된 생활을 해야만 했기에 그러한 경향이 더더욱 두드러졌다.

연옥에 속한 자들이 보기에는 무능하기 짝이 없는, 장애인으로밖에 보이지 않을 정도로 둔감하고 무지한 일반인이라는 것을 지키는 데서 어떤 가치를 찾을 수 있을까? 자신들이 왜 이런 일을 하고 있어야 하는지, 왜 그들이 누리는 마음 편하고 행복한 시간을 향유하지 못하는지를 생각하면 생각할수록 영혼이 마모되어 가는 느낌이 든다.

그렇다고 해서 거기로부터 벗어날 수 있는가?

인생 자체가 파괴되어, 그렇게밖에 살아갈 수 없게 된 몸으로… 햇살이 드는 세계에서 살아가는 것이 가능한 것인가? 무지한 자들이 보지 못하는 괴물과 추악함이 가득한 이면이 존재함을 알면서, 그것을 무시하고 하하호호 웃을 수 있을까?

그것이 불가능하기에 그들은 그냥 그렇게 살아가면서 점점 더 망가져 간다. 물론 그것은 비단 그들만의 모습이 아니다. 다른 방식으로 살아갈 줄 모르기에 예정된 파멸을 향해 걸어가는 것은 쉽게 찾아볼 수 있는 인간 군상이니까.

자신의 의지로 그러한 굴레에서 벗어날 수가 없기 때문에, 그들은 누군가에 의해 쓰이는 도구의 역할을 자처한다.

그러나 도구가 자신의 주인을, 그리고 쓰임새를 경멸하게 되었을 때, 그들은 더 이상 도구로만은 살아갈 수 없게 된다.

"아일라, 그들은 추악한 돼지새끼들이야."

분명히 그때부터였을 것이다, 세르반테스가 엇나가기 시작한 것은.

연옥에 속하지 않았으면서, 연옥의 진실을 알게 된 인간은 어떻게 변모하는가?

세계의 이면을 바라볼 수밖에 없는 숙명을 타고나지 않았으면서, 그 짐을 나누어 질 생각도 없으면서 그저 그 진실을 알게 된 인간이 바라는 것, 그것은 아주 간단했다.

"요괴의 피와 살을 먹으며 영생불사를 바란다니… 어처구니가 없어."

데스트레자에 돈을 대고 있는 권력자들 중 몇몇은 그렇게 어처구니없는 방법으로 영생불사를 손에 넣으려고 했다.

치열한 노력과 자신의 삶을 대가를 지불하고 마법의 비의를 터득하는 것도 아니고, 돌이킬 수 없는 업을 짊어지는 것도 아니고… 그저 완전해지기 위해 인간을 탐하지 않으면 살아갈 수 없는 요괴라는 존재를, 그 비틀어진 존재를 먹음으로써 영생불사를 얻을 수 있으리라고 믿고 있었다. 그렇게 그들은 일본에 전해져 내려오는 인어전설처럼, 피와 살이 영생을 준다고 알려진 요괴를 사냥해 올 것을 원했고, 세르반테스는 부하들을 이끌고 그들의 추악한 욕망을 위해 목숨을 걸어야 했던 것이다.

그 일을 기점으로 세르반테스의 세계에 대한 경멸은 한도를 넘어섰다.

그리고 그때, 분명히 세르반테스에게 접근하여 뱀처럼 사악한 지혜를 속삭인 자들이 있었다. 누구인지는 몰라도 세르반테스는 그들에게 몸을 의탁했으리라.

"아일라, 진실을 알고 있어?"

2년 전 세르반테스가 아일라에게 속삭였을 때… 그의 주변은 피로 물들어 있었다.

"세르반테스."

그의 부름을 받고 온 아일라는 오싹함을 느끼며 검을 뽑아 들었다.

세르반테스의 주변에 흩뿌려진 피는, 그 위에 흩어진 시체 들로부터 나온 것이었다. 그리고 그 시체들은 모두 세르반테 스 휘하의 병사들이었다.

음울하고 날카로운 표정을 가진 청년, 검의 천재 세르반테 스는 악마처럼 웃으며 아일라에게 말했다.

"그렇게 무서운 표정 짓지 마. 나는 너와 싸우고 싶지 않 아."

"지금 무슨 짓을 저지른 거야? 아무리 네가 마이스터라고 해도 조직에서 이런 짓을 용서할 것 같아?"

"용서받을 생각 따윈 없어. 난 이 빌어먹을 조직과 결별할 생각이니까. 이제 그런 놈들이 나한테 이래라저래라 하는 소 리는 안 듣고 살 거야."

"세르반테스……."

"아일라."

그는 아일라의 눈을 똑바로 들여다보며 말했다.

"나와 함께 가자."

"……."

"너도 지긋지긋하지 않아? 너 정도로 능력이 있다면… 분명히 그 녀석들도 환영할 거야. 이 빌어먹을 세계를 박살 내고 자유를 손에 넣자고."

그때 바스락거리는 기척이 났다. 아일라와 세르반테스의 시선이 그쪽으로 향한다. 살짝 열린 입구에 긴 백발에 창백한 피부를 가진 어린 소녀가, 태어나면서부터 말을 잃고 대신 예지의 의무를 부여받은 릴리아나가 서 있었다.

"잘됐군."

그녀를 발견한 세르반테스의 눈이 빛났다. 동시에 그가 릴리아나를 향해 획 하고 뛰어들었다.

채앵!

다음 순간 섬광이 교차했다. 날카로운 소리와 함께 미미한 충격파가 퍼진다.

세르반테스와 아일라는 서로 검을 맞댄 채 힘 겨루기를 하고 있었다. 팽팽한 대치 상황에서 세르반테스가 말했다.

"릴리를 해칠 생각은 없어."

"그럼 어쩌려는 거지?"

"그냥 이 빌어먹을 조직에서 데리고 나가려는 것뿐이야. 언제나 무가치한 인간들을 위해 예지의 환영에 괴로워하는 인생에서 벗어나서… 좀 더 의미있는 일에 그 힘을 쓰게 해주고 싶다고."

"개소리는 작작해!"

아무리 봐도 정신이 나갔다고밖에 할 수 없는 그의 말에 마침내 아일라가 폭발했다.

그 후 두 사람은 격렬한 검투를 벌였다. 릴리아나는 필사적으로 말리려고 했지만 그녀에게는 목소리가 없었다. 또한 검의 천재라고 불리는 두 사람의 움직임은 일반인의 육체를 가진 그녀로서는 눈으로조차 따라갈 수 없는 것이었다.

짧고 격렬한 검투가 벌어진 후, 세르반테스는 아일라의 뜻을 꺾을 수 없음을 알고 그 자리를 떠나갔다. 아일라는 그를 쫓으려고 했지만 그는 그녀의 검을 뿌리치고 유유히 모습을 감추었다.

그렇게 흑검사 세르반테스는 조직의 배신자가 되어 사라졌다. 그리고 세계의 전면에 모습을 드러내는 일 없이 2년이라는 시간이 흘렀다.

그가 사라진 후, 아일라 역시 조직 생활에 환멸을 느꼈다는 이유로 데스트레자를 탈퇴했다. 그러나 아일라가 조직을 나오게 된 것은 사실 스스로의 의지가 아니었다.

'아일라, 조직에서 나가주세요.'

릴리아나가 그녀에게 직접 요청했던 것이다.

릴리아나는 어째서 그래야 하는지 구체적으로 말해주지는 않았다. 하지만 그녀가 예지한 운명 때문이라는 것만은 분명했다.

　아일라의 탈퇴는 사실 릴리아나의 예지, 그리고 그녀의 말을 들은 장로회의 정점 카를로의 승인에 의해 이루어진 것이었기 때문에, 다른 장로들의 반대를 비롯해 험악한 일들이 있기는 했지만 생각했던 것보다는 훨씬 쉽게 이루어졌다.

　그 이후 아일라는 온 세계를 돌며 세르반테스의 종적을 찾아왔다. 하지만 아직까지는 그의 그림자조차 잡지 못했다. 얼마 전, 릴리아나가 비밀리에 그녀와 만나 새로운 예지를 이야기해 주기 전까지는.

　"그 남자와 함께 있다 보면 아일라 당신이 찾는 그도 만날 수 있을 거예요."

　릴리아나는 그렇게 말했다.

　아일라가 한국까지 와서 진유현을 도운 이유 중에는 흑검사 세르반테스의 종적을 찾는다는 목적도 있었던 것이다.

　'조짐은 분명히 있어.'

　아일라는 진유현을 만난 뒤의 일들을 되새겨보며 생각했다. 그는 확실히 범상치 않은 운명을 가진 존재다. 그 자신이 원하든 원하지 않든 간에 운명의 격류가 그를 가만히 놔두지 않으리라.

다시 잠들까 고민하던 아일라는 결국 그냥 일어나서 TV를 켰다. 그리고 뉴스 채널을 보고 있다가 문득 중얼거렸다.

"어쩌면 이게 네가 바라는 것인지도 모르겠군, 세르반테스. 그렇다는 것은 너와 만날 날이… 가까워지고 있다고 생각해도 되는 것일까?"

*   *   *

일반인의 군대는 대대적인 군사작전에 나설 때면 꽤나 형식을 중요시하는 모양이다. 하지만 연옥의 전사들은 그런 형식 따위에는 관심이 없었다. 그렇기에 역사에 남을 것이 분명한 이번 작전에 나서면서도 지윤은 사열식도 거창한 연설도 겪지 않아도 되었다.

"그런데 저 양반 누구예요?"

라이플을 분해해서 정비하고 있던 지윤이 그 옆에 드러누워 있던 정도일에게 물었다. 그의 시선이 향한 곳은 미드가르드 본사로부터 이송되어 온 커다란 수십 개의 금속제 박스, 아니, 박스라기보다는 사람 이상으로 거대한 존재를 품은 것 같은 알 같은 구조물 옆에 서서 상태를 체크하고 있는 남자였다.

"저거? 이사진의 일원이다."

정도일이 무심하게 대답했다.

날카로운 인상을 한 남자를 지윤이 신경 쓰는 것은 그가 단순히 이번 작전의 책임자이기 때문만이 아니었다. 왠지 그를 보고 있으면 육도에서 연마된 전투 기계로서의 감각이 꿈틀거린다. 당장에라도 그를 향해 방아쇠를 당기고 달려들어서 그 목을 칼로 쳐버리고 싶다.

그러한 욕구를 억누르느라 지윤은 상당히 저기압 상태였다. 그래서 정도일에게 정체를 물어본 것이다.

"이사진?"

"요괴야. 지금 네 상태는 지극히 정상이니까 이상해지지 않았나 걱정할 필요 없다."

"요괴?"

지윤은 어처구니없어하며 다시 그 남자를 바라보았다.

정도일이 흥 하고 코웃음을 치더니 더 설명해 주었다.

"뭐 너도 슬슬 알아두는 게 좋겠군. 미드가르드의 이사진은 전원 다 요괴야."

"뭐라고요?"

그 말에는 지윤도 깜짝 놀라고 말았다. 이사진이 요괴? 그렇다면 지금껏 요괴와 같은 편에서, 그들이 대는 자금으로 일을 하고 있었단 말인가?

"그런 터무니없는 일이……."

연옥의 존재 의의는 요괴를 말살하고 일반인의 세계를 지켜내는 것이다. 그런데 연옥의 패권을 노리는 조직이 그 요괴들과 손을 잡고 있다니 이렇게 어이없을 수가!

물론 미드가르드의 진정한 목적이 연옥의 유지가 아니라 파괴에 있다는 것을 감안하면 그럴 수도 있다. 그러나 그렇다고 하더라도 너무 무모한 짓이다. 요괴와 손을 잡고 있다는 게 알려지면 그 즉시 모든 연옥 조직들의 말살 대상이 되지 않겠는가? 미드가르드가 강력한 힘을 보유하고 있다고 하더라도 그들 전부를 상대로는 승산이 없다.

"큭큭. 순진하게 그렇게 놀랄 줄 알았다. 하지만 저들이야말로 원래 연옥의 최중심부에 있던 '인간'들이야. 마법사로서의 갈망, 그리고 호기심, 혹은… 장생불사를 원하는 지극히 인간적인 욕망에 의해 스스로 마(魔)를 받아들여 요괴가 된 자들이지."

"그렇다고 한들 요괴라는 사실이 변하는 것은 아니고, 그렇게 해서 요괴가 되었다면 오히려 조직들이 최우선 척살 대상으로 지정했을 텐데요?"

"그래. 그럼에도 불구하고 저들은 살아남았다. 살아남아서 세력을 구축하고, 에밀 크레이그와 손잡고 미드가르드라는 거대 조직에 자금줄을 대는 이사들이 되었다. 그게 무엇을 의미하는지 알겠냐?"

"흠……."

지윤은 눈살을 찌푸리며 생각에 잠겼다.

인간이었다가 스스로 요괴로 변모했으면서 연옥의 다른 조직들은 물론이고 7대세력의 손길마저도 피해 살아남았다. 조용히 어디 처박혀서 도피 생활을 하면서 그랬다고 해도 믿기 어려울 판인데, 적극적으로 인간 사회에 영향력을 행사해서 미드가르드에 자금을 댈 정도로 거대한 경제력을 손에 넣기까지 하다니?

그렇다는 것은 그들은 상상을 초월할 정도로 대단한 능력을 갖고 있거나, 그게 아니라면 자신들을 찾거나 정체를 파악하는 것을 회피할 수 있는 특정한 수단을 갖고 있다는 결론이 나온다. 어느 쪽이든 그들이 대단하다는 것만은 분명하다.

"우리 조직의 기술이나 마법도 상당수가 저들로부터 나왔다고 봐야 되는 겁니까?"

"그럴걸. 일단 기본적인 소스는 그렇다고 봐야지. 그 후에야 연구팀을 발족하고 해서 그걸 연구하고 발전시켜 왔지만."

"기분 나쁘네."

"뭐 네 입장에서야 그럴 수밖에 없지. 어쨌거나 너는 요괴를 보면 자동으로 적의가 일어나도록 뼛속까지 각인받았으니까."

"댁은 안 그런 것처럼 이야기합니다?"

"그렇긴 하다마는. 나도 저 작자들 싫어."

정도일은 픽 웃고는 몸을 일으켰다. 그리고는 말보로 레드를 한 개비 꺼내서 입에 물고는 불을 붙였다. 곧 그의 주변이 뿌연 담배 연기로 물들자 지윤은 눈살을 찌푸리면서 손사래를 쳤다. 공기청정마법을 익히고 있었다면 그것을 사용해서 담배 연기를 정화했겠지만 전투원인 그는 그 마법을 익히고 있지 않았다.

정도일이 그를 보며 히죽거렸다.

"사내자식이 담배도 아직 못 배워서는."

"그런 것은 안 배우는 게 인생을 더 잘사는 길 같아서 말이죠."

지윤은 투덜거리면서 정비를 마친 라이플을 다시 조립하기 시작했다. 그사이 이사진은 볼일을 마치고 그 자리를 떠나고 있었다. 지윤은 아주 자연스럽게 그 등뒤에다 대고 총구를 겨누었다가 억지로 내리면서 중얼거렸다.

"아, 젠장. 진짜 적응 안 되네."

*　　　*　　　*

미드가르드의 중추는 뉴욕 맨해튼 한가운데 있었다. 조직의 겉모습인 IT계 대기업 KD 인더스트리 소유로 되어 있는 이 빌딩의 지하 500미터 지점에는 미드가르드의 이사진, 인간이었다가 요괴화한 이들의 전용 공간이 존재했다.

"흠. 한 시간 20분 후면 작전 실행인가?"

적황색의 털을 가진 호랑이 인간의 모습을 한 이가 말했다. 키가 2미터 50센티의 거구인 그는 노란 눈동자를 빛내며 인간의 그것과 같은 형태를 한 손으로 턱을 쓸고 있었다.

그 옆에서 도마뱀 인간의 모습을 한 이가 말했다.

"왜 굳이 그 코딱지만 한 한국에서부터 시작하겠다는 것인지는 모르겠지만… 뭐 에밀의 뜻이니 따라줘야겠지."

"육도의 방해 때문에 KD 인더스트리의 진출에 실패한 것 때문에 열받고 있는 게 아닐까?"

쿡쿡 웃으며 말한 이는 독수리의 머리에 등뒤에는 날개까지 달고 있는 이였다.

그렇게 각양각색의, 하지만 하나같이 인간과 짐승을 합쳐놓은 모습을 한 자의 숫자는 전부 열한 명. 한 명이 현재 작전 부대와 함께 서울로 향하고 있다는 것을 감안한다면 그들의 숫자는 총 열두 명인 셈이다.

그들 모두가 대요괴 급의 힘을 갖고 있었으며, 인간일 때는 각종 비술을 극한까지 터득한 존재이기도 했다.

하지만 그것만으로 세계 7대세력의 눈길을 피할 수 있었던 것은 아니다.

"슬슬 작전부대에 대한 교란은 그만둬야 하지 않을까? 어차피 만천하에 알리는 게 목적이기도 하고."

그렇게 말한 이가 한곳으로 시선을 주었다.

그들이 있는 아주 넓은 방, 그곳을 둘러싼 두터운 유리벽 너머에는 끔찍한 존재들이 줄줄이 늘어서 있었다.

커다란 금속의 관들이 그 방을 에워싸고 빽빽하게 늘어서 있었다. 그 관의 전면부는 유리로 덮여 있었고 그 속에는 정체불명의 액체로 가득 차서 조금씩 기포가 올라온다. 그 속에 담겨 있는 것은 모두 살아 있었다.

단지 그것이 일반적으로 살아 있는 존재의 모습을 갖추고 있느냐에 대해서는… 아마도 많은 논의가 필요할 것이다.

그것들은 어떤 것은 인간이었고, 어떤 것은 괴물이었으며, 어떤 것은 요괴였다. 다만 공통점을 찾아본다면 그것들이 생체 활동을 하고 있으며, 온전한 모습을 가진 것은 단 하나도 없다는 것이다.

어떤 것은 눈과 귀가 없었다.

어떤 것은 몸이 절개수술을 하는 것처럼 열려 있었다.

어떤 것은 몸이 아예 없고 머리만 존재했다. 피부조차 없이 인체 모형처럼 해부되어 있는 것도 있었다.

그 사이사이, 아예 뇌만 둥둥 떠 있는 관은 다른 것들보다 훨씬 숫자가 많았다.

정상적인 정신을 가진 이라면 이 광경을 보는 것만으로도 미쳐 버릴지도 모른다. 그렇게 생명의 존엄을 철저하게 유린당한 존재들이 수백 개체나 이곳에 있었다.

"6번하고 19번의 노후화는 좀 심각하군. 스페어를 투입할 준비를 해야겠어."

"일단은 이 일에 끝난 후에 하지. 어쨌든 오지윤과 이현종, 그리고 정도일에 대한 방어는 풀어버려. 이번 습격이 끝난 후에 다시 감추면 될 일이니까."

이사진들이 그것들의 상태를 표시한 화면을 보면서 말했다.

이 방, 그리고 주변을 둘러싼 시설 전체가 거대한 마법적 장치였다.

그것을 써서 구현한 기능이라는 것은, 세계 7대세력이 가진 방대한 예지와 텔레파시, 그리고 마법적인 탐지망으로부터 특정한 존재를 은폐하는 것이었다. 연옥의 최우선 척살 대상에 오를 수밖에 없는 그들이 유유히 경제활동까지 할 수 있었던 것에는 이러한 비밀이 숨겨져 있었던 것이다.

이곳에 모여 있는 것들은 모두 다 예지능력과 텔레파시 능력을 가진 개체들이다. 일정 이상의 수준을 갖춘 것들을 잡아서 인격을 말살시키고 능력과 생채적인 기능만을 살려둔 채 시스템의 부품으로 만들었다. 온갖 비인도적인 조치가 취해진 것은 물론이고 유전공학과 마법이 합쳐진 클론 기술에 의해 복제된 개체들까지 있었다.

'그렇다곤 해도 에밀의 기술은 전혀 이해할 수가 없단 말이지.'

그들은 이전에도 이것과 비슷한 시스템을 갖추고 있었다. 하지만 세계 각지에서 숨어 지내는 것이 고작이었다.

지금처럼 활동이 자유로워진 것은 에밀 덕분이다. 스스로를 요정의 후예라 말하는 에밀은 나무와 기계를 융화시키는 정체불명의 기술로 그들의 신변을 완벽하게 보호해 주는 한편, 그것을 이용해서 조직의 실체를 완전히 감추고 계획을 진행시켜 왔다.

비술의 사용자로는 최고 레벨에 올라 있는 이사진의 일원들이었지만 에밀의 기술은 전혀 파악할 수가 없었다. 분명한 것은 그 기술이 지금 이 세계에서 쓰이는 것과는 완전히 다른 원리로 움직이고 있다는 것뿐이다.

"정도일, 오지윤, 김혁, 이현종, 세르반테스를 보호 대상에서 제외. 기간은 서울 강습 작전이 끝날 때까지. 그동안 발생하는 잉여 에너지를 인간들의 인식 조작으로 돌리도록 하지."

"좋아. 그럼 어디… 유능한 인력들의 실력을 기대해 볼까?"

이사진들은 웃었다. 그리고 마법으로 연결된 위성을 통해 전송되는 서울의 풍경을 거대한 크리스탈 스크린에 출력시키고 감상에 들어갔다.

2

주말의 서울 종로는 차와 사람으로 복작거리고 있었다. 정말 인구 밀집 지역이라는 말이 무엇인지 알 수 있을 정도로 수많은 사람들이 거리를 채우고 저마다의 목적지를 향해서 걸어간다. 그 옆에는 지지 않겠다는 듯 줄줄이 늘어선 차들이 교통 체증을 유발하고 있었다.

내년이면 수능이 기다리고 있는 고교 2년생 정승훈은 친구와 시시덕거리면서 노점에서 튀김을 사먹고 교보문고 쪽으로 가고 있었다.

"야, 그런 오컬트 서적 사서 뭐 하게?"

친구들이 정승훈이 사려고 하는 책에 대해서 듣고서 물었다. 정승훈은 '한국요괴총론'이라고 최근에 안산 사건 이후로 일어난 괴수나 심령 현상 붐에 편승해서 출간된 책을 사겠다고 말하고 있었다.

"요즘 그래도 그 책이 제일 평판이 좋더라고. S대 교수가 썼다더라."

"교수가 써봤자 그런 책이 다 똑같지. 그냥 문장 번지르르하고 말지 뭐 다른 게 있겠냐. 돈 낭비라니까, 그거."

"그럼 넌 뭐 살 건데?"

"게임 잡지."

"우리 내년이면 고3이다? 응?"

"사흘 전에 WOW 여섯 번째 만렙 찍은 놈이 그런 말 하면 설득력 하나도 없거든?"

그들은 그렇게 시답잖은 대화를 나누면서 교보문고로 향하고 있었다. 그런데 그때였다.

휘이이이잉!

갑자기 바람이 강하게 불어오기 시작했다. 10월 중순이라 바람이 많이 부는 시기이긴 하지만 그래도 갑자기 이런 돌풍이라니? 떨어져 있던 쓰레기들이 날릴 정도의 강풍에 정승훈과 친구가 팔로 얼굴을 감싸고 뒤로 물러났다.

"윽, 갑자기 뭐야?"

잠시 후 바람이 그치고 나자 정승훈이 팔을 내리면서 투덜거렸다. 그리고 그 순간 갑자기 얼굴에 뜨거운 것이 확 튀었다.

파학!

어딘가 섬뜩하게 들리는 소리가 울려 퍼지면서 말이다. 정승훈은 깜짝 놀라서 얼굴을 손으로 닦았다. 그리고 손에 시뻘건 액체가 묻어서 뚝뚝 떨어지는 것을 보고 기겁했다.

"피, 피?!"

그것이 시작이었다.

"꺄아아아아아악!"

젊은 여자가 찢어지는 듯한 비명을 질렀다. 그제야 정승훈은 피가 튄 곳을 바라볼 수 있었다.

자신의 옆에 있던 친구가 없었다.

아니, 정확히는 친구의 머리가 없었다. 대신 그곳에 피를 뚝뚝 떨어뜨리는 커다란 칼 한 자루가 보였고 그 아래쪽으로 머리를 잃은 친구의 시체가 흐느적거리면서 쓰러지고 있었다.

"큭큭큭……."

기분 나쁜 웃음소리가 들려왔다. 앞을 바라보니 웬 삿갓을 쓰고 아주 낡은, 사극 같은 데서나 나올 법한 여행자용 한복을 입은 이가 검을 들고 서 있었다. 그리고 그 삿갓 아래의 얼굴은…….

"귀, 귀신이다!"

"캬캬캬캬캬!"

정승훈이 놀라는 것과 동시에 그 해골무사가 움직였다. 검이 보이지도 않을 정도로 빠르게 번뜩이면서 그 주변에 있던 사람들이 베어져 나가고 피가 사방으로 튀었다.

파학! 파바박!

"으, 으아아아아!"

"꺄아아아악!"

사람들이 비명을 지르면서 달아나기 시작했다. 종로 한복판에 칼을 든 미친놈이 나타나서 사람들을 해치기 시작한 것이다. 그것만으로도 충분히 놀라운데 그 미친놈은 살이 다 썩어 들어간 해골귀신이었다.

패닉이 확산되면서 주변이 아비규환이 되었다. 해골무사는 미친 듯이 웃으면서 그런 사람들에게 달려들어서 베고 또베었다. 사람들은 아옹다옹하면서 밀치고, 쓰러진 사람을 짓밟으면서 그곳에서 탈출하려 하고 있었다.

크허허헝!

게다가 그것으로 끝이 아니었다. 그 반대편으로부터 TV에서나 들어본 엄청난 포효가 들려오더니 거대한, 너무나도 거대해서 동물원 우리에는 절대 들어갈 수 없을 것 같은 호랑이가 눈을 빛내면서 사람들을 덮치는 게 아닌가? 그것도 호랑이 주제에 사극 속의 머슴들이 입을 것 같은 한복을 입고 입에는 곰방대까지 물고 있다.

끼이이이익, 콰쾅!

그 거대한 덩치가 차로로 뛰어들자 사람들이 우왕좌왕하

기 시작했다. 달아나려고 가속했다가 급브레이크를 밟은 차 하나가 옆으로 퉁퉁 튀어서 사람들을 덮쳤다. 그 궤적에 걸려든 사람들이 치여서 날아가고 깔려서 뭉개지면서 피가 사방으로 튀었다.

"으, 으아아아아!"

비명을 지르며 주춤주춤 뒤로 물러나던 정승훈은 바지가 축축하게 젖어 있는 것을 깨달았다. 너무 무서운 나머지 오줌을 싼 것이다. 그러나 지금은 그런 것을 신경 쓰고 있을 때가 아니었다.

"괴, 괴물이다! 사람 살려!"

"이야, 멋지다. 그런 대사를 현실에서 들을 수 있을 거라고는 상상도 못했는걸?"

"어?"

비명을 지르며 달아나려던 정승훈은 갑자기 옆에서 들려온 목소리에 걸음을 멈추고 말았다. 사방에서 비명이 난무하고 있는 이 상황에는 전혀 어울리지 않는, 유쾌하기까지 한 목소리였다.

으적!

그러나 목소리의 주인을 바라본 정승훈은 스스로의 행동을 저주했다. 그곳에는 꼬리가 다섯 개 달린 커다란 여우가 지나가는 사람들의 몸을 갈가리 찢고 간을 끄집어내서 먹고 있는 것이 아닌가?

"아아아아악!"

정승훈은 이번에야말로 뒤도 돌아보지 않고 달아났다.

어디로 가야 하지? 어디로 가야 살 수 있지?

패닉에 빠진 그의 발걸음은 교보문고 쪽으로 향하고 있었다. 일단은 지상에서 괴물들이 활보하고 있으니 지하 매장으로 들어가야겠다는, 실로 어리석은 충동에 의한 행동이었다.

사아아아아아…….

옆쪽에서 검은 안개 같은 것이 퍼지기 시작했다. 그 소리를 듣는 순간 소름이 쫙 끼친 정승훈은 뜀박질을 멈추지 않은 채 그곳을 바라보았다.

그곳에는 몸길이가 20미터도 넘는 거대한 지네가 꿈틀거리며 전진하고 있었다. 검은 안개는 그 지네로부터 흘러나오고 있었는데 그 주변에 있던 사람들이 픽픽 쓰러져서 급속도로 썩어 들어가는, 아니, 녹아들어 가는 것이 보였다. 맹독이 불러일으킨 결과물이었다.

정승훈은 뒤도 돌아보지 않고 교보문고로 뛰어들어 갔다. 그리고 통로를 지나 안쪽으로 뛰어는 순간, 물컹거리는 뭔가를 밟고 미끄러져서 아주 거창하게 넘어져서 데굴데굴 굴렀다.

"아, 아으으윽… 아, 아파……."

어디 부러진 데가 없나 걱정될 정도의 아픔이다. 겨우 정신을 차리고 고개를 든 정승훈은 그대로 굳어버리고 말았다.

"키케케케케."

"키키키키킷."

와드득. 으적으적.

주변은 이미 고요해져 있었고 먼 곳에서 사람들이 내지르는 비명과 짐승의 포효, 그리고 뭔지 모를 굉음이 들려오고 있었다.

교보문고 내에는… 괴물들이 가득 차 있었다. 인간의 피부를 푹 썩힌 후에 기괴하게 뒤틀어놓으면 저렇지 않을까 싶은 시귀들이 사람들을 모조리 죽이고 그 시체를 뜯어먹고 있었다.

"아아……."

현실감이 없다.

책장이 엉망진창으로 쓰러져 있는 것도, 바닥이 시체와 피로 범벅이 되어 있는 것도… 그리고 그 사이에서 괴물들이 서성거리고 있는 것도.

"하하… 하하하. 이건, 이건… 꿈이야. 현실에서 이런 일이 있을 리가……."

정승훈은 몸을 바들바들 떨면서 실성한 것처럼 웃었다. 눈에서 왠지 쉬지 않고 눈물이 흘러내리면서 시야가 뿌옇게 물들었다.

콰작!

그때 목에서 극심한 통증이 느껴졌다. 무언가가 목 안으로, 살갗을 찢고 파고들어 오고 있다. 아픈데, 너무나도 아픈데 비명조차 지를 수가 없다.

'다 꿈이야, 꿈……'

정승훈은 그 생각을 끝으로 의식이 끊어지고 말았다.

그리고 그의 목을 물어뜯는 것은 조금 전까지 그의 옆에 쓰러져 있던 여성의 시체였다. 아이와 함께 책을 사러 나왔던 것인지 그 옆에는 하체가 통째로 뜯겨져 나간 다섯 살 아이의 시체가 널브러져 있었다.

"케케케케케!"

눈이 검게 물들고 썩은 피를 흘려내는 여성은 입이 찢어져라 벌린 채 기괴한 웃음을 터뜨렸다. 그리고 자신의 아이와 정승훈의 시체를 으적거리며 뜯어먹기 시작했다.

*   *   *

오지윤은 고층 빌딩 위에서 종로 거리를 내려다보고 있었다. 종로를 가득 메웠던 인파들이 비명을 지르며 사방으로 달아나고 갖가지 괴물들이 그들을 뒤쫓으며 학살을 자행하는 모습이 아주 잘 보인다.

"끝내주는데. 진짜 특등석이다."

오지윤은 라이플을 만지작거리면서 키득거렸다.

그는 지금 DSLR 카메라와 HD 캠코더로 아래쪽의 상황을 촬영, 사진 파일과 동영상 파일로 만들어서 실시간으로 인터넷에 업로드하고 있었다. 사태가 시작된 지 30분이 지난 지금, 블로그의 방문자 수는 수천 명 이상으로 폭증했고 유튜브에서도 엄청난 인원이 계속 업데이트되는 동영상을 다운받고 퍼가고 난리도 아니었다.

"어, 네이버 메인 올라갔다."

그 옆에서 노트북을 펼쳐 놓고 프링글스를 아삭거리고 있던 이현종이 말했다. 그 말에 오지윤이 휘파람을 불었다.

"오오, 오늘 방문자 수 끝내주겠는데. 실시간으로 계속 포스팅해야지. 랄랄라. 광고 수익 억대로 뛰는 거 아냐?"

"그거 지불할 광고주는 그때까지 살아 있을까?"

"생각해 보니 그러네. 뭐 어때."

두 사람은 시답잖은 대화를 나누면서 상황을 관전하고 있었다. 오지윤은 사태를 구경만 하는 반면, 이현종은 가끔씩 몸을 일으켜서 마법을 사용했다. 네크로맨서인 그는 오늘 이 자리에서 죽은 시체를 일으켜 시귀의 군단을 만들어내는 역할을 맡았던 것이다. 안 그랬으면 연구직인 그가 굳이 현장까지 나올 이유가 없었다.

"웃차, 시귀 열 마리 추가."

"지금까지 200마리는 만들었지?"

"그쯤은 되지. 슬슬 마력 충전 좀 해야… 아, 근데 왜 경찰들은 아직도 대응이 없는 거야? 전경들 정도는 출동해야 하는 거 아냐?"

"바랄 걸 바라. 다 도망가지 않았을까?"

피식 웃으며 대꾸하던 지윤은 갑자기 표정을 바꾸며 옆을 바라보았다. 동시에 그 옆에서 푸른 스파크가 터지며 쇳소리가 울렸다.

차앙!

쇳소리가 울려 퍼지며 검을 든 두 사람이 모습을 드러냈다. 하나는 염색한 금발에 작은 체구를 가진 전 디스트로이어 출신의 김혁이었고, 또 한 명은 검은 전투복으로 전신을 감싼 젊은 남자였다.

"큭! 간파당하다니!"

"은신술 끝내주는데. 5미터 앞까지 다가와서야 알았어."

김혁이 씩 웃으면서 그의 은신술을 칭찬했다.

동시에 주변에 그의 기억이 없는 기척들이 속속 드러나기 시작했다. 다들 마력이든 기력이든 꽤 한가락 할 것 같은 기척들이었다.

'움직이기 시작했군.'

지윤은 예측했던 사태가 시작됐다는 것을 알았다. 마침내 서울을 수호하는 연옥의 조직들이 움직이기 시작한 것이다.

서울 강습 계획에서 가장 걸림돌이 되는 것이 바로 그들의 존재였다. 서울은 대한민국의 수도로 불릴 만큼 강대한 영적 포인트였고, 천만 명이 넘는 인원이 밀집되어 있는 만큼 영맥의 밀도와 요동침은 상상을 초월했다. 따라서 서울의 연옥 조직들은 전국 어딜 가든 강호 대접을 받을 수 있는 이들뿐이었다.

"현종아, 마음 단단히 먹고 있어라."

"야, 임마. 난 마법사라고. 전사가 알아서 몸빵해 줘야 할 거 아냐."

이현종이 자신의 마법에 걸려드는 기척들을 느끼면서 투덜거렸다. 그는 덩치는 컸지만 격투 능력은 거의 없는, 완전 학자 타입의 정통 마법사였기 때문에 급습당하면 한순간에 골로 갈 수도 있었다.

"세상 그렇게 만만하게 보면 안 되지. 어쨌든 아카샤 시스템 발동한다!"

"오케이!"

이현종이 불만스러운 표정으로 대꾸하며 마법의 인을 맺었다. 그러자 그들이 주변에 펼쳐 두었던 마법적인 네트워크가 발동, 지윤에게로 연결되기 시작했다. 동시에 지윤의 오른쪽 눈동자가 푸르게 타올랐다.

지윤의 뇌리에 기계적인 시스템 실행 과정이 주르륵 출력되었다. 대마법사 모건이 달의 뒷면에서 가져왔고, 그가 오른쪽 눈을 희생해 박아 넣은 지혜의 파편이 활성화되고, '아카샤'라고 이름 붙여진 그들의 정신공명연계통제 시스템과의 접속이 이루어졌다. 수십 개체의 마이너들의 모든 뇌연산 능력이 오로지 지윤을 위해서 돌아가기 시작했다.

"어디 한번 해볼까?"

지윤이 중얼거린 것은 채 1초도 지나기 전이었다. 모든 과정이 1초도 되기 전에 마무리된 것이다.

"건방진 애송이가!"

동시에 은신술로 접근해 왔던 남자가 달려들었다.

투학!

그러나 그는 지윤에게 접근조차 하지 못했다. 김혁이 그 앞을 가로막아서는 아니다. 김혁과 격돌하려는 순간, 무려 일곱 방향에서 날아든 탄환이 그의 몸을 관통하며 그를 허공에 묶어두었기 때문이다. 피가 사방으로 튀면서 그의 눈이 부릅떠졌다.

"커…… 헉……!"

"미안하지만 일일이 상대해 줄 만큼 한가하지 않아."

지윤이 핏물에 잠긴 그를 내려다보며 비웃었다. 방금 전 날아든 탄환들은 지윤이 이곳이 공격받을 때를 예측하고 주변의 여러 포인트에 설치해 둔 라이플들이었다. 지윤이 보낸 정신파와 염동력에 의해 통제되어 0.001초의 오차도 없는 정확한 타이밍으로 격발되어 남자를 꿰뚫어 버린 것이다.

"흠. 실전에서는 처음이지만… 역시 지혜의 파편은 끝내주는군. 오딘 모드라고 이름 붙일까?"

"촌스러워, 임마."

"뭐 어때? 원래 이런 것은 좀 유치해야 제맛⋯⋯."

이현종과 시시덕거리던 지윤의 감각에 일곱 개의 기척이 걸려들었다. 그중에는 84미터 떨어진 곳에서 이곳을 노리고 있는 저격수의 존재도 있었다.

파밧!

공기가 요동치면서 한 발의 총알이 정확히 지윤의 뒤통수를 노리고 날아든다. 총알의 속도는 마하 2.6! 84미터의 거리 따위는 0.1초도 되기 전에 가로지를 수 있었다.

하지만 지윤은 아주 여유있게 고개를 틀어서 그걸 피해 버렸다. 저격수가 방아쇠를 당기는 것과 동시에 시작되는 완벽한 회피 동작이었다.

"저, 저게 도대체 무슨⋯⋯!"

저격수가 믿을 수 없다는 듯 눈을 부릅떴다. 그리고 그것이 그가 이상에서 마지막으로 느낀 감정이었다.

파학!

섬광이 번뜩이면서 그의 몸이 산산조각 나서 빌딩 옥상에 흩뿌려졌다. 멀리서 보면 마치 피로 그려낸 꽃처럼 보일 것이다.

그러한 일은 그만이 아니고 지윤이 감지한 일곱 명에게 동일하게 닥친 운명이었다. 허공을 보이지도 않는 속도로 가로지르는 섬광이 그들이 지윤에게 다가서기도 전에 그 몸을 썰어버렸다.

"마하 6까지는 어떻게 제어가 되는 것 같군. 하지만 거리는 어떻게 안 되나?"

지윤이 중얼거렸다. 동시에 그의 주변에 일곱 개로 분화되었던 빛이 모여들어서 하나의 광구의 형상을 취했다.

그것은 바로 타흘룸(Tathlum).

과거 신들의 시대, 켈트신화에서 빛의 신 루가 바신 바롤의 흉안을 파괴할 때 사용했다는 무기.

고유 술식에 의해 통제되는 완전한 에너지체인 이 광구는 사용자의 능력에 따라 수십, 수백 개로 분화되어 음속의 수십 배까지도 가속해서 적들을 파괴할 수 있었다.

당연하지만 보통 인간은 절대 제어할 수 없었고, 지윤도 이전에는 직선으로 쏘아냈다가 회수하는 것이 고작이었다. 하지만 지혜의 파편을 오른쪽 눈에 박아 넣고 아카샤 시스템과의 접속을 완성한 지금은 이런 식으로도 활용할 수 있었다.

다만 운용할 수 있는 거리가 짧은 게 흠이다. 원본의 복제품이라 그런 것인지, 아니면 지윤의 능력이 부족한 것인지 모르겠지만 80미터 좀 넘게 떨어진 곳에 있던 저격수를 해치우는 것만으로도 꽤 마법적 반동이 왔다.

그 반동을 중화시키는 지윤을 보며 김혁이 혀를 내둘렀다.

"우와, 끝내주는데? 이거 내가 나설 자리가 아예 없잖아?"

"미안하다. 한 놈은 남겨뒀으니 처리하라고."

"쳇. 떨거지 던져 주면서 생색내기야?"

김혁이 투덜거리는 것과 동시에, 그의 등에 매달린 디스트로이어의 장비 팔각이 섬전처럼 움직였다. 동시에 뒤쪽을 향해서 대전차 라이플이 탄환을 토했다.

퍼억!

동료들이 순식간에 당하자 투명술을 건 채로 슬금슬금 물러나고 있던 남자의 상반신이 박살났다. 상반신을 잃은 하반신이 휘청거리다가 피바다 위로 쓰러진다.

그 광경을 본 지윤은 먼 곳에 시선을 던지며 중얼거렸다.

"다른 사람들도 좀 도와줘 볼까?"

지윤은 라이플을 들고 저격용 스코프에 눈을 가져다 댔다. 2.3킬로미터 떨어진 곳에서 정도일이 수십 명의 인원과 싸우고 있는 것이 보였다.

"모쪼록 감사해하시길."

지윤은 사악하게 웃으며 방아쇠를 당겼다.

*   *   *

정도일은 흑검사 세르반테스와 함께 등을 맞대고 적들을
상대하고 있었다. 은신, 잠행이 주특기인 그였지만 수십 명의
마법사와 주술사가 연계해서 우격다짐으로 몰아붙이는 탐지
망 앞에선 별수없어서 위치를 파악당했다. 그 후에 기다리고
있었던 것은 서울의 강호들에 소속된 수십 명의 전투 병력의
급습이었다.

"칫! 다들 좀 하는군!"

"……."

그의 뒤쪽에서 세르반테스가 말없이 검을 털었다. 그 주변
에 시체들이 쓰러져서 피를 흘리고 있었다.

이미 그들이 쓰러뜨린 적의 숫자는 20명에 달했다. 아무리
서울의 전투 병력이 일류라고 해도 둘은 격이 다른 능력을 소
유하고 있는 것이다.

"일단 포위망을 뚫고 이 포인트에서 이탈하지, 세르반테
스."

"알았다."

"그럼 간다."

그가 그렇게 말했을 때였다.

파학!

갑자기 정면에 있던 인원들 중 하나가 총알에 머리를 꿰뚫린 채 쓰러졌다.

"아니?!"

포위망을 형성했던 이들이 경악해서 주변을 살폈다. 그도 그럴 것이 이 주변의 저격이 가능한 포인트는 그들이 완전히 장악하고 있었다. 반경 1킬로미터 내에서 이곳을 저격할 수 있는 지점은…….

팍! 팍! 팍!

그들이 당황하는 동안 탄환이 계속 날아들어서 그들을 쓰러뜨렸다. 하지만 저격수의 솜씨도 완벽하지는 않은지 열 발 정도가 날아들어서 쓰러뜨린 것은 세 명 정도였다.

잠시 후 그들은 총알이 2킬로미터 이상 떨어진 지점에서 날아왔다는 것을 알고는 경악했다.

"이런 말도 안 되는 일이!"

그들이 경악하고 있을 때 오지윤은 혀를 차고 있었다. 아무래도 그의 저격 능력은 그리 좋지 않아서, 마력과 연산 능력으로 보충한다고 해도 한계가 있는 것 같다. 거리가 너무 떨어져 있다 보니 타홀룸으로 썰어버릴 수도 없다는 점을 아쉬워한다.

물론 그러한 그의 심정을 알았더라면 적들은 미치고 환장했을 것이다. 2.3킬로미터 밖에서 저격을 하면서 원샷원킬이 안 되는 것을 아쉬워하고 있다니!

정도일이 어처구니없어하며 투덜거렸다.

"저 자식, 완전 괴물이 됐잖아?"

물론 그는 할 일을 잊지는 않았다. 지윤의 저격이 적들의 전열을 흐트러뜨리는 순간, 세르반테스와 함께 그 지점으로 돌격하면서 주먹을 뻗었다.

"열파풍진(熱波風陣)."

그의 읊조림과 함께 술식이 발동했다.

콰아아아아!

주먹으로부터 비롯된 푸른 파동이 작렬하며 그 자리에 있던 자들을 날려 버렸다. 갑자기 몰아닥친 폭풍 같은 파동에 휩쓸린 자들은 직격당한 자들은 갈가리 찢겨져 흩어졌고 중심에서 비교적 멀리 있던 자들도 중상을 입었다.

그리고 그 뒤를 따라서 세르반테스가 검광을 뿌려댔다. 한순간 은빛 섬광이 어지럽게 난무하나 싶더니 순식간에 일곱 명의 병력이 산산조각 나서 흩어졌다. 피박살난 인간의 파편들 사이로 두 사람이 포위망을 돌파하고 빌딩 아래쪽으로 뛰어내렸다.

"이런! 도망친다!"

투두두두두!

투신자살이라도 하듯 떨어져 내리는 두 사람의 뒤에다 대고 총격이 퍼부어졌다. 하지만 두 사람은 마법결계로 그것을 막거나 흘려내면서 유유히 지상에 착지, 마법사들의 탐지망 밖으로 빠져나가기 위해서 움직이기 시작했다. 그 뒤로 쏟아진 총격은 거리를 메우고 있는 괴물만 두 마리 날려 버렸을 뿐이다.

그때였다.

'음?'

정도일은 갑자기 뒤통수를 간질거리는 듯한 감각을 느끼며 눈살을 찌푸렸다. 순간적으로 저격수가 노리고 있나 싶었지만 그것도 아닌 것 같았다. 그럼 이건 도대체 무슨 감각인 것일까?

쿠르르르룽……!

그가 그렇게 생각했을 때 갑자기 하늘이 번쩍이며 천둥소리가 울려 퍼졌다.

이상한 일이다. 조금 전까지만 해도 맑았는데 갑자기 무슨 기상이변이란 말인가?

"엄청난 마력이군."

세르반테스가 내뱉었다. 그 말에 정도일은 정신이 번쩍 드는 것 같았다.

"이거 설마… 아니, 그럴 리가 없는데. 아냐. 그 영감이라면……."

"뭘 혼자서 중얼거리는 거지?"

빌딩의 숲 사이를 달려서 적들이 탐지할 수 없는 사각지대로 들어오자 세르반테스가 물었다. 그는 평소에는 남의 일에는 전혀 관심이 없는 타입이었지만 갑작스러운 기상이변과 함께 느껴지는, 그야말로 격이 다른 강대한 마력이 신경 쓰이는 것 같았다.

"하하하. 이거 안 좋은데. 내 예상이 맞는다면 좀 최악이야."

"그러니까 무슨 일인지 명확하게 설명을……."

쫘르르릉!

세르반테스의 말은 끝까지 이어지지 못했다.

갑자기 굵직한 낙뢰가 그들 옆에 떨어지면서 사방으로 전격이 흩뿌려졌기 때문이다. 두 사람은 서로 다른 방향으로 물러나면서 각자 방어막을 펼쳐서 그것을 막아냈다.

"정―도―일! 네 이놈!"

영어로 그렇게 외친 것은 형형한 눈빛을 가진 노인이었다. 단정한 백발과 수염, 그리고 고급스러운 슈트를 걸쳐 입은 체구가 큰 멋쟁이 노인이다.

세르반테스는 한눈에 그 노인이 허상이라는 것을 간파했다. 실체는 아주 먼 곳에 있으면서 이곳에 자신의 모습을 투영시키고 있는 것이다.

정도일도 영어로 말했다.

"어이쿠, 멀린. 먼 영국에서 이곳까지 왕림하시다니 할 짓도 더럽게 없으셨나 보군. 2년 전에 쑤셔진 상처가 꽤 아플 텐데 아직도 정신이 있긴 있나 보네?"

'멀린?'

세르반테스가 깜짝 놀랐다. 멀린이라면 아서왕 전설에도 나오는 전설적인 대마법사의 이름이다. 그리고 연옥에서 일정 이상의 지위에 오른 자라면 반드시 기억해야 할, 위치 퀸(Witch Queen)과 함께 7대세력 중 하나인 영국의 퀸 오더를 실질적으로 지배하고 있는 존재이기도 했다.

"이노오오오옴!"

멀린이 노성을 토했지만 그뿐, 아무런 공격도 가해오지 않았다. 그는 곧 화를 가라앉히며 말했다.

"두고 봐라. 네놈, 나한테 발견당한 이상 이제 발뺌고 잘 생각은 집어치우는 게 좋아."

"젠장. 끈질긴 늙은이. 도대체 나를 어떻게 찾아낸 거야?"

"여태까지 계속 네놈을 찾으려고 전 세계적으로 탐지망을 걸어놨었지. 그동안 무슨 수를 썼는지는 몰라도 잘도 피해 다녔지만… 이젠 끝이다. 곧 갈가리 찢어주마."

"켁. 전 세계적으로? 당신 사경을 헤매고 있는 거 아니었나?"

"사경을 헤매는 게 아니라 아예 저승에 가 있어도 네놈을 찾는 일 정도는 가능하지. 목 잘 씻고 기다려라."

멀린은 차갑게 가라앉은 푸른 눈으로 그렇게 말하고는 허상을 물렸다. 곧 그의 모습이 허공에 녹아들 듯이 자취를 감추고 그 자리를 지배하던 강대한 마력의 기척도 사라졌다.

"젠장. 진짜… 곤란하게 됐군."

정도일이 드물게 난색을 표하며 투덜거렸다. 세르반테스는 그를 물끄러미 바라보았지만 더 이상 관심 둘 이유는 없다고 판단했는지 묻지는 않았다. 대신 다른 말을 꺼냈다.

"덕분에 발각됐군. 온다."

멀린의 등장으로 인해서 적들이 두 사람의 위치를 파악하고 쫓아오고 있었다.

정도일이 쳇 하고 혀를 찼다.

"담배 한 대 필 시간도 안 주는군. 그럼 다시 움직이지."

두 사람은 다시 빌딩 숲 사이를 질주하기 시작했다.

3

서울의 조직들은 안간힘을 써서 적들과 맞서고 있었다. 실체를 파악하지 못한 적들을 말살하는 것은 물론, 종로 거리를 아비규환으로 만들고 있는 요괴와 시귀들을 무찌르는 활약은 기적에 가까울 정도였다.

하지만 이번 사태는 너무나도 규모가 커서 은폐하는 것이 불가능했다. 너무나도 적나라한 학살 현장 앞에 인식장애술도 깨져 버리고, 모든 것이 사람들의 뇌리에 깊숙이 각인되었다.

적들은 일부러 생존자들을 만들어서 놔주고 있었다. 예를 들면 요괴들이 지하철 쪽으로는 들어가지 못하게 통제한다던가, 차에 올라타는 사람이 보이면 요괴를 물려준다던가 하는 식이다. 그것은 명백히 이 사태가 알려지길 원한다는 뜻이다.

그러한 의도는 정확히 먹혀들었다. 벌써 생존자들의 제보를 받은 방송국 헬기가 상공에 떠 있었다. 그리고 지윤과 이현종이 찍은 수백 장의 사진들과 동영상이 인터넷을 강타, 전 세계로 일파만파 퍼져 간다.

"이젠 막을 수 없어."

그 모든 것을 상공 4킬로미터 지점에서 굽어보고 있는 존재가 있었다. 붉은 금발과 푸른 눈동자를 가진 그의 이름은 키오스터. 그 본신은 인도신화의 나가, 그중에서도 왕이라 불리는 나가라쟈로 미드가르드 이사진을 구성하는 열두 명 중에 한 명이다.

"육도의 정신 통제… 후후, 헛된 발악이라는 것을 알면서도 해볼 셈인가?"

키오스터는 상공의 위성들까지 이용, 도시를 향해 쏟아지는 텔레파시의 격류를 느끼면서 중얼거렸다. 마침내 서울 조직들에 이어서 육도가 이 사태에 개입하기 시작한 것이다.

최근 설악산 사태 때문에 여력이 없으리라고 생각했는데, 의외로 그렇지는 않았던 모양이다. 사실 그것은 유현이 가람과 만나서 안대를 벗게 된 이후, 설악산의 상황이 급속도로 안정을 찾은 덕분이었지만 그것은 아직 미드가르드 측에서는 모르는 일이다.

그가 굳이 이곳에 와 있는 것은 요괴들을 통제하기 위해서다. 이 요괴들은 미드가르드에서 인공적으로 만들어낸 것이다. CEO인 에밀 크레이그가 가진 기술로 영맥을 국지적으로 컨트롤해서 탄생시킨 다음 그 제어권을 같은 요괴인 이사진에게 맡겼다.

그가 상황을 주시하고 있을 때 갑자기 옆에서 공간이 요동쳤다. 공간에 물결 같은 파문이 일어나더니 그로부터 반투명한 인간의 형상이 나타났다.

"대마법사 오셨나."

"흠."

공간 이동으로 그곳에 나타난 것은 대마법사 모건이었다.

현장에 있는 전투원들과 달리 이 두 사람은 아직 7대세력에게 노출되면 곤란한 이들이다. 조직의 계획 그 중추를 담당하는 인력으로서 최후의 최후까지 그 실체가 감춰져야만 했다.

모건이 물었다.

"상황은 어떻소?"

"아주 훌륭해. 그런데 당신도 방금 전까지 중계를 보다 온 것 아닌가?"

"그렇긴 하지. 내가 물은 것은 당신 의견이었소."

모건은 그렇게 말하며 쿠바산 시가를 꺼내서 입에 물었다. 불을 붙이고는 조금씩 연기를 음미하며 흡족한 표정을 짓는다. 키오스터가 못마땅한 듯 물었다.

"굳이 이 고도의 대기까지 오염시켜야 직성이 풀리겠나?"

"걱정 마시오. 내가 오염 안 시켜도 제트기들이 이미 오염시킨 공기니까."

"말은 잘하는군. 저 오지윤이라는 애송이한테 저런 힘을 쥐어준 것도 당신이지?"

그렇게 묻는 키오스터의 목소리에는 날이 서 있었다. 사실 모건과 이사진의 사이는 별로 좋지 않았다. 수백 년, 많게는 수천 년 전부터 비술을 갈고닦아 온 괴물들에게 어느 날 갑자기 불쑥 나타나서 자신들을 능가하는 비의를 터득한 이 남자가 곱게 비칠 리가 없었다. 게다가 그의 심중은 에밀 크레이그만큼이나 알 수가 없다는 점도 그러한 반감에 한몫했다.

모건은 독한 시가의 연기를 뿜어내며 말했다.

"그렇소. 보니까 꽤 잘 사용하고 있는 것 같군."

"저런 애송이에게 저런 위험한 힘을 쥐어주다니, 도대체 무슨 생각이지?"

"당신이 신윤범이라는 그 애송이를 꼬드기려고 하는 것과 비슷하지 않겠소?"

"……."

최근의 행동을 간파당한 키오스터가 표정을 일그러뜨렸다.

첫 만남 이후, 그는 계속 신윤범을 회유하려 하고 있었다. 에밀의 눈을 피해서 신윤범에게 각종 사술의 데이터를 제공하면서 마음을 돌리려고 하는 중이다. 그런데 모건이 그 사실을 알고 있다면 에밀 역시 파악하고 있다는 소리가 되지 않는가?

"걱정 마시오. 그쪽이야 내 알 바 아니거든. 하지만 내가 하는 일에 이러쿵저러쿵 간섭하는 것은 그만둬 줬으면 좋겠군."

모건이 씩 웃으면서 말한 다음 아래쪽을 굽어보았다. 그의 마안(魔眼)이 4킬로미터의 고도를 가로질러서 종로의 상황을 시야에 집어넣었다.

*　　　　*　　　　*

"작전 시작으로부터 두 시간, 슬슬 철수해도 될 것 같은데?"

김혁이 시간을 체크하며 말했다.

작전 시작 후 두 시간, 이미 수천 명의 사상자가 발생했고 자동차들을 비롯해 물적 피해도 어마어마하다. 이 정도면 의도한 성과는 충분히 거두었다고 할 수 있었다.

15인치 맥북 프로를 들고 있는 지윤의 주변에는 산산조각 난 시체들이 수십 구나 널려 있었다. 조금씩 이동할 때마다 서울의 조직원들이 달려들었고, 그때마다 타흘룸이 발동해서 그들을 갈가리 찢어놓은 결과다. 이 사태가 시작된 이후 지윤의 2미터 안쪽으로 접근한 존재는 단 한 명도 없었다.

'나 너무 세진 거 아냐?'

지윤은 갑작스럽게 폭증한 자신의 전투력을 실감하면서 혀를 내둘렀다. 이 정도의 힘이라면 예전, 설악산에서 자신을 쓰러뜨렸던 금오의 요괴선인 규혼과 싸워도 간단하게 이길 수 있을 것 같다. 타흘룸에 대응할 수 있는 존재라는 게 있긴 있을까?

하지만 분명히 한계는 있었다. 아무리 엄청난 연산 능력으로 마력을 효율적으로 활용해도 그 양은 유한하다. 마력량이 그리 많지 않은 지윤은 이제 슬슬 마력이 다 떨어져 가는 것을 느꼈다. 중간에 몇 번 정도 정령석으로 충전을 해줬지만 그것도 한계가 있다. 마법회로가 슬슬 과열되어서 육체가 삐걱거리기 시작했다.

이현종이 말했다.

"그러게. 사진하고 동영상도 충분히 올렸으니까. 페이스북하고 트위터 쪽도 난리가 아닌걸?"

"페이스북 쪽에도 올렸어?"

"아, 나 외국 친구가 몇 있거든. 외국 애들하고 싸이월드에서 놀 수는 없잖아."

"그야 그렇지."

페이스북이라면 한국의 싸이월드와 비슷한 미국 쪽 서비스로 전 세계 회원이 3억 명에 가까운 엄청난 규모를 자랑했다. 거기서 난리가 났을 정도면 그 영향력은 네이버 메인화면 정도와는 비교도 안 된다고 봐야 한다.

'이야, 진짜 인터넷이라는 것은 끝내준다니까.'

지윤은 인터넷의 발달로 어마어마하게 가속된 정보 전달

력에 혀를 내둘렀다.

안산에서 이무기가 부활했을 때, 그 영향은 생각보다 미미했다. 재난이 일어나 안산이 휩쓸리고 수십만 명의 사상자가 생겼다고는 해도 현실성이 별로 없었기 때문이다. 사람들이 재난의 와중에 이무기를 촬영한 사진은 화질이 워낙 열악해서 모든 사람이 믿을 수 있는 증거 자료가 될 수 없었다. 그리고 또 이무기가 본체를 드러냈을 때는 이미 홍수와 뇌격이 안산 시내를 강타해서 쓸어버린 후였다.

물론 확실히 그 영향이 있어서, 아직까지도 원인이 정확하지 않은 안산의 재난을 갖고 온갖 갑론을박이 벌어지고 있고 괴물과 심령현상 붐이 일어나서 관련 서적 등이 어마어마하게 쏟아져 나오기 시작했다.

하지만 그것도 오늘 일어난 일에 비하면 새 발의 피다!

삐리리리링.

곧 그의 핸드폰이 울렸다. 이런 사태가 벌어졌어도 핸드폰 중계기가 멀쩡하니까 통화는 아주 잘 되는 것이다.

"여보세요?"

"아, 작전 종료한다. 예정 포인트로 철수해."

"알겠습니다."

도청 등을 생각하면 전용 통신기를 쓰는 게 낫겠지만, 이놈이나 저놈이나 귀찮아서 그냥 핸드폰을 쓰고 있었다. 딱히 도청당하면 곤란한 대화를 나누는 것도 아니었으니까. 어차피 암호화 장치가 장착되어 있어서 일반 기록에도 남지 않고, 명의도 다 딴놈으로 되어 있어서 추적도 안 된다.

"혁아, 현종아, 가자. 현종이는 시귀들 다 죽여."

"그러지, 뭐."

이현종이 고개를 끄덕이고는 자기가 흑마법으로 일으켰던 시귀들에게 자폭 명령을 내렸다. 그러자 수백 개체에 달하던 시귀들이 종로 이곳저곳에서 행동을 정지하고 산산조각으로 폭발했다.

남은 것은 요괴들인데, 역시 문제가 되진 않을 것이다. 이것들도 애당초 시한부 인생으로 만들어진 것들이니까.

'하여튼 우리 조직이 정말 대단하긴 대단해.'

지윤은 얼마 전까지만 해도 상상도 할 수 없었던 마도 기술의 향연을 보며 감탄할 수밖에 없었다. 인공적으로 요괴를 만들어서 제어할 수 있다니, 게다가 그것들을 전부 시한부 인생으로 만들어서 일정 시간이 지나면 알아서 소멸하게 만든다니 정말 대단하다.

'요괴보다 악랄한 인간들이라니까.'

지윤은 키득거리며 이현종과 함께 예정 포인트로 향했다. 중간에 사고가 나서 뒤집어진 버스에서 피투성이가 된 몸을 반쯤 내밀고 있는 남자를 보고는 걸음을 멈췄다.

"뭐 맘대로 생각하고… 오늘 겪은 일은 절대 잊지 말고 친구들한테도 말해주고 경찰이랑 군인 아저씨한테도 말해줘야 한다. 알았지? 기왕이면 싸이월드랑 블로그 같은 데도 퍼뜨리고 그래."

지윤은 아주 부드러운 어조로 말하고는 아이에게 마법을 걸었다. 아이는 갑자기 보이지 않는 힘에 사로잡혀 꼼짝도 할 수 없는 몸이 되고 말았다.

"시간 좀 지나면 풀릴 거다. 그럼 아디오스."

지윤은 눈을 찡긋해 보이고는 몸을 돌렸다. 그가 돌아오자 이현종이 말했다.

"우와, 진짜 재수없다."

"…어? 왜?"

"아니, 뭐랄까, 저 애는 분명히 너를 인생에서 만난 가장 재수없는 사람 넘버원으로 기억할 거야. 내가 장담하지."

"나도 동감."

김혁도 옳은 말이라는 듯 고개를 끄덕였다. 지윤이 눈살을 찌푸렸다.

"그건 뭔가 달갑지 않은데… 그냥 깔끔하게 증오해 주는 게 낫지."

내키지 않는 표정으로 중얼거리는 지윤에게 이현종이 물었다.

"근데 왜 구해준 거야?"

"목격자 좀 늘리려고."

"그냥 그것뿐?"

"응."

지윤은 충동적으로 저질렀다고 하고 있었다. 하지만 왠지 그의 뇌리 한편에 이상한 기억이 스쳐 지나가는 것 같다. 기억도 나지 않을 정도로 어릴 적에, 어쩌면 자신은 지금 저 아이와 비슷한 상황을 겪었는지도 모르는 일이다. 그래서 마음에 걸렸는지도.

'뭐 어때?'

그런 시절의 기억 따윈 알 바 아니다. 부모가 어디의 누구인지도 모르는걸. 저 꼬마는 그냥 오늘 일을 기억하고 퍼뜨리는 역할만 해주면 된다. 자신을 증오하든 재수없는 놈으로 기억하든 상관없다.

'음. 아니, 역시 재수없는 놈이라는 것은 좀 싫군.'

지윤은 그런 생각을 하면서 엉망진창이 된 도시 사이로 모습을 감추었다.

4

유현은 TV 앞에서 굳어 있었다. 오늘은 아침부터 신우와 한얼을 데리고 수련장에 가서 사격 훈련을 포함한 전투 훈련을 하느라 이제야 집에 들어온 참이었다. 아무 생각 없이 TV를 켜자 상상을 초월하는 뉴스가 들려오고 있었다.

"이런……."

신우와 한얼도 할말을 잃었다. 그만큼 뉴스 내용이 충격적이었다.

"어디의 개자식들이 이런 짓을!"

쾅!

유현이 울화를 터뜨리며 주먹으로 벽을 후려쳤다. 그러자 벽에 구멍이 뚫리면서 집이 뒤흔들렸다. 액자가 떨어지고 물건들이 쓰러지면서 와장창 난리도 아니었지만 유현은 신경도 쓰지 않고 TV 화면만 노려보고 있었다.

뉴스에서 이야기하고 있는 것은 몇 시간 전, 서울 종로 한복판에서 벌어진 사건들이었다.

갑자기 현실에 있을 리 없는 괴물들이 나타나서 사람들을 습격해서 수천 명의 사상자가 발생했다고 아나운서는 말하고 있었다. 현장은 군대에 의해 출입이 통제되어서 들어가지 못했지만 인터넷에 올라온 수천 장의 사진들과 아주 선명한 화질의 동영상 등을 인용해서 보도를 하고 있었고, 아까 전 상공에 띄웠던 헬기로 촬영한 광경도 비춰주고 있었다.

유현은 이를 빠드득 갈면서 방으로 들어가서 컴퓨터를 켰다. 그리고 인터넷을 한 번 둘러보니 이건 정말 난리도 아니었다.

"정보 통제고 뭐고 다 쓸모없군."

인터넷에 도는 사진과 동영상은 너무나도 적나라해서, 포털 등의 서비스 운영자 측에서는 닥치는 대로 삭제하고 있었다. 하지만 삭제되는 속도보다 새롭게 업로드되어서 퍼지는 속도가 더 빠르다.

게다가 이 충격은 한국만의 것이 아니다. 최근 세계 각지에서 벌어지는 사태와 맞물려서 전 세계를 뒤흔들고 있었다.

이건 심각한 사태다.

사람들이 요괴의 존재를 알고, 믿게 되고 말았다.

그로써 영맥은 요동치고 더더욱 많은 요괴가 태어나겠지. 인간들은 알면 알수록 무의식중에 자신들의 사생아를 낳게 된다. 부모를 죽이고 그 피와 살을 뜯어먹고 싶어서 환장한 괴물 아이를!

드드드드드…….

한동안 인터넷을 뒤져 보고 있던 유현은 문득 주변이 온통 덜덜 떨리고 있는 것을 알고는 마음을 가라앉혔다. 절제가 안 될 정도로 열받은 상태가 되니 자연스럽게 힘이 흘러나와서 주변에 영향을 끼쳤던 것이다.

'이게 무슨… 이제 감정이 일정 수위 이상으로 고조되는 것도 조심해야 되는 건가?'

유현은 자신의 변화에 어이가 없었다. 예전, 그러니까 퀘이사 에너지를 통제하여 강대한 힘을 얻기 전까지는 결코 없던 일이었다.

그런 그의 눈에 바닥에서 버둥거리고 있다가 몸을 바로 하는 난슬이 보였다. 유현은 염동력으로 그녀를 들어서 자신의 어깨 위에 올려놓았다. 난슬이 작은 앞발을 들어서 유현의 머리를 톡톡 쳤다.

"미안하다. 들어와 있는 줄 몰랐어."

유현은 피식 웃고는 그녀의 머리를 쓰다듬어 주었다.

난슬은 급격하게 기운을 되찾고 있었다. 유현은 규혼의 힘을 분석해서 복제해 낸 힘을 그녀에게 주입하여 상태를 회복시키는 것에서 그치지 않았다. 똑같이 순수한 요괴선인의 힘이라고 해도 규혼의 힘과 난슬의 힘은 완전히 같지 않다. 마력이든 기력이든 개인의 체질이나 정신 상태 등에 따라서 조금씩 다른 성질을 띠게 마련이다.

그렇기 때문에 유현은 주입한 힘을 그녀가 소화한 후에는 어떤 변화가 일어나는지 분석, 그녀 본연의 힘의 형질을 파악한 후 완벽하게 들어맞는 힘을 생성하고 있었다.

그 결과 난슬의 회복도 빨라져서 지금은 꼬리가 세 개로 늘어났다.

'인간 모습을 취할 수 있는 게 언제부터인지 모르겠군.'

난슬의 지금 상태는 정상이 아니다. 꼬리가 세 개가 되었다고 해서 정상적인 삼미호로 생각하면 안 된다. 유현이 뒤져 본 바로는 삼미호쯤 되면 이미 인간으로 어설프게나마 변신이 가능할 정도라고 하니까.

다만 그녀의 지성이 활성화되고 있는 것만은 분명했다. 최근 그녀는 책을 읽는 등의 행위로 자신이 지적 활동을 할 수 있게 되었음을 보여주는 경우가 많았다.

유현은 마음을 가라앉히고 네트워크를 연옥 모드로 바꿨다. 그리고 연옥의 네트워크에 접속해서 정보 사이트에 들어가 보았다.

그쪽에는 조금도 여과없이 종로에서 벌어진 일들에 대한 리포트들이 올라와 있었다. 어느 언어 사이트로 들어가 봐도 그 일이 하이라이트로 올라와 있는 것을 보면 그 충격이 얼마나 큰지 알 만했다.

"이 자식들……."

문득 사진들을 보고 있던 유현은 이를 뿌드득 갈았다.

정보 사이트에 올라온 영상 자료들은, 아마도 현장에 있었을 익명의 정보 제공자가 올린 수많은 사진들과 동영상 외에도 위성을 이용해서 찍은 영상들도 있었다. 아마도 육도 측에서 일부러 정보를 공개해 둔 것이리라.

그리고 그중에 유현의 눈에 띄는 존재가 있었다.

"오지윤, 설마……."

위성에서 잡은 영상이라 분명하진 않지만, 저 눈에 띄는 붉은 머리칼과 체형, 그리고 움직이는 방식을 보니 오지윤이라는 생각이 들었다. 다만 동영상으로 촬영된, 다른 인원들이 그의 주변에만 다가가도 빛이 번쩍이면서 전부 박살이 나는 것은 도대체 무엇인지 모르겠다.

유현이 심각한 표정으로 모니터를 바라보고 있을 때 누가 벨을 울리는 소리가 울렸다.

딩동.

신우가 현관 쪽으로 다가갈 때 유현은 이미 바깥에 와 있는 것이 여러 명이라는 것을 알았다. 그리고 그것이 아일라와 신아연, 진선희며 그들 사이에 불편한 기류가 흐르고 있다는 것까지.

'이건 더 이상 인간의 힘이 아니군.'

특별히 현관 앞에 설치해 둔 마법을 사용한 것도 아닌데 이런 것까지 알 수 있다니, 자신이 도대체 어떻게 변해가는 것인지 모르겠다.

물론 그의 변화는 이것으로 끝이 아닐 것이다. 유현은 지금

얻은 힘을 보다 효율적으로 활용하기 위한 노력을 아끼지 않고 있었다. 사흘 후에는 신체 상태 진단 및 조정일이라 몸에 깔린 술식을 개수, 보수하는 것은 물론이고 나노 엘리멘탈 시술도 받기로 예약이 잡혀 있는 상태다.

'하지만 이런 힘을 가져 봤자 개인이 할 수 있는 일에는… 한계가 있지.'

유현은 그 사실을 절감하며 몸을 일으켰다. 방문객들의 소리가 들려오고 있었다.

아일라가 폭풍이 휘몰아친 것 같은 거실을 보더니 한마디 했다.

"엉망진창이군."

"화가 나서 주먹으로 한 대 쳤더니 이 꼴이군."

유현은 벽에 뚫린 구멍과 그로부터 이어진 균열들을 보면서 한숨을 쉬었다. 아무 생각 없이 저지르고 나서 보니까 딱 드는 생각은 이것이었다.

'집 값 떨어지겠네.'

물론 안산의 집 값은 지금은 더 폭락할 곳이 없을 정도로 폭락한 상태이긴 하지만.

"좀 청소해 드려도 될까요?"

진선희가 물었다. 유현은 전투원이라서 사용할 수 있는 마법의 다양성이 떨어지지만, 정통 마법사인 그녀는 사정이 다르다. 유현은 고개를 끄덕였다.

"그래 주면 나야 고맙지."

"그럼."

진선희가 앞으로 나서더니 양손을 모아서 마법의 인을 맺었다. 동시에 빠르게 마법어로 주문을 외우면서 마력을 발하자 이변이 일어나기 시작했다.

"어어?"

신우가 깜짝 놀라서 눈을 크게 떴다. 엉망진창이 된 거실이 제 모습을 되찾고 있는 것이 아닌가? 움푹 패서 깨져 나간 벽이 드드드득, 하는 소리와 함께 원래의 형상으로 부풀어 오르고 바닥에 흩어져 있던 파편들도 다시 원래의 모습으로 되돌아간다. 쓰러져서 부서진 장식물들이나 떨어진 액자 등도 다시 원래의 자리로 돌아가고 제 형상을 되찾아간다.

흡사 동영상을 되돌려 감는 듯한 광경이었다. 다른 점이라면 확실히 현실에서 벌어지는 일이라는 것과 그 사이에 사람을 세워둔 채로 벌어지고 있다는 것이다.

"후우우."

잠시 후 진선희가 살짝 땀이 흐른 얼굴로 긴 숨을 내쉬었다.

"한 시간 전을 기준으로 되돌렸습니다. 세부적인 문제가 있을지도 모르겠지만 거기까지는 어쩔 수 없고요."

"우와아… 누나, 대단하네요."

신우는 이 기적 같은 광경에 벌린 입을 다물지 못했다. 세상에, 마법으로는 이런 일도 가능하단 말인가?

"누나라니, 무슨……."

신우가 반짝반짝 빛나는 눈으로 자신을 바라보자 진선희는 살짝 얼굴을 붉히면서 슬그머니 시선을 돌렸다.

'이 녀석, 만날 날이 서 있더니… 의외로 부끄럼 타는 성격이었어?

유현은 그걸 보고 조금 어이가 없어서 피식 웃고 말았다. 그리고 한얼에게 눈치를 주면서 말했다.

"고마워. 답례로 식사라도 대접하지."

"식사라니, 제 마법도 꽤 싸게 팔리는 느낌이군요."

"만날 인스턴트나 중국집하고 피자 집에서 시켜 먹기만 하는 처지 아니었나? 가끔은 정성들여 만든 가정요리를 맛보는 것도 좋아."

"……."

진선희는 할말을 잃고 말았다. 옆에서 신아연이 쓴웃음을 지었다.

그도 그럴 것이 여자 둘이서 살고 있었지만 두 사람의 식생활은 처참하기 이를 데 없었던 것이다! 편의점 마니아가 된 아일라 스카우드와 비교해도 박빙의 승부가 연출될 지경이었다. 둘 다 요리에는 영 재주가 없었던 탓이다.

진선희가 얼굴을 붉히며 말을 더듬거렸다.

"이, 인스턴트가 뭐가 나쁘다고 그래요? 필요한 영양분과 맛을 고려해도 경제적이고 적절한 선택……."

"그만해라. 내가 다 창피해."

신아연이 그녀의 어깨를 짚으며 한숨을 쉬었다. 진선희가 고개를 푹 숙이자 유현이 피식 웃으며 말했다.

"한얼, 부탁해."

"그러죠. 고기라도 구울까요?"

"메뉴는 맡겨둘게."

"알겠습니다."

한얼은 쓴웃음을 지으며 부엌으로 들어갔다.

그동안 신우가 마실 것을 내오자 유현은 그도 자기 옆에 앉히고 말했다.

"용건은… 뭐 대충 짐작이 가는군."

신아연이 고개를 끄덕였다.

"그래. 아까 이야기하고 싶었지만 돌아오질 않아서 말이지. 그나저나 꽤 열받았나 보군."

"그래. 잠깐 이성을 잃을 지경이었어. 이웃에 피해를 준 것은 사과하지. 그놈들에 대해서 혹시 아는 게 있나?"

"그러잖아도 그것 때문에 오기는 했는데… 일단 그쪽이 알아낸 것이나 추측한 게 있다면 들려주지 않겠나?"

"많은 것을 알아낸 것은 아니고… 나와 동기였던 오지윤이라는 놈이 그 일에 개입하고 있는 것 같은데. 정보 사이트에 들어가 보니 찍혀 있는 게 그놈 같았어. 맞나?"

"맞아. 알아보기 어려운 영상 같았는데 잘도 알아봤군."

"목숨 걸고 싸운 지도 얼마 안 됐으니까. 그리고 그 사진과 영상은 육도 측에서 흘린 것 같던데, 맞나?"

"그것도 맞아. 뭐 예전 육도 소속이었던 누구라거나 하는 말은 안 나오도록 했지만. 어쨌든 오지윤이 종로에서 그 사건을 일으킨 행동원 중 하나였던 것만은 분명해. 위성으로 찍힌 영상 중에는 그렇게 흐린 것보다 훨씬 선명한 것들도 있었거든."

"육도도 땅에 떨어졌군. 이렇게 되면 배신자가 둘인 건가?"

"배신? 그건 아니지. 둘 다 조직에서 나간 녀석들이니까. 그리고 이건 밝히지 않았지만 쉐도우 머더러 역시 이번 일에 개입하고 있었어."

"그 아저씨도?"

유현의 표정이 일그러졌다.

쉐도우 머더러 정도일.

그것은 유현에게는… 정말 무거운 의미를 가지는 이름이다.

"웃기는 것은 그 이후의 종적을 정보부에서 잡아내지 못했다는 거지. 무슨 수를 썼는지는 모르겠지만 마법적 탐지망은 물론이고 감시위성과 예지에도 그들이 어떻게 빠져나갔는지 잡히지 않았다고 하는군."

"육도의 이름도 땅에 떨어졌군. 그런데 그런 정보를 외부인인 우리 앞에서 밝혀도 되나?"

"상관없어. 알려주라고 지령이 내려온 정보들이니까. 저 여자가 듣고 있는 것은 좀 짜증나지만."

신아연이 아일라를 쏘아보며 말했다. 하지만 아일라는 여전히 쿨하게 그녀의 존재를 무시하고 있었다.

"그렇게 정보를 알려준다는 것은 바라는 게 있다는 거겠지?"

"아니, 일단은 없어. 장기적으로 바라는 것이라면 이미 알고 있을 테고."

"쓸데없는 일에 시간 낭비하고 있는 것도 피곤할 텐데."

"우리야 일이 적으니까 좋지. 하지만 그것도 이제 곧 끝날 것 같군."

신아연이 의미심장한 뉘앙스로 말했다.

여러 가지로 해석될 수 있는 말이었다. 신아연과 진선희가 유현 옆에 붙어 있는 임무가 끝나고 철수 명령이 내려온다고 해석할 수도 있을 것이고, 그게 아니라면······.

'느긋하게 생활할 여유가 없어진다는 의미겠지.'

오늘 일어난 종로 사건이 갖는 의미는 그만큼 크다.

이것으로… 연옥은 그 존재 의의 자체가 뒤흔들리게 되었다.

연옥의 일부가 원하는, 무지한 일반인들에게 잔혹한 진실을 알려주고 싶어하는 욕망이 현실화된 것이다. 인간들은 요괴의 존재를 알게 되고, 더 많은 요괴가 태어나게 되고, 인간들 스스로 거기에 대적해야만 하게 될 것이다.

만약 이것으로 끝난다면, 긴 시간이 걸릴지언정 다시 세계를 원래대로 돌릴 수 있을 것이다. 하지만 과연 그렇게 될까?

이무기 사건 이후로 세계는 급격하게 변화하고 있다. 연옥의 기반은 무참하게 파괴되고 있었고, 지금의 세계를 지키는 자들의 힘은 바닥을 보이고 말았다. 그리고 이제 더 이상 돌이킬 수 없는 사건이 터져 버린 것이다.

바보가 아니라면 일련의 사건들이 모두 같은 놈들에 의해 벌어지고 있다는 결론을 얻을 수 있을 것이다. 그런 말도 안 되는 힘을 갖춘 세력이 있다는 사실이 좀처럼 믿어지지 않지만, 명확한 일관성을 보여주는 사건들이 그들의 존재를 증명하고 있다.

'이 세계가 이미 파멸해 있기 때문이야.'

새삼 환몽여제 김지아의 말이 뇌리를 스쳐 지나간다.

전 세계적으로 이런 개 같은 짓거리를 자행하는 그 세력의 일원들은 그 진실을 알고 있는 것일까?

자신들의 행동이 불러일으킬 결과가 세계의 변혁이 아니라 파멸이 될 것이라는 것을 알고 이런 짓을 저지르는 것일까?

이런 일이 터지는 와중에 그게 뭐가 중요하냐고 할 수도 있다. 하지만 유현은 그것이 정말 중요한 포인트라고 여겼다. 그들이 모든 것을 아는 채로 일을 벌이고 있는지, 아니면 무지한 채로 일을 벌이고 있는지에 따라 그들에 대한 평가는 완전히 달라진다.

지금 유현에게 육도에서 파악한 정보를 전하는 신아연과 진선희 역시 그러한 진실을 모를 것이다. 수라 급이 알 수 있는 정보가 아니니까.

그럼 아일라는 어떨까? 데스트레자의 마이스터가 현장 전투원이라는 점을 생각하면 그녀도 모를 것 같긴 하지만, 아무래도 확인해 봐야 할 것 같은 느낌도 든다.

"육도에서도 찾을 수 없는 존재들이라니, 그럼 7대세력에 필적할 저력을 갖추고 있다는 것인데… 정말 터무니없군."

유현은 고개를 절레절레 젓고 말았다.

Chapter 17

머신 오브 레전드

몇 개월 전, 육도와 쿠로카미와 디스트로이어와 금오가 한국 설악산의 퀘이사 포인트를 두고 전투를 벌이고 있었을 때, 다른 7대세력 역시 어떤 유물을 두고 다투고 있는 중이었다. 영국의 퀸 오더, 스페인의 데스트레자, 그리고 러시아의 스패쯔나쯔는 아서왕 시대의 대마법사 멀린이 남긴 유산, 정확히는 거대한 마법적 시스템을 비장한 유적을 두고 서로 다퉜다.

사실 이것은 외부에서 보면 정말 웃기는 싸움이었다.

"그걸 만든 본인이 멀쩡히 살아 있는데 유산이랍시고 다투고 있으니 말이죠."

한 소녀가 장문의 리포트를 훑어보다가 던져 버리면서 투덜거렸다.

16, 7세 정도로 보이는 소녀는, 아름다웠다.

정말 금을 녹여서 뽑아낸 것 같은 풍성하고 아름다운 금발, 그리고 가을 하늘을 깨서 세공한 듯한 푸른 눈동자에 도자기 인형이 생각날 정도로 희고 깨끗한 피부는 서양인들이 바라는 완벽한 미(美)를 형상화시킨 모습 같았다. 팔다리도 늘씬하고 몸매도 적절하게 굴곡이 있는, 완벽한 균형미를 갖춘 그녀가 몸매가 적나라하게 드러나는 심플한 붉은 드레스를 입고 있는 모습은 그 자체로 패션잡지의 화보 같았다.

그녀가 있는 곳은 오래된 느낌이 드는 서재였다. 낡은 책들이 수천 권이나 꽂혀 있는 서재의 마호가니 책상에 걸터앉은 채 그녀는 그 앞에 놓여진 관을 내려다보고 있었다.

그렇다. 관이다.

"멀린."

관은 뚜껑이 유리로 되어 있어서 안이 훤히 비춰 보였다. 그 안에는 단정한 백발과 수염, 그리고 고급스러운 은색 슈트를 입은 체구가 큰 노인이 누워 있었다.

그는 시체처럼 창백한 얼굴로 누워 있었지만 생체 활동을 정지한 것은 아니었다. 일종의 가사 상태에 빠져 있는 중이다. 그것을 증명하듯 허공에서 목소리가 울려 퍼졌다.

"그 일을 새삼스럽게 말씀하시는 이유는 뭡니까? 여왕 폐하."

"그냥 생각나서 말이죠."

어깨를 으쓱하는 소녀는 겉모습과는 달리 수천 년의 세월을 살아온 존재였다.

영국의 연옥을 지배하는 세계 7대세력의 하나, 퀸 오더.

마법의 총본산이며 예로부터 수많은 전설을 품은 그 땅을 지배하는 조직의 정점에 선 그녀는 사람들에게 위치 퀸이라고 불리고 있었다. 그 이름 그대로 전 세계 모든 마녀들의 여왕, 기원전부터 살아온 마녀가 바로 그녀다.

"당신이 그런 꼴이 되지만 않았어도 우리가 그런 바보 같은 일에 병력을 소모할 이유는 없었을 텐데."

멀린이 소속된 조직이 그가 만든 유적을 두고 다툰다니, 이건 개그도 이만저만한 개그가 아니었다. 하지만 멀린이 사경을 헤매는 상황이다 보니 그 유적에 대한 지배권을 발동할 수가 없어서 어쩔 수 없이 다른 조직과 다퉈야만 했던 것이다.

"저도 이런 꼴이 되고 싶어서 된 것은 아닙니다만."

"변명할 만큼 여유가 있나 보군요. 어쨌든 정도일이라는 애송이한테 집착할 정신머리가 있으면 조직 운영이나 좀 도와요."

"아아, 죄송하지만 이렇게 이야기하는 것조차 힘든 몸이라······."

"전 세계에 그 애송이를 찾기 위한 탐지망을 깔아놨다며! 그런 일에 소모할 여력이 있으면 정신이라도 깨워둬!"

뻔히 보이는 능청을 떠는 멀린에게 위치 퀸이 버럭 신경질을 내고 말았다. 최근 격무 때문에 스트레스가 쌓이다 보니 체면이고 뭐고 다 집어치운 모양이었다.

멀린이 정도일에게 집착하는 이유는 간단했다.

그가 바로 멀린을 지금처럼 사경을 헤매게 만든 존재이기 때문이다.

신적인 존재라고 불리는 세계 최강의 마법사, 퀸 오더의 2인자이며 그 힘이 위치 퀸과 동등하다고까지 일컬어지는, 또한 그 이름의 유명함으로 치면 미국 대통령이나 할리우드 스타를 듣도 보도 못한 잡것들 취급할 수 있는 대마법사 멀린이 고작 말단 전투원 하나에게 당해서 이런 꼴이 된 것이다.

그리고 정도일은 다들 불가능했다고 여겼던 그 일을 육도 상층부와 '교환 조건'으로 삼아서 온전한 몸으로 육도를 떠날 수 있었다.

"흠흠. 하지만 그 애송이는 반드시 처치해야겠습니다. 드디어 찾았기도 하고."

멀린은 여전히 정도일에게 강한 집착을 보였다.

사실 고급 전투원 정도 수준의 공격력으로 멀린을 찌르든,

몸을 해체하든 그 생명에는 눈곱만큼의 지장도 없었다. 멀린은 인간을 초월해 거대한 현상에 가까워진 존재이기 때문이다.

하지만 그때 정도일이 쓴 무기가 치명적이었다. 말하자면 '핵이 아닌 한 나를 해칠 수 있는 것 따위 없다!' 라고 자신만만해하다가 핵을 맞은 꼴이랄까? 수천 년 전에 한반도에 출현했던, 천계와 소통하는 자 단군왕검이 썼던 다 녹슨 청동검 따윌 여태까지 보관하고 있다가, 핵폭탄에 버금가는 엄청난 술식들을 비장해서 꽂고 터뜨릴 줄이야 누가 상상이나 했겠는가?

'그리고 육도 그놈들은 '어머나, 그놈은 우리 조직에서 나간 지 오래됐답니다' 라고 발뺌이나 하질 않나!

위치 퀸은 그때 일을 생각만 해도 혈압이 오르는 기분이었다.

그때까지만 해도 꽤 여유가 있어서 사교계에 얼굴도 내밀고 왕실의 일에도 참견해 가면서 꽤 우아하게 살 수 있었는데, 그 후로는 멀린과 분담하던 일을 혼자 다 해야 하다 보니 아주 죽을 지경이다.

그런 상황이다 보니 이번 일에 그녀의 혈압이 오르는 것은 당연했다. 멀린은 가사 상태로 들어가서 상처를 치유하는 한편 일주일에 한 번 정도, 몇 시간씩 의식을 일깨워서 조직 운영에 관여할 정도로밖에 여력이 없다고 알려져 있었는데…
전 세계에 자길 찌른 놈을 찾겠다고 탐지망을 깔아두었을 줄
이야!

"어처구니가 없어서 진짜. 게다가 나한테 비밀로 개발부에
그런 것까지 만들게 하고… 당신 진짜 나랑 한번 싸워볼래
요?"

"폐하께서 그리 말씀하시니 노신은 송구스러워서 얼굴을
들지 못하겠습니다. 부디 넓은 아량으로 선처해 주시옵소
서."

"아악, 진짜 죽여 버릴 수도 없고!"

능청스러운 그의 대답에 위치 퀸은 머리를 붙잡고 치를 떨
었다. 하지만 곧 그녀는 한숨을 쉬며 허공을 한 번 휘저었다.
그러자 방금 전 그녀가 던져 버린 것과는 다른 새로운 종이
뭉치가 나타났다.

"뭐 좋아. 어쨌든 정도일이라는 애송이를 잡아야 한다는
점에는 동의하니까, 원하는 정보를 주죠."

그녀는 가까스로 화를 가라앉히며 정보가 프린트된 종이
뭉치를 멀린의 관 위에 올려두었다.

"복수한답시고 눈이 뒤집어져서 단숨에 죽여 버리거나 하
지 말고, 그놈의 뒤에 있는 놈들에 대해서 확실하게 알아내도
록 해요. 그것조차 못하면 당신 정말 나랑 사생결단 나는 거

야, 알겠어요?"

"여부가 있겠나이까."

"중형 원자로 사용 허가는 결제해 뒀으니까 개발부에서 완성했다는 '그것'을 일으켜 세워서 한국으로 가도록 해요. 어디로 가서 뭘 하면 될지는 거기에 적어뒀으니까."

위치 퀸이 건네준 정보는, 가장 뛰어난 예언자인 그녀 자신과 조직의 예지 능력자들을 총동원해서 알아낸 것이었다. 단순히 상황에 대한 것만 적힌 게 아니라 '이렇게 했을 때 당신이 원하는 것을 얻을 수 있을 것이다' 라는 추상적인 지침도 포함되어 있다.

"그럼 나는 일이 바빠서 이만."

"수고하시지요. 소인이 일을 나눠 드리지 못하는 것이 정말 안타깝군요."

"당신, 몸 멀쩡해지면 반드시 격무의 지옥이 뭔지 보여주겠어. 그리고 난 장기휴가를 갈 거야. 한 500년쯤."

위치 퀸은 으르렁거리면서 문을 발로 걷어찼다. 쾅 소리와 함께 고풍스러운 문짝이 부서져서 날아가 버렸다. 그녀가 홍하고 나가 버리자 멀린은 복원마법을 사용, 문짝을 금세 원래대로 되돌리면서 음흉하게 웃었다.

"크크크. 그럼 '그것'을 기동해 볼까?"

*　　　*　　　*

　서울 종로에서 일어난 전례없는 사건 이후 한 달이 지났다.

　그동안 세계는… 거짓말처럼 평화로웠다.

　"…였으면 얼마나 좋을까마는."

　유현은 연옥의 정보 사이트에서 다운받은 정보들을 정리해서 살펴보면서 짜증을 냈다.

　일단 종로 사건 이후로 대한민국에는 요괴의 존재가 폭증했다.

　예상된 결과이긴 했지만 연옥의 조직들로서는 대응하기가 벅찰 지경이었다. 육도의 경우도 설악산의 상태가 좀 안정되어서 여유가 생기나 했더니 이런 일이 덮치는 바람에 다시 인원들을 한계까지 쥐어 짜내고 있다고 한다.

　그런 와중에 열흘 전쯤 2차 사건이 터졌다. 이번에는 부산 한복판에서 똑같은 일이 벌어진 것이다.

　종로에 비하면 인구밀도가 적은 지역이긴 했지만 그래도 부산은 인구가 360만 명에 달하는 대도시다. 7천 명에 달하는 엄청난 사상자가 발생했다.

　게다가 이번에는 일찌감치 출동한 전경들이 몰살, 뒤이어 출격한 군부대 역시 전멸에 가까운 꼴을 당했다. 한국의 군대에서 이만한 사상자가 나온 것은 6.25 전쟁 이후로 처음이다.

그와 함께 종로 사건 때와 마찬가지로 수천 장의 선명한 사진들과 동영상들이 인터넷을 강타했다. 정부에서 나서서 이러한 자료들의 전파를 막으려고 했지만 어림도 없는 일이었다.

이로써 일반인들은 요괴, 정확히는 기상천외한 능력을 부리며 인간들을 적대시하는 괴물의 존재를 믿게 되었다. 국가 차원에서도 이들의 존재를 인정하고 대응책을 마련하기 위해 고심하고 있었다.

몇십 년 만에 마침내 대통령이 계엄령을 선포하고 각 지역 군대는 언제라도 실전 투입될 태세를 갖추는 한편, 경찰과 구역을 나누어서 시내를 순찰하고 있었다.

"그리고 이번에는 미국이라니."

대한민국은 시작에 불과했다는 듯, 미국 로스엔젤리스 한복판에서 똑같은 사건이 터졌다. 한국의 사건을 본 디스트로이어 측이 방비를 철저하게 하고 있었을 텐데, 그쪽도 각지에서 터진 대요괴 출몰 사건과 뉴올리언스를 강타한 재해 급 요괴의 존재 때문에 여력이 부족했던 모양이다. 이쪽의 사상자 수는 부산과는 비교도 할 수 없어서 2만 명 이상이나 죽거나 다쳤다.

이 사건에 대한 일반인들의 시각은 다양했다. 외계인 음모

론부터 시작해서 북한이나 중동 국가들의 새로운 방식의 테러라는 소리까지 나오고 있었다. TV를 봐도, 인터넷을 봐도 연일 이에 대한 이야기가 나오고 있어서 머리가 지끈거릴 정도다.

"이제 돌이킬 수 없어. 이제… 어떻게 되는 거지?"

그렇게 중얼거린 유현은 입술을 깨물었다.

세계가 변해간다.

더 이상 손쓸 수조차 없을 정도로 급격하게 변해가고 있다.

이제 인류는 자신들로부터 끊임없이 태어나는 괴물들을 상대로 싸워야만 한다. 그것은 인류가 완전히 몰살하기 전에는 결코 끝날 수가 없는 싸움이다.

하지만 그전에 세계가 파멸할지도 모르지. 이 정도로 많은 이들이 요괴의 존재를 알고 사념이 폭주하기 시작한 이상… 7대세력의 관리 능력은 바닥을 보였을 것이다. 유현이 그들에 대해서 모든 것을 아는 것은 아니지만 그 정도는 쉽게 파악할 수 있었다.

'확실하게 이야기를 해볼 필요가 있겠군.'

유현은 신아연과 진선희를 통해서 육도 상층부와 이야기를 해볼 필요성을 느꼈다. 물론 지금도 그들의 요구에 응할 생각은 없지만, 정보가 절실하다.

똑똑.

그때 신우가 방문을 노크하고 말했다.

"사부님, 난슬 누나가 기다리고 있는데요?"

"알았어. 갈게."

유현은 자료 파일들을 덮고 방을 나섰다.

난슬은 거실 바닥에 그려진 선술의 진 위에 다섯 개의 꼬리를 살랑거리면서 앉아 있었다. 모습은 여전히 하얀 여우의 그것이다. 오미호가 될 정도로 힘을 회복했지만 아직도 인간 모습을 유지하기는 어려웠다.

그런 그녀를 본 유현이 신우를 보며 물었다.

"근데 웬 누나야?"

"저보다 나이가 많잖아요?"

"나이가… 많긴 하지."

한 400살쯤.

유현은 정말 속 편하게 사는 놈이라고 생각하면서 난슬의 앞에 앉아서 말했다.

"오미호가 됐으니 오늘은 좀 한번에 주입하는 양을 늘려볼게. 수용 한계가 왔다고 여겨지는 시점에서 알려줘."

"응. 알았어."

난슬이 놀랍게도 또렷한 발음으로 대답했다. 예전 난슬의 목소리 그대로였다.

난슬은 나흘 전에 오미호가 되었다. 하지만 그전, 사미호가 됐을 때부터 이미 인간 이상의 지성을 갖춘 것은 물론, 말도 할 수 있었다. 평소에는 힘을 아끼기 위해서 여우의 모습을 하고 있지만 식사 때만은 요괴선인의 모습으로 돌아와서 밥을 먹는 어처구니없는 면모도 보여주었다.

"흠. 그럼 해볼까?"

유현은 선술의 진 위에 손을 얹고 힘을 일으키기 시작했다.

이 선술의 진 역시 난슬이 직접 만들어낸 것이다. 비술의 사용자에 불과한 유현과 달리 난슬은 비술의 이해자이자 연구자였다. 그녀는 100년간 극적으로 발달한 현대의 마법과 주술 등을 공부하여 스스로의 능력을 계속해서 향상시켰다. 그렇게 하기 시작한 시간이 얼마 되지도 않는데 이미 유현의 힘을 효율적으로 받아들일 수 있는 선술의 진을 스스로 만들어내었을 정도다.

후우우우웅…….

선술의 진이 빛을 발하면서 유현의 힘이 난슬에게로 흘러 들어 가기 시작했다.

2

대통령이 계엄령을 선포한 지금, 한국에는 어린 세대는 상상도 못할 일들이 다시 찾아오고 있었다. 거리마다 무장한 경찰들과 군인들이 긴장한 기색으로 순찰을 돌고 있는 모습이 일상적인 풍경이 되어간다거나, 혹은⋯⋯.

"10시 통금이라니."

아직 열아홉 살에 불과한 유현으로서는 이런 상황을 상상도 할 수 없었다. 하지만 실제로 저녁 10시 이후에는 민간인이 집 밖으로 나오는 것이 금지되어 있었다.

옛날에, 군부 세력을 등에 업은 대통령이 통치할 당시에는 이런 상황이 아주 일상적이었다는데, 고작 몇십 년 지나는 것만으로도 세상에 어떻게 이런 일이 있을 수 있나 싶은 그런 느낌이 되어버렸다. 실제로도 이 조치에 대해서는 여기저기서 말이 많은 모양이었다.

하지만 요즘은 요괴들이 지나치게 기성을 부렸다. 어찌나 많은 요괴들이 나타나는지, 인간에게 모습을 드러내서 좋을 게 없다는 사실조차 모르는 저능하고 폭급한 요괴들이 행인들을 덮치는 일도 잦았다. 그러한 일은 대체로 밤에 벌어지기 때문에 10시 통금 조치를 내린 것도 어쩔 수 없었다.

국가에서도 요괴에 대한 대응책을 고심하고 있는 모양이다. 하지만 지금으로서는 총기로 쏴버리는 것 외에 특별한 대책이 없었다. 그나마 실체가 있는 요괴들은 그런 식으로 처치

할 수 있으니 다행이다.

"군인들도 정말 고생이야."

유현은 어깨에 올라탄 난슬을 쓰다듬으면서 중얼거렸다. 아파트 옥상에 올라선 그의 눈에 죽어버린 듯 고요한 시가지가 비춰지고 있었다. 이무기 사건 이후로 활기가 사라져 버린 안산이지만, 밤 10시 통금제가 시행된 이후로는 불만 켜진 유령도시마냥 을씨년스럽기까지 하다.

그 뒤를 따르던 신우가 투덜거렸다.

"한얼한테도 입영통지서가 날아왔다니까요."

"진짜?"

유현이 깜짝 놀라서 물었다. 입영통지서라고? 그런 현실적인 이야길 듣게 되다니!

"네. 한얼도 나이가 나이잖아요."

"한얼이 몇 살인데?"

"스물셋이요."

"등록된 나이 아니면 실제 나이?"

"둘 다 똑같아요."

한얼도 신우도 원래는 주민등록이 되지 않은 '존재하지 않는' 인간이었다. 그러다가 자염이 괴멸한 후 브로커를 통해서 신분을 손에 넣은 것인데, 그것이 이런 사태를 초래할 줄이야.

"그래서 한얼은 어떡한대?"

"곧바로 주민등록을 말소하겠다던데요? 나중에 다시 새로운 신분으로 갈아타면 된다고."

"…아주 화끈하군. 그래도 되겠어?"

"요즘은 딱히 주민등록 없어도 생활하는 데 지장없으니까요."

그 말을 들은 난슬이 물었다.

"유현은 괜찮아?"

"난 아직 열여덟 살이라 괜찮아. 내년이 되어도 아직 열아홉이고. 계엄령이 내렸다고는 해도 당장 전쟁에 돌입한 것은 아니니까, 적어도 학교를 졸업할 나이가 될 때까지는 상관없겠지."

사실 유현은 왼쪽 눈을 실명한 장애인으로 등록되어 있기 때문에 군대 걱정이 없긴 하지만, 정말 전시 상황으로 졸업하면 그런 '사소한 결함' 때문에 군대가 면제되진 않을 것이다. 그래도 아직까지는 나이 때문에 여유가 있었다.

신우가 한숨을 쉬었다.

"아, 군대라……."

"넌 아직 까마득하니까 나중에 고민해라."

신우는 아직 열네 살의 어린 나이라 군대는 아직도 머나먼 이야기다.

두 사람은 경계하는 자들의 눈을 피해서 곧 망혼의 아지트에 도착했다. 그 앞에는 두 명의 군인이 실탄이 장전된 K-1 기관단총을 든 채 경계를 서고 있었다.

"뭐야, 저 사람들이 왜 저기에 있지?"

"그러게요? 군인 아저씨들이 왜……."

신우는 군인들이 들었으면 상처받았을 '군인 아저씨'라는 말을 아주 자연스럽게 내뱉었다.

유현은 쳇 하고 혀를 차며 인식장애 주문을 발동시켰다. 두 사람의 인식을 완전히 마비시킨 다음 입구로 다가가자 자연스럽게 문이 열리고, 망혼의 조직원이 두 사람을 맞이했다.

"어서 오십시오. 아, 저분도 같이 들어오시게 할까요?"

조직원이 유현의 눈치를 보며 물었다. 그의 시선은 은밀하게 두 사람의 뒤를 따라온 아일라에게 향해 있었다.

"아일라, 당신도 들어오지?"

"고맙군."

아일라는 고개를 끄덕이고는 두 사람을 따라서 안으로 들어갔다.

곧 문이 닫히자 유현이 조직원에게 물었다.

"저 군인들은 도대체 뭐지?"

"아, 그게… 저희 조직은 정재계에 연줄이 많지 않습니까. 그러다 보니까 그런 사람들이 쓸데없이 신경 쓴답시고 저런 사람들을 보내왔지 뭡니까."

"기가 막히는군. 요괴를 상대하는 전문가 집단이라는 것을 뻔히 알면서, 도움을 주겠다고 아무것도 모르는 군인들을 보낸 거야?"

"저희도 골치 아파요. 저 사람들 보낸 양반이 저희가 귀신이나 악령, 저주 같은 것만 상대하는 조직으로 생각하고 있어서."

"악귀라면 모를까 실체가 있는 괴물들이 덮치면 곤란할 테니 선심 써서 군인들을 보내줬다, 뭐 이런 건가?"

"그런 거죠."

"웃기지도 않는 일이군. 저 사람들이 불쌍해. 만날 저렇게 경계나 서고 있으려면 스트레스 장난 아니겠네."

"저희도 그래서 좀 신경을 써주고 있습니다. 둘 다 불만이 많더라고요."

"그럴 만하지."

조직원은 쓴웃음을 지으며 세 사람을 성아가 있는 방 앞으로 안내했다. 그리고 정중하게 고개를 숙이고는 물러갔다.

"수고하세요."

신우가 예의 바르게 인사하고는 유현을 바라보았다. 유현이 노크를 하자 곧 문이 저절로 스르륵 열렸다.

"안녕, 유현, 신우야, 그리고 아일라 씨."

성아는 완전히 피로에 지쳐서 초췌한 몰골로 앉아 있었다. 눈밑에 다크서클이 아주 짙게 나타나 있는 게 그녀가 요즘 얼마나 힘들게 사는지를 말해주는 것 같았다.

"너 진짜… 힘든가 보다?"

"으응. 죽을 것 같아……."

성아는 유현을 앞에 두고도 흐느적거리면서 피로한 티를 노골적으로 드러내고 있었다. 유현은 어쩔 수 없다는 듯 자신의 어깨에 올라타 있는 난슬에게 말했다.

"난슬, 좀 부탁해."

"응."

난슬이 폴짝 뛰어내려서 성아 앞에 섰다. 성아가 힘없이 미소지으며 그녀에게 손을 내밀었다. 곧 난슬이 그녀의 손 위에 양 앞발을 얹고 선술을 사용했다. 곧 청량한 기운이 성아의 전신을 훑으면서 기력을 회복시키기 시작했다.

잠시 후 성아가 다크서클이 옅어진 모습으로 한숨을 쉬었다.

"아, 좀 살 것 같네."

유현이 퀘이사 에너지를 완전히 통제할 수 있게 되면서 가장 큰 이익을 본 조직이 있다면 그것은 바로 망혼이었다.

유현은 그동안의 인연, 그리고 은혜를 생각해서 그들에게 충분한 배려를 해주고 있었다. 예를 들면 퀘이사 에너지를 이용하여 만들어낸 정령석을 파격적인 가격으로 넘겨주고 있다는 점이 그렇다.

"도대체 얼마나 많이 만들고 있는 거야?"

성아는 유현이 공중전화 박스만 한 상자에다가 가득 채워 온 정령석을 보면서 기가 질려 버렸다.

물론 요즘 같은 상황, 즉 사방에서 요괴가 나타나는 바람에 조직원들이 휴식도 없이 계속 대응해야 하는 상황에 정령석은 굉장히 귀중하다. 그러잖아도 요즘 가격이 폭중하는 바람에 유현은 굉장한 이득을 보고 있었다. 그만큼 많이 쓰고 있기도 했지만 말이다.

유현이 어깨를 으쓱하며 대답했다.

"훈련을 겸해서 하루에 100개 정도? 많이 만들 때는 500개 정도까지 만들 때도 있고."

"…유현아, 너 언젠가 연옥 최고의 갑부가 될 수 있을지도 몰라."

"그럼 좋지. 하여튼 이 정도면 당분간은 충분하겠지?"

"으, 응. 충분한 게 아니라… 이걸 도대체 언제 다 쓸 수 있을지 걱정되는데?"

"쉽게 대답하지 말고. 그 신령의 유해랑 융합하는 것까지 생각하면 아직 더 필요할걸. 난슬의 계산에 의하면 엄청난 양의 에너지가 필요할 것 같은데."

"음……."

그 말에 성아가 눈살을 찌푸렸다.

오늘 유현이 찾아온 것은 정령석을 건네주기 위해서가 아니다. 이건 그냥 주문 받은 양보다 많이 만들어서 겸사겸사 갖다주는 것이고, 실제로는 난슬과 함께 성아와 연지혜가 추진하고 있는 계획을 봐주기 위해서 온 것이다.

한 달 이상 지났지만 아직 가람이 우화등선하기 전에 준 두루마리는 열어보지도 못했다. 중간부터 여러 가지 난관에 부딪혔기 때문이다. 특히 신령의 유해가 가진 에너지를 영력으로 변환하는 데 실패했다는 점 때문에 성아는 결국 유현에게 SOS를 치고 말았다.

그리고 유현과 난슬이 합류한 후 며칠간 작업은 다시 큰 진전을 보였다. 일단 유현은 자신의 눈으로 신령의 유해에 담긴 에너지를 분석하고 변환하는 데 성공했고, 난슬은 연지혜가 모아둔 자료들을 보고는 문제점과 해결책을 제시하고 있었다.

"그럼 신우 너는 홍승영 영감님한테 가봐. 아일라는… 음. 아일라도 같이 가도 되나?"

유현이 신우를 데려온 것은 홍승영을 통해서 망혼의 훈련 시설을 사용하기 위해서다. 하지만 거기에 아일라를 같이 보내도 될까?

성아가 고개를 끄덕였다.

"괜찮아, 아일라 씨가 흥미가 있다면. 아니라면 그냥 거실에서 기다리시게 하고……."

"아니, 나도 어떤 훈련 시설인지 궁금하군. 역사가 깊은 조직이니만큼 재미있을 것 같아. 당신이 허락한다면 보러 가지."

"그럼 그렇게 하고."

유현은 두 사람을 같이 보내고 성아와 함께 연지혜가 있는 지하실 쪽으로 향했다. 그러다가 문득 물었다.

"그러고 보니 저 군인들은 계속 놔둘 거야?"

"아, 그 사람들. 함부로 싫다고 할 수도 없어서 그냥 놔두고는 있어. 하루에 3교대로 밤샘해서 지켜주고 있는데 애처로울 정도야."

"쓸모가 있는 일이면 모를까, 아무런 의미도 없다는 점에서 정말 그렇군."

유현이 혀를 찼다. 성아가 말을 이었다.

"그뿐만이 아냐. 정부 측에서 압력이 들어오고 있어."

"압력? 무슨 말이야?"

"그러니까… 부산에서 일어난 사건 때, 요괴들의 시체와 연옥의 장비 몇 개가 그들에게 입수된 모양이야. 이미 긴급히 연구팀을 편성한 상태고."

"그리고 이쪽에 요괴에게 대응할 수 있는 기술을 내놔라, 이런 소리를 하고 있다는 건가?"

"응."

그것은 요즘 성아가 끌어안고 있는 최대의 고민거리였다.

정부가 군대를 전시 체제로 이행시키기는 했지만 사방에서 출몰하는 요괴에 제대로 대응하지 못하는 것은 당연했다. 현대 화기로 요괴에게 상처를 입힐 수는 있지만, 큰 타격을 주기는 어렵다. 하다못해 총알에 피로 주술의 인을 그려 넣기만 해도 타격력이 몇 배로 늘겠지만 그들은 그런 사실을 모른다.

그런 상황에서 연옥의 장비 몇 개를 손에 넣고, 그 위력을 시험해 보았다면 그들이 이렇게 나오는 것도 당연한 일이다.

"다행히 우리는 요괴보다는 귀신 같은 실체없는 존재에 대응하는 조직으로 이미지가 박혀 있어서 압박이 덜한데, 다른 조직들은 장난이 아닌 것 같아."

"어느 정도는 협력해 주는 것도 괜찮지 않을까? 실제로 연옥의 세력만으로 현재 사태에 대응할 수는 없어. 앞으로는 일반인들도 요괴에 대응하는 법을 알 필요가 있을 텐데."

"그렇긴 한데… 다들 우려하는 게 정부가 통제력을 확산하려고 할 거라는 점이지. 이러다가 연옥 사람들을 모아서 무슨 요괴를 상대하는 것을 전문으로 하는 퇴마 부서나 군대 같은 거 만들겠다고 설칠 가능성이 높아."

"그건 확실히 골치 아픈 문제군."

유현은 성아의 입장을 이해할 수 있었다.

일반 세계와 연옥의 경계가 무너진다는 것은 그런 것이다. 국가는 그 양쪽의 존재들을 모두 자신의 통제하에 넣고 휘두를 수 있기를 바랄 것이다. 특히 자신들을 위협하는 기괴한 괴물들을 상대할 힘이 그들에게 있는 상황이니 더더욱.

그런 이야기를 하는 동안 그들은 신령의 유해가 있는 지하실에 도착했다. 방 안으로 들어서자 하얀 벽면에 정신이 이상해지지 않을까 싶을 정도로 빽빽하게 글자들이 적혀 있었고, 바닥에는 신령의 유해가 여전한 모습으로 누워 있었으며, 그 옆에서 지혜가 먹물투성이가 된 모습으로 곤히 잠들어 있었다.

성아가 얼굴을 붉히며 재빨리 그녀에게 다가갔다.

"얘가 정말! 여기서 이렇게 잠들지 말라고 했잖아!"

"아, 언니."

"날씨도 추운데 감기 걸린다니까! 몇 번이나 말했잖아!"

"미, 미안해."

졸린 눈을 비비며 깨어난 지혜가 움츠러들었다. 그 모습을 보고 있던 난슬이 한마디 했다.

"와, 성아 씨가 지혜 양 엄마 같아."

"어, 엄마?"

그 말에 성아는 상처를 받고 말았다. 아직 열여덟 살의 꽃다운 소녀가 열두 살짜리 동생한테 잔소리를 하다가 400살짜리 요괴선인한테 엄마 같다는 소리를 듣다니. 뭔가 형용하기 어려울 정도로 미묘하고 좌절스러운 기분이다.

성아가 음침하게 '엄마라니, 엄마라니…' 하고 중얼중얼하는 동안 지혜의 얼굴이 사과처럼 발갛게 물들었다. 피식 웃으며 두 사람을 바라보는 유현 때문이었다.

'아이 참. 난 몰라. 이렇게 엉망인데……'

물론 유현은 아직 어린애인 지혜가 아무리 부스스한 몰골을 하고 있든 공작처럼 치장을 하고 있든 아예 신경도 쓰지 않았다. 하지만 지혜는 그의 시선을 신경 써서 살짝 몸을 돌리고 머리라도 좀 만져 보려고 하고 있었다.

그런 그녀의 앞에 난슬이 훌쩍 뛰어오더니 물었다.

"그동안 달라진 것들 좀 보여줄 수 있어?"

"아, 네. 다 적어봤어요."

지혜는 화들짝 놀라서 옆에다 놓아둔 종이 뭉치를 난슬 앞에 놓아주었다. 난슬이 집중해서 그걸 읽고 있자 미안한 듯 말했다.

"고마워요. 이렇게 도와주셔도 이득도 없는데……."

"아냐. 나도 공부가 많이 되는걸."

난슬의 말은 빈말이 아니었다. 난슬은 요즘 현대의 마법, 주술 등을 공부하면서 자신의 선술을 업그레이드시키고 있다. 그런 의미에서 지금 지혜가 구축하고 있는 주술진 작업을 돕는 것도 많은 도움이 되었다.

'우웃, 귀, 귀여워.'

지혜는 난슬을 쓰다듬거나 껴안고 싶은 충동에 몸이 근질거리는 것을 느꼈다. 눈처럼 하얀 털을 가진 여우가 풍성한 다섯 개의 꼬리를 살랑거리면서 까만 눈으로 글을 읽고 있다니 이건 진짜 반칙이다.

하지만 예의가 바른 지혜는 차마 그녀에게 손도 대보지 못했다. 어쨌거나 난슬은 무려 400년 이상이나 살아온, 연옥의 영능력자인 그녀로서는 존경하지 않을 수 없는 요괴선인인데다가 생명의 은인이기도 했으니까.

'하지만 너무 귀여워.'

정말 성아를 졸라서 사막여우라도 한 마리 기르자고 해볼까? 지혜가 그렇게 생각하고 있을 때 난슬이 그녀를 돌아보며 물었다.

"여기 말인데……."

"아, 네? 넷!"

그녀가 화들짝 놀라는 바람에 난슬도 좀 놀라서 움츠러들었다. 지혜는 부끄러움에 얼굴이 새빨개져서는 더듬거리면서 그녀와 일에 대한 대화를 나누기 시작했다.

그 광경을 바라보고 있던 유현이 고개를 살짝 갸우뚱하면서 중얼거렸다.

"쟤네는 왜 자매가 세트로 성격이 이상할까."

성아도, 지혜도 그 말을 들었으면 분명 상처받았을 것이다.

3

11월 중순이 되다 보니 바람은 얼음칼날처럼 차가워졌고 이따금씩 눈이 내렸다. 강원도 산간지방 역시 잔뜩 내린 눈 때문에 사방이 새하얘져 있었다.

"이 무식한 놈."

이현종은 기지 바깥으로 기어나왔다가 입을 떡 벌리고 말았다. 그도 그럴 것이 햇빛을 가리며 웅장하게 그 자리에 서 있는, 키가 5미터에 가까운 거대 눈사람을 발견했기 때문이다.

거대 눈사람의 어깨에는 지윤이 걸터앉아서 바이올린을 켜고 있었다. 그동안 연습을 많이 해서 그런지 그럭저럭 고상하게 들리는 곡을 무척이나 서툴게 연주했다.

"홋. 눈사람은 눈 내리는 날의 로망이지."

"하지만 이걸 만든 게 바보라는 것은 누구나 알걸."

그 밑에서 맹인이지만 마법을 통해 시력을 확보하는 소녀, 이하영이 나뭇가지로 거대 눈사람의 몸통에 낙서를 하고 있었다. '오지윤 바보 멍청이'라고 큼지막하게 써 있는 것을 본 이현종이 풋 하고 웃고 말았다.

그 주변에는 그녀의 정신파에 조종되는 마이너들이 흐느적거리면서 눈덩이를 뭉치고 있었다. 곧 그녀의 지시를 받은 마이너가 뭉쳐 둔 눈덩이를 들더니 지윤에게 던졌다.

펙!

하지만 그것은 지윤의 근처에 가는 순간 번뜩이는 섬광에 의해 박살이 나버렸다. 이하영이 화를 냈다.

"치사해! 눈싸움에 타흘룸을 쓰는 게 어디 있어!"

"눈싸움이었어?"

지윤은 어처구니없어하면서 바이올린을 마법포켓에다 집어넣었다. 그리고 훌쩍 뛰어내리는 순간, 이하영이 조종한 마이너들이 사방에서 눈덩이를 집어 던졌다. 돌덩이처럼 딱딱하게 뭉친 눈덩이가 날아드는 속도가 거의 메이저 리거의 투구를 연상시킬 정도다.

"이크크."

지윤은 그것을 모조리 피해낸 다음 이하영의 뒤를 잡았다. 그리고 양볼을 붙잡고 주욱 늘려 버렸다.

"흐에에엑."

"요즘은 실험도 별로 없잖아. 그만 좀 해라."

이하영과 아옹다옹하던 지윤은 곧 그녀를 놔주고는 이현종을 돌아보았다.

"그런데 뭔 일 있어?"

"미국 쪽 일도 순조롭게 클리어됐다고."

"그거야 이미 블로그에 다 포스팅했는데?"

"…아니, 그러니까 그거 말고. 계획대로 미군 측에 요괴의 시체까지 넘겨줬다는군. 미 정부는 곧바로 연구팀을 편성한 모양이야."

"아아, 그거. 뭐 정재계의 거물들 중에도 연옥과 연이 닿은 이들이 있을 테니 상대할 방법을 내놓으라고 압박이 들어가겠지. 과연 어떻게 될까?"

종로 사건 때, 미드가르드는 전혀 흔적을 남기지 않았다. 요괴들도 시한부 인생으로 소멸해서 흔적도 찾아볼 수 없었고, 연옥의 인간들 시체야 각 조직에서 알아서 수거해 갔으니까.

하지만 부산에서 일을 벌일 때는 일부러 요괴 시체와 주술이 걸린 검 등의 장비를 남겨두었다. 그것을 자연스럽게 군이 입수할 수 있도록 하는 게 굉장히 신경 쓰이는 일이었다.

굳이 연옥 외의 인간들에게 요괴의 존재를 연구하고 대응 방법을 수립할 수 있게 하는 것은 그들을 가련하게 여겨서가 아니다. 그렇게 함으로써 그들이 요괴라는 존재를 보다 확실하게 현실로 받아들이게 하기 위해서다. 그들 중 연옥의 존재를 알고 이용하던 자들은 기술을 내놓으라고 압박을 시작하겠지.

"다음은 프랑스와 스페인, 그다음에 러시아인가?"

"그런 순서대로 가겠지. 대충 올해 말까지는 비슷한 작전이 계속되다가 내년부터 새로운 단계로 이행하는 모양이야."

"새로운 단계가 어떤 건지는 아직 모르고?"

"응. 아크메이지께서 슬쩍 세계수가 어쩌니 하셨는데 감이 잘 안 잡힌다."

"세계수? 북유럽신화에 나오는 물푸레나무 말하는 거야?"

"위그드라실(Yggdrasill)이라고 하지."

북유럽신화의 세계수 위그드라실은 그 자체로 세계의 중심축이다. 모든 세계들이 이그드라실의 뿌리부터 몸체에 걸쳐서 존재하고 있었다.

하지만 지금은 신화시대가 아니다. 인류는 지구가 구체형 행성이라는 사실을 알았고, 대기권 밖의 우주가 어떤 모양을 하고 있는지 알게 되었다. 북유럽신화의 세계관을 적용시키는 것은 무리다.

그러니까 세계수라는 것은 뭔가 다른 의미를 가지는 존재라는 말인데······.

"확실히 전혀 감이 안 잡히는군. 도대체 뭐지?"

"나도 모르겠어. 영적인 의미로 말하는 거라고 해도 감이 안 잡히는걸."

이현종이 어깨를 으쓱했다.

그때 이하영이 말했다.

"세계수라고 불릴 만큼 거대한 나무 같은 것을 어딘가에 키운다는 이야기 아닐까?"

"나무를 키워?"

"응. 예를 들어 마법적인 의미를 갖는 특수한 종의 나무라 거나⋯ 유럽의 마법사들 중에는 숲에 기원을 두고 있는 사람들도 많아."

"흠. 아주 가능성이 없는 이야기는 아니네. 근데 문제는 에밀 아저씨를 포함해서 우리 조직의 상층부 양반들이 생각하는 게 정확히 뭔질 모르겠다는 거거든."

"연옥의 비밀을 만천하에 드러내서 인류 전체가 그걸 감당하도록 하는 거 아니었어? 그리고 그 혼란을 틈타서 미드가르드가 그 세계의 지배층으로 등극하고?"

이하영이 추측하는 미드가르드의 목적은 그 정도였다.

사실 다른 사람들도 별로 다른 시각을 갖고 있진 않았다. 수천 년 이상 유지되어 온 구세계를 타파하고, 새로운 법칙이 지배하는 세계를 만들어 그 지배자의 자리에 앉는다. 그것만으로도 충분히 이런 일을 벌일 만하지 않은가?

하지만 지윤과 이현종은 좀 다른 견해를 갖고 있었다. 일단 모건이 은근슬쩍 흘리고 있는 한두 마디만 들어봐도 그렇다. 현생 인류가 존재하기 전에 이 세계를 지배했다는 구인류인 에밀 크레이그가 단순히 그 정도의 개혁에 뜻을 두고 이런 일을 벌이는 것일까?

'아니야. 뭔가 더 큰 게 있어.'

물론 지금 일어나는 일만 해도 감당할 수 없을 정도로 크다. 세계 전체가 격변하는 사건이니까.

하지만 에밀의 뜻은 이것을 수습하는 정도가 아닌, 그 너머에 있다는 느낌이 든다.

'세계수라…….'

왠지 불길한 예감이 든다.

오른쪽 눈이 욱신거리면서, 그에게 예지와도 같은 경고를 던져 주고 있었다.

'큭. 이놈의 눈도 짜증나는군.'

지윤은 선글라스 안쪽으로 오른쪽 눈을 감싸면서 눈살을 찌푸렸다. 막강한 능력을 얻은 것은 좋지만 대신 오른쪽 눈은 정상적인 시력을 잃었고, 가끔씩 상태가 불안정해져서 통증을 선사하곤 한다.

지혜의 파편은 지윤에게 단순히 막대한 연산 능력과 정신 통제력만 선사하는 것이 아니라 이따금씩 초월적인 통찰력을 제공해 주곤 한다. 그 통찰력이 아직까지는 정보가 부족하지만 의심하고 또 의심하라고, 지금 가진 정보로 추측할 수 있는 것이 전부가 아니라고 말해주는 것 같았다.

모건은 모든 것을 알고 있는 것 같지만 아직까지는 다 말해줄 생각이 없는 것 같다. 그저 그때를 대비하여 변수를 만들려는 것처럼 지윤에게 하나씩 힘이 될 만한 것들을 흘려주고 있을 뿐.

'이용당하는 것은 기분 나쁜 일이지만, 무력하게 당하는 것보다는 낫지.'

어떤 상황이 오건 자신은 위로 올라갈 것이다. 지윤은 마음을 다지며 거대 눈사람을 바라보았다.

퍽!

그리고 그 허점을 찌른 이하영이 지윤의 뒤통수에 눈덩이를 명중시키고는 승리의 V 자를 그렸다.

"맞았다!"

"너 진짜… 그래, 네가 바라는 대로 눈싸움 한번 해보자!"

"꺄아아, 변태야! 빨강머리 변태가 제 정조를 노리고 있어요!"

"누가 변태라는 거야!"

눈밭 위에서 짧고 격렬한 추격전이 벌어지는 것을 보면서 이현종이 한숨을 쉬었다.

"아, 정말 긴장감이라고는 눈곱만큼도 없으니 원."

뭐 이런 분위기도 나쁘지는 않다. 생활 속의 유머와 만화책, 그리고 온라인 게임 없이 어떻게 삭막하고 유혈 넘치는 삶을 버텨낼 수 있겠는가? 이현종은 그렇게 생각하며 어깨를 으쓱했다.

*   *   *

기지 밖에서 그런 일이 벌어지고 있을 무렵, 안쪽에서는 정도일과 모건이 한자리에 모여서 바둑을 두고 있었다. 물론 헤비스모커 둘이 모였으니 방 안이 너구리굴이 되는 것은 당연지사, 늑대인간인 요한과 주찬은 뒤도 돌아보지 않고 도망간 상태였다.

"훗. 내가 이긴 것 같군."

"아, 젠장. 반년 만에 이렇게 실력이 좋아지다니."

정도일이 짜증을 냈다.

원래 모건에게 바둑을 가르친 것이 바로 그였다. 반년 전까지만 해도 열 판 두면 열 판을 다 이기는 압도적인 실력 차가 있었는데, 그동안 모건도 바둑 실력 연마에 좀 신경을 썼는지 이제는 입장이 완전히 반대가 되어버렸다.

모건이 우쭐거리며 말했다.

"훗. 뭐 내가 진심으로 하면 이 정도쯤이야. 대마법사의 천재적인 두뇌를 얕보지 말게나."

"다들 당신께서 대단하시다는 것은 아주 잘~ 아는데 왜 그렇게 자화자찬을 좋아하십니까? 그러다 왕따당하는 쓸쓸한 노인네 됩니다."

"노인이라니! 나는 아직 중년이야!"

"스스로는 그렇게 믿고 계신 거군요."

"누가 봐도 중년의 얼굴이지 않나!"

"얼굴은… 뭐 그렇긴 하죠."

"어허, 그 반응은 뭔가? 매우 못마땅하구만!"

모건은 평소에 신경 쓰던 부분이었는지 꽤나 집요하게 따지고 들었다. 정도일이 어깨를 으쓱하며 말했다.

"뭐 같은 대마법사라도 이쪽이 훨씬 젊어 보이긴 하죠. 그 멀린 같은, 노인네도 아닌 요물에 비하면."

"멀린? 그 양반 나이가 몇인데 나랑 비교하고 있어? 나이 차가 스무 배도 넘는구만."

모건이 투덜거렸다.

연옥에 대마법사라 불리는 이는 고작 다섯 명뿐이다. 그중 네 명은 전부 7대세력 소속이었고, 가장 최근에 대마법사의 칭호를 얻은 모건만이 대외적으로는 어디에도 소속되지 않은 것으로 알려져 있었다.

"스무 배? 그럼 아크메이지께서도 100살은 넘으셨습니까?"

"안 넘었다."

모건이 냉큼 대답했다.

그가 대마법사의 칭호를 받은 것은 고작 10년 전쯤의 일이다. 마법의 천재로 불리는 그는 획기적인 다차원 감응술식과 그것을 통한, 기본에 비하면 훨씬 안정적인 공간이동 마법을 선보임으로써 대마법사로 인정받았다.

하지만 지금의 힘을 얻게 된 것은 진유현과 함께 설악산의 퀘이사 포인트가 폭주하는 것을 막은 이후부터였고, 그때부터의 종적이나 진정한 능력은 알려져 있지 않았다.

"난 아직 중년이라니까 그러네. 노인네와는 달라, 노인네와는!"

그렇게 자신이 중년임을 강조한 모건이 못마땅한 기색으로 그를 보며 말했다.

"그런데 굳이 내 앞에서 그 요물 같은 노인네 이야길 꺼내는 걸 보니 걱정이 되긴 되나 보구만."

"후, 너무 노골적이었습니까?"

"바둑 두는 꼬락서니 보니 다 드러나는구먼. 뭐 그런 양반의 표적이 됐으니 걱정을 하는 것도 무리는 아닌데… 일단 다시 발각될 염려는 안 해도 될 게야. 자네한테 따로 마법이 걸린 것도 아니니까, 멀린의 능력만으로는 에밀과 이사진이 구축한 시스템의 보호를 받는 자네를 찾아낼 수 없어. 자네가 일부러 그 앞에 나가서 모습을 드러내지 않는 한은."

미드가르드의 힘으로 보호되고 있는 존재는 결코 바깥에서 찾아낼 수 없다. 그들이 편집증적으로 수집한 예지와 텔레파시의 힘, 그리고 에밀이 구축한 '구세계의 기술'은 그만큼 뛰어났다.

"흠. 대마법사의 보장이니 믿어도 되겠습니까?"

"그러게나. 담배나 한 갑 내놔."

"상담료가 싸게 먹히는군요."

정도일은 투덜거리면서 말보로 레드 한 갑을 통째로 건네주었다. 모건은 그걸 뜯어서 한 개비 입에 물고 불을 붙이며 만족스러운 표정을 지었다.

"어쨌든 멀린 그 양반도 정말 터무니없는 짓거리를 하는군. 자네한테 찔려서 사경을 헤매는 주제에 전 세계에 탐지망을 깔아두다니, 그거 진짜 그 양반 아니면 할 수 없는 짓이긴 하지."

"아는 사입니까?"

"그럭저럭. 나도 영국의 런던 마법사 연구원에서 공부했던 시절이 있으니까. 내가 막 새로운 다차원 감응 술식 초안을 잡고 있던 시기였는데, 대우를 후하게 해줄 테니까 퀸 오더로 오라고 했던 것이 첫 번째 만남이었지. 퀸 오더는 2차 세계대전 이후 40년 이상 고급 인재 부족 현상을 겪고 있었거든."

"호오, 그때는 젊으셨겠군요."

"새파란 애송이였지. 지금 자네보다도 어렸어. 어쨌든 매력적인 제안이긴 했지. 멀린의 스카웃을 받는다는 것은 그의 가르침을 받을 수도 있다는 뜻이었으니까. 세상의 그 어떤 풋내기 마법사가 마법의 정점에 선 두 명 중에 한 명의 제자가 될 수 있는 기회를 마다하겠나?"

"그래서 받아들였습니까?"

"아니, 당시에 나는⋯ 내가 세상에서 제일 뛰어난 천재라는 생각을 갖고 있었거든. 비록 내가 저 괴물 노인네보다 지금은 못하지만 금방 능가할 수 있을 것이다. 낡은 세력의 노예가 되지 않고 나 스스로가 구세대의 악습을 타파하는 새로운 세대의 선봉장이 되어 그것을 뛰어넘겠다⋯ 그런 생각에 거절했지."

"우와, 진짜 젊었군요. 아니면 혹시 사춘기였습니까? 중2나 할법한 발상인데요, 그거."

"예끼, 이 사람아. 내가 그때 스물일곱이었네. 거기에 주변에서 천재 천재 떠받들어 주니 세상이 정말 만만해 보였지."

"지금도 별로 다르진 않잖습니까?"

"그거야 결과적으로 그 생각이 맞았다는 것이 증명되었으니 그런 게 아니겠나. 내가 바로 세계 최고의 천재 마법사라네."

"……."

"왜 그런 눈으로 보고 그러나? 사실이잖아?"

"아니, 아주 잠깐이지만 지윤이 녀석이 진저리를 치는 심정을 이해할 것만 같아서 말이죠."

실제 나이가 얼마인지는 모르겠지만 하여튼 중년이라고 주장하고 있는 사람이 저런 소리를 당당하게 하다니, 모르는 사람이 보았다면 치매기를 의심했을지도 모른다. 모건이 피식 웃었다.

"그놈은 나보다는 자네한테 더 진저리를 내는 것 같네만."

"그렇긴 하죠."

"뭐 하여간 이야기를 계속하자면… 그 이후에도 멀린과는 몇 번에 걸쳐 만났고 그때마다 스카웃 제의를 받았지. 아마 내 가치를 가장 잘 알아준 마법사가 있다면 그건 멀린일 거야. 특히 그는 내 공간 도약에 많은 관심을 보였고 나에게 대마법사의 칭호를 수여하는 것을 적극적으로 추진해 주기도 했거든."

"별난 양반이로군요."

"그는 마법에 미친 괴물이지. 나는 달에는 갈 수 있지만 사경을 헤매는 와중에 전 세계에 한 사람을 찾기 위한 탐지망을 깔 수는 없네. 기존 마법에 대한 이해와 규모 면에서 그를 따라갈 마법사는 전 세계에 단 한 명뿐이지."

"위치 퀸?"

"그렇네. 어쨌든 영국은 마법의 본산이고 퀸 오더야말로 세계 마법의 정점이지."

멀린이 쓰러지기 전까지 퀸 오더는 사실상 세계 7대세력 중 최강으로 불리고 있었다. 위치 퀸과 멀린은 둘 다 능히 다른 세력의 우두머리 자리를 맡을 만한 존재들이었는데 그 둘이 한곳에 모여 있으니 당연한 일이었다.

"아크메이지께서는 왜 그런 존재들에게 맞서서 이 일에 협력하고 계신 겁니까?"

"혁신의 문이 열리는 것을 보고 싶어서."

멀린이 짙은 담배 연기를 뿜으며 말했다.

"이 세계는 너무 오래 고여서 썩어버린 물이야. 그런 괴물들이 세계의 이면에서 인류의 무지를 부채질하고 자신이 원하는 방향으로 사육하고 있는 것이 견딜 수 없이 마음에 안 든다네."

"그것이 이 세계를 유지해 주고 있는 생명줄인데도 말입니까?"

그 말에 모건이 그를 바라보았다.

"자네도 알 것은 다 아나 보군."

"애당초 에밀에게 그런 이야기를 들어서 협력한 겁니다."

세계의 진실에 대해서 아는 자는 별로 없다. 오지윤도 이현종 역시 연옥의 진실에 대해서는 모르고 있다.

하지만 정도일은 모든 것을 알고 있었다. 육도 상층부가 감추고 있던 진실을 알고, 에밀이 그것을 뒤집겠다고 말했기에 멀린이라는 괴물을 암살하는 임무를 강행하면서 육도를 나와서 미드가르드에 합류한 것이다.

"그럼 더 말하기가 편하지. 뭐 애당초 지금 세계의 구조가 너무 웃기지 않는가? 인류는 자신들의 존재가 낳는 원죄가 무엇인지 명확히 직시할 필요가 있어. 그 뒤에 선 괴물들이 인류를 어린아이 취급하면서 온실 속의 화초처럼 보호하고 있는 것 자체가 웃기는 일이지 않나. 그것이 결과적으로 파멸을 부르는 것이 문제였지만 에밀에게는 그것을 해결할 방법이 있지."

진실을 마주한 인류가 과연 어떻게 변화해 나갈 것인가.

모건은 바로 그 변화를 목격하는 것을 바란다고 말한다. 마법사로서 세계의 진실을 파헤치며 그 모순에 절망했기에, 그것을 타파하고 그 너머에 펼쳐질 새로운 미래를 보고자 하는 것이다.

"생각보다 시시한 이유군요."

"시시해? 하긴 그렇군."

모건이 키득거렸다. 하지만 그러면서도 그의 눈은 어딘가 먼 곳을 보고 있는 것 같았다. 그것을 본 정도일은 그의 목적이 그것만은 아니리라 짐작했다. 분명히 누구에게도 말하지 않은 자신만의 목적이 있겠지.

이번에는 모건이 물었다.

"자네는 어떤가?"

그렇다면 정도일은 어떤가? 인성이 말살당하고, 연옥의 전투기계로서 싸우는 순간에만 리얼리티를 얻을 수 있게 된 그는 도대체 왜 스스로가 파멸할 위험을 감수하면서까지 에밀에게 협력하는 것일까?

"저 말입니까?"

"그래. 멀린에게 발견되어서 목숨을 위협받을 것을 걱정하는 자네가… 왜 에밀에게 협력하고 있는 건가?"

"그야 이게 역사상 가장 큰 축제이기 때문이죠."

정도일은 어깨를 으쓱했다. 그리고 심장 부분을 툭툭 치면서 말했다.

"세상이 어찌 되든 별로 상관은 없습니다. 다만 여기가 두근거리는 자극이 필요하다 이겁니다. 인류 전체를 담보로 삼아서 즐길 수 있는 축제라면 이 목숨을 불살라 가며 놀기에는 최고의 무대 아닙니까?"

"자네도 확실히… 미쳤군."

"그것도 아주 오래전에. 설마 지금 안 것은 아니시리라 생각합니다만."

정도일은 키득거리면서 다 피운 꽁초를 재떨이 위에 던져두고 새로운 담배 한 개비를 피워 물었다. 후우, 하고 담배 연기를 뿜어내는 그의 뇌리에 문득 자신이 연옥으로 끌어들인 한 소년의 모습이 스쳐 지나갔다.

4

안산에는 온갖 괴담이 넘쳐흐르고 있었다. 이전부터 사람들 사이에 은밀히 떠돌던 도시전설이 이제는 격류를 넘어 홍수가 되어 사람들을 익사시키려는 것 같았다. 본래 그런 것은 믿음과 불신 사이를 떠다니는 신기루 같은 이야기였지만, 요괴의 실체가 명확히 확인된 지금은 마치 옆동네에서 일어난 엉뚱한 일을 이야기하듯이 쉽사리 기묘한 이야기들이 퍼져나갔다.

그중에 단연 유명한 이야기는 바로 안산에 출몰하는 히어로에 대한 이야기였다.

"안드로이드 히어로?"

유현이 어처구니없어하며 물었다.

그 말에 신우가 신이 나서 대답했다.

"네, 사부님. 요즘 학교 다닐 때 알게 된 녀석들이랑 온라인 게임을 하는데 길드 사람들이 다들……."

참고로 지금은 계엄령이 내려 있지만 학생은 오늘도 내일도 꿋꿋하게 학교를 간다. 북괴의 총탄이 허공을 갈라도 등교는 할 것 같은 기세다.

"온라인 게임? 너 뭐 하는데?"

"아, 그게……."

신우가 요즘 하는 온라인 게임을 말하자 유현이 살짝 표정을 찌푸렸다. 공교롭게도 두 사람은 같은 게임을 하고 있었던 것이다. 게다가 서버까지 같았는데, 서로 적대 진영에 소속되어 있었다.

"호오, 너 요즘 전장에서 한번 만났을지도 모르겠다? 최근에 내가 한번 뒤치기를 당해서 죽었는데 혹시……."

"아, 저, 저는 전장에는 가지도 않았어요. 정말이에요."

"그래? 그래도 감히 제자 주제에 스승님의 적대 진영에서 게임을 하다니 마음에 안 드는데?"

"아, 아하하하. 다, 당장 캐릭터 지우고 새로 만들까요?"

"응."

"……."

유현이 상큼하게 웃으며 대답하는 바람에 신우는 울상이

되었다. 만렙 캐릭터가 일곱 개나 되고 에픽 아이템을 비롯해서 한 재산 챙기고 있는데 그걸 버리라니, 어쩌면 이렇게 잔혹한 운명이란 말인가!

물론 게임의 즐거움은 멀고 유현의 주먹은 가까우니 울며 겨자 먹기로 그러는 수밖에 없었다. 하지만 유현이 피식 웃었다.

"농담이야, 임마. 나 요즘 잘 들어가지도 않아. 요즘 바빠서 게임이고 뭐고 할 여유가 없어."

"그, 그래요? 장난치고는 너무 심하시잖아요. 어떻게 그런……."

"진심으로 할까, 그럼? 아무리 그래도 역시 적대 진영인 건 마음에 안 드는데 캐릭터는 다 삭제하는 게……."

"아뇨! 사부님도 참, 농담을 너무 재미나게 하신다니까. 전 다시 한 번 사부님의 유머센스에 감탄하고 말았어요. 하하하."

곧바로 태도를 바꿔서 아양을 떠는 신우를 본 한얼은 '우리 도련님 정말 괜찮을까' 하고 한숨을 쉬고 말았다. 유현은 손사래를 치며 말했다.

"1절만 해라. 그래서 무슨 이야기가 오가고 있는데?"

"아, 그게요."

유현이 그냥 넘어갈 기미가 보이자 신우는 냉큼 이야기를 시작했다.

신우가 길드 친구들에게 들은 이야기는 다음과 같았다.

신우의 친구 신태현은 대낮에 마트에 갔다가 약간 인적없는 길을 지나고 있을 때, 요괴의 습격을 받았다. 웬 덩치 큰 개가 눈을 붉게 빛내고 혀에서 녹색 침을 질질 흘리며 덮쳐왔는데 그걸 봤을 때는 진짜 기절하는 줄 알았다고 한다. 괴물 개가 다가오자 들고 있던 비닐봉지로 그걸 후려치고 정신없이 도망치려고 하는데, 운도 없게 운동화끈이 풀려 있어서 그게 엉키는 바람에 그대로 넘어지고 말았다. 그리고 으르렁거리는 괴물 개가 다가오는 것을 느끼며 너무 무서워서 눈물 콧물 다 흘리고 있던 바로 그때!

"기적처럼 구원의 사자 안드로이드 히어로가 나타났다!"

"……."

아주 신이 나서 감정을 실어서 내레이션을 넣는 신우를 보며 유현은 기가 막혔다. 이 녀석, 앞으로 무대에 서는 직업을 가지면 잘하지 않을까?

어쨌든 신태현의 앞에 나타난 것은 겉보기로는 완전히 인간이었다고 한다. 그런데 황금빛 머리칼 아래쪽에서 눈이 붉은 빛을 발하고 있었고, 손에 낀 장갑의 표면에도 LED 발광 다이오드 같은 것이 붙어서 기묘한 빛을 발했으며, 움직일 때마다 기이이잉 하고 기계음이 들렸다지 않은가?

그리고 잠시 움츠러들었던 괴물 개가 달려들었을 때가 하이라이트였다. 갑자기 그의 손이 소매 안으로 쑥 들어가더니 날카로운 칼날이 튀어나와서 우우웅 하는 소리와 함께 괴물 개를 그대로 두 동강 내버렸다는 게 아닌가!

일격에 괴물 개를 참살한 안드로이드 히어로는 기이이잉, 하는 소리와 함께 검을 소매 안으로 집어넣고 다시 그 발광 다이오드 같은 것이 붙은 장갑을 쓴 손을 끄집어냈다고 한다. 그리고는 신태현을 돌아보며 괜찮냐고 물어왔다.

그런데 그 목소리가 정말 기묘했다. 입술을 거의 움직이지도 않으면서, 기계가 프로그램에 따라 발음하는 것 같은 목소리가 울려 퍼졌다는 것이다. 신태현이 벌벌 떨면서 고개를 끄덕이자 몸조심하라는 말을 남기고 골목을 돌아서 사라졌다고 한다.

"그것이 신태현이 본 안드로이드 히어로의 마지막 모습이었다! …라고 하더라고요."

설명을 마치고 만족스러운 듯 훗 하고 웃는 신우를 보자 유현은 괜히 한 대 때려주고 싶어졌다. 하지만 애써 그런 충동을 억누르며 물었다.

"무슨 SF 만화 같은 소리를… 그거 믿을 수 있는 거야?"

"태현이만이 아니고 목격자가 꽤 있나 보던데요?"

"사실이라면 한번 알아볼 필요는 있겠군. 성아가 알고 있을라나? 그런데 그 안드로이드 히어로라는 웃기는 작명은 누가 한 거야?"

"그냥 다들 그렇게 불러요. 히어로 로보라던가 머신 레전드 등등의 별명이 붙어 있긴 한데 보통 안드로이드 히어로라고들 하더라고요."

"본인도 달가워하지 않을 것 같은 이름들뿐이군."

"왜? 멋있는데?"

그렇게 말한 것은 옆에서 눈을 반짝반짝 빛내며 신우의 설명을 듣고 있던 난슬이었다. 유현이 눈살을 찌푸리며 물었다.

"넌 저게 멋있게 들리냐?"

"정말 히어로 같잖아. 멋있어. 유현아, 너도 가면을 쓰고 사람들 앞에 히어로로 나서보면 어때?"

"아, 그거 좋은 생각인데요? 사부, 진짜 해봐요. 제가 조수로 따라붙으면 배트맨과 로빈 같을 거예요."

"거절한다."

유현은 단칼에 잘라 말하고는 난슬의 여섯 번째 꼬리를 잡고 들어 올렸다. 오미호가 된 지 보름 만에 난슬의 꼬리가 하나 더 늘어나서 육미호가 되었다. 그 후로 사흘이 지나는 동안 난슬은 하루에 서너 시간 정도는 인간 모습으로 지내곤 했다.

허우적거리던 난슬은 빙글 재주를 넘더니 유현의 머리 위에 올라섰다. 그리고 앞발로 유현의 머리를 탁탁 치면서 말했다.

"숙녀의 꼬리를 그렇게 잡는 것은 실례야."

"보통 숙녀는 꼬리 같은 거 없거든?"

"근데 사부님 진짜 생각없어요? 어차피 이제 다들 요괴가 뭔지도 알잖아요. 게다가 사부님 자전거 그거 딱 히어로의 탈 것감인데. 이참에 그럴싸한 복장 좀 갖추고 프리랜서 요괴 헌터 같은 것으로 나서면 끝내줄걸요."

정신 연령이 딱 중학생인 신우는 진짜로 미련이 남는 모양이었다.

참고로 신우가 말한 유현의 자전거는 최첨단 소재와 공법을 이용해서 초인적인 육체 능력을 활용할 수 있게 만들어진 3천 만원짜리 자전거였다. 굉장히 미래적인 디자인으로 신우도 하나 갖고 싶다고 침을 질질 흘렸다. 유현 입장에서는 신아연이 끌고 다니는 아우디 R8 같은 스포츠카가 탐났지만 당분간은 자전거와 오토바이로 만족하기로 했다.

유현이 한심하다는 뜻을 듬뿍 담은 시선으로 신우를 바라보며 말했다.

"난슬이야 세상물정을 몰라서 그런다 치고, 넌 언제 철들래? 그랬다가는 국가 권력에 끌려갈 게 뻔히 보이지 않냐?"

요괴의 존재가 현실로 인정된 지금, 프리랜서 요괴 헌터 따위를 하겠다고 나섰다가는 곧바로 국가 권력이 강제력을 행사해 올 것이다.

"뭐 하여간 그 안드로이드 히어로인지 머신 레전드인지는 이따가 성아한테 갈 때 알아보기로 하고……."

딩동.

그때 벨소리가 울렸다. 유현이 현관 쪽을 바라보며 곧바로 말했다.

"아일라군."

"어라? 사부님 어떻게 알아요?"

"그냥."

유현이 얼버무리자 신우가 고개를 갸웃하며 현관으로 가 보았다. 그리고는 진짜로 아일라가 온 것을 알고는 신기해하며 유현을 돌아보았다.

"무슨 일이야?"

아일라가 자리에 앉자 유현이 물었다. 그러자 아일라가 신우를 가리키며 말했다.

"잠깐 신우 군 문제로 이야기하고 싶은 게 있는데."

"에? 저요?"

신우가 어리둥절해하며 눈을 동그랗게 떴다. 다른 사람도 아니고 아일라가 왜 신우와 관련된 문제를 이야기한단 말인가? 유현도 전혀 예상치 못한 용건이라 고개를 갸웃하며 그녀를 바라보았다. 하지만 워낙 포커 페이스라 무슨 생각을 하는 친지 알 수가 없다.

"일단 이야기를 들어보지."

아일라가 찾아온 이유는 아주 간단했다.

"신우 군에게 내가 검투술을 가르치고 싶은데, 허락해 줄 수 있을까?"

"에에에에엑?"

깜짝 놀라서 해괴한 비명을 내지른 것은 바로 신우였다.

유현은 그를 한번 째려봐서 입을 막고는, 잠시 동안 아일라를 바라보았다. 워낙 예상치 못한 이야기다 보니 유현도 머리가 혼란스러웠다. 이 여자가 도대체 무슨 생각으로 이런 이야기를 하는 거지?

"왜 갑자기 그런 생각을 한 거지?"

"요즘 망혼에 가서 신우 군이 훈련하는 것을 보다 보니까 재미있어 보이더군. 그래서 한번 가르쳐 보고 싶었어. 나는 귀찮아서 교관 일 같은 것을 해본 적이 없는데, 한 번쯤 가르쳐 보는 것도 나쁘지 않을 것 같아서."

"혹시나 해서 묻는 건데… 내가 보기에는 이 녀석이 검술에 엄청난 재능을 갖고 있다거나 한 것은 절대 아닌데, 혹시 당신이 보기에는 다른 건가?"

"아니. 재능은 별로 없어 보이더군. 당신의 생각이 맞아."

"너, 너무해."

딱 잘라서 자신의 재능을 부정하는 두 사람의 말에 신우가 호들갑을 떨었다.

유현은 그 반응을 깨끗이 무시하고 물었다.

"그럼 왜?"

"재능이 가르치고 싶다는 동기가 되진 않지. 나로 하여금 그런 욕구를 불러일으키게 된 것은 다른 부분이야. 그러니까……."

아일라는 잠시 동안 자기 생각을 표현할 말을 찾지 못하고 머뭇거렸다. 그러다가 신우를 가리키면서 말했다.

"답답함."

"…아, 그거라면 확실히."

유현은 납득해 버리고 말았다.

확실히 뭘 가르치는 입장에서 볼 때 신우가 그걸 실전에서 활용하는 것을 보면 답답해서 막 화딱지가 난다. 저기서는 어떻게 하라고 가르쳐 줬는데 왜 저렇게 하고 있는 거야! 아니, 거기서는 그러면 안 되지! 이런 생각이 쉬지 않고 떠올라서 가슴을 탕탕 치게 된달까.

세계 최고 수준의 검투술을 가진 아일라가 신우가 훈련하는 것을 구경하다가 그런 감정을 느꼈다면, 심히 동감이 된다. 신우가 하는 짓을 보면 한심하기도 하고 재미있기도 한데 왠지 두들겨 패서 교정해 주고 싶다는 생각이 마구 치솟아오르는 것이다.

"이, 이유가 너무 황당하잖아요!"

신우가 황당해하며 항의했다. 그러자 유현이 말했다.

"아니, 나는 아주 잘~ 알 것 같거든?"

"우와, 사부님. 너무해요."

"그리고 네가 신우 군을 대하는 것을 보면 재미있기도 해서, 흥미가 생겼어. 당신이 허락한다면 검투술만 가르쳐 보고 싶은데."

아일라가 유현의 눈을 똑바로 바라보며 말했다. 유현은 잠깐 고민하다가 대답했다.

"으음. 뭐, 요즘 내 코가 석 자라 이 녀석한테만 시간을 쏟아 부을 수도 없고, 솔직히 요즘 상황이 변하는 것을 보면 조금이라도 전력이 향상되는 게 좋긴 해. 하지만 설마 데스트레자의 검술을 가르칠 생각인가?"

유현은 육도에서 나올 때 엄격한 정보 통제를 받았다. 그래서 신우에게도 육도에서 터득한, 육도 자체적으로 개발해서 전투원들에게 보급한 비술은 전혀 가르쳐 주지 못하고 있는 형편이었다. 의기강체술부터 시작해서 마검술과 마탄술 등이 그렇다. 그런 부분은 돈으로 마법을 사들여서 커버하고 있긴 하지만 유현 자신이 체득한 것을 가르치는 게 아니라는 점에서 한계가 있었다.

하지만 그것은 아일라 역시 마찬가지 아닐까? 그녀 역시 데스트레자의 비술을 유출할 수 없도록 정보 통제를 받았을 것 아닌가?

"신우 군에게 맞는 기술을 가르치지. 내가 터득한 기술 중에는 정보 통제에 묶이지 않은, 수준 높은 것들이 많으니까. 그걸 신우 군이라는 소재를 통해서 구현하는 것에도 관심이 있어. 그런 게 트레이너가 선수를 선택해서 훈련시킬 때의 목적성이라던가 하는 거겠지?"

"흠. 좋아. 허락할 테니 인정사정 볼 것 없이 두들겨 패면서 가르쳐도 돼."

"제, 제 의사는 전혀 상관없는 건가요?"

신우가 옆에서 묻자 유현이 그를 돌아보며 말했다.

"당연하지."

"…너무해요."

"닥치고 강해지도록 해. 무려 세계 최고의 검술가라고 불리는 데스트레자의 마이스터가 가르쳐 주는 거다. 금은보화를 산더미처럼 싸들고 가도 얻을 수 없는 기회야. 네가 보는 무협지 스타일로 말하자면 기연이지, 기연. 뭐 앞으로 몸이 좀 고달파지고 여기저기 부러지고 썰리는 일이 많아지겠지만 기연을 얻어서 고수가 되는데 그 정도 리스크는 짊어져야 하

지 않겠냐?'

'그딴 기연 필요없어!'

살벌하게, 그리고 동시에 절대적으로 현실적인 유현의 말과 맞은편에서 무심하게 고개를 끄덕이는 아일라의 모습에 신우는 속으로 비명을 지르고 말았다.

"그럼 앞으로 당신도 우리 훈련 나갈 때 같이 합류하지. 내 훈련장을 써도 좋아."

"훈련장까지 열어줘도 괜찮은 건가?"

"그 정도쯤은 괜찮아. 하는 김에 같이 기술 교류라도 하지. 나도 당신의 기술에 흥미가 있으니까."

"그런 것은 얼마든지 환영이야. 신우 군에게 적절한 과제를 안겨주고 그걸 같이 살펴보면서 우리 일을 하면 되겠군."

"그렇지. 뭐 저놈은 저래 봬도 몸이 꽤 튼튼하거든. 게다가 요즘 재생포션도 잔뜩 사놨고 난슬이 회복술도 쓸 수 있으니까 염려 말고 몰아붙여도 돼."

"호오, 그거 정말 좋군."

두 사람은 즐거운 미래가 기다린다는 듯 미소지으면서 신우를 바라보았다. 신우는 미래가 깜깜하게 변하는 것을 느끼면서 파랗게 질려서 생각했다.

'절망했다! 꿈도 희망도 없는 현실에 절망했다!'

힘내라, 김신우. 스승의 압제를 뛰어넘어 청출어람 청어람의 주인공이 되는 그날까지! 살아남기만 해라.

*   *   *

안드로이드 히어로에 대한 전설은 빠르게 퍼져 나가고 있었다. 일반인의 눈에 띄는 것을 전혀 꺼리지 않는, 아마도 기계 몸을 가진 것 같은 정의의 사도.

여태까지의 목격담을 종합해 보면 그는 움직일 때마다 기계적인 구동음이 들리며 입술조차 거의 움직이지 않고 기계적인 음성으로 말한다. 또한 금발에 붉은 눈동자를 가진 수려한 용모의 미남자라고 했다. 피겨 스케이터처럼 늘씬한 체형을 가졌으며 양 손등에 푸르게 발광하는 LED 다이오드가 박혀 있다. 전투 시에는 눈이 붉은 빛을 발하고, 손이 칼로 변하거나 혹은 아예 대포를 쏘아서 적을 박살 내기도 한다.

특이한 것은 그가 경찰이나 군인들에게는 일체 목격되지 않았다는 점이다. 또한 CCTV 등에도 전혀 촬영된 기록이 없어서 그의 존재는 사람들의 이야기 속에만 존재하는, 보기에 따라서는 허구에 불과하다고 생각할 근거가 충분한 도시전설이었다.

"…그리고 이쪽에도 전혀 목격자가 없다고?"

유현은 오늘 밤에도 망혼에 와 있었다. 난슬이 지혜와 함께 열심히 작업을 하는 동안 성아는 연옥의 베스트셀러 피로회복제 암브로시아D를 꿀꺽꿀꺽 마시고 있었다. 유현이 알기로는 한 병당 30만 원도 넘는다던데 저렇게 마시고 있는 것을 보니 요즘 많이 힘들긴 했던 모양이다.

"응. 이야기는 많이 들리는데 연옥 사람들 중에도 목격자가 단 하나도 없어. 마법이나 주술로 탐지를 해봐도 전혀 걸리지 않고……."

"그럼 진짜 사람들의 집단 망상쯤 되나?"

"그건 아닌 것 같아. 실제로 안드로이드 히어로가 처치했다는 요괴의 시체들은 확인됐거든."

"으음. 도대체 정체를 알 수가 없군. 혹시 요괴 아냐? 인간하고 똑같은 안드로이드라니, 그런 건 육도가 아닌 이상 만들 수 없을 텐데."

육도를 비롯한 세계 7대세력의 기술이면 겉모양은 인간과 흡사하게 보이는 이종보행체를 만드는 것 자체는 가능하다. 다만 그래 봤자 전혀 이득이 없기에 안 만드는 것뿐이지. 그 외의 조직들 중에는… 좀 메이저한 곳이라면 만들 수야 있겠지만 천문학적인 돈이 들 테니 역시 만들 이유가 없다.

"괜히 신경 쓰이네."

"같이 찾아볼래?"

"너 바쁘지 않아?"

"그렇긴 한데, 요즘 기분 전환이 좀 필요해. 얼마 전에 대요괴까지 나타나서 아주 스트레스가 폭발이야."

성아가 진저리를 치며 말했다.

요즘은 진짜 격무의 지옥 속에서 허우적거리고 있었다.. 가뜩이나 산적해 있는 문제가 많았는데 세상이 이 모양 이 꼴이 되니 어쩔 수 없었다.

게다가 상황이 상황이다 보니 요괴의 숫자뿐만 아니라 질도 문제되고 있었다. 강력한 요괴가 시도 때도 없이 발견되는 것이다. 종로 사건 이후로 안산에 등장한 대요괴가 둘이나 된다(물론 유현과 아일라와 신아연, 진선희가 나서서 해치웠다). 이무기 사건 전까지는 22년간이나 대요괴가 등장하지 않았다는 것을 생각해 보면 요즘 안산의 영맥이 얼마나 폭주하고 있는지 잘 알 수 있었다.

"그렇다면야 뭐, 같이 가자."

"저, 정말?"

유현이 흔쾌히 허락하자 성아가 기뻐하며 물었다. 유현은 고개를 끄덕이고는 난슬에게 말했다.

"난슬."

"응? 왜?"

"나 지금 좀 성아랑 나갔다 올게. 이따가 데리러 올 테니까 계속 작업하고 있어."

"어디 가는데?"

"안드로이드 히어로 찾아보려고."

"나도 같이 가!"

난슬이 눈을 반짝 빛냈다. 마치 유원지에 가자는 소리를 들은 어린아이 같은 반응에 유현이 혀를 찼다.

"작업은 어쩌고?"

"그, 그건 해야 되지만… 그, 그래도……."

난슬이 약간 난처한 듯이 지혜를 돌아보면서 갈등하다가 말했다. 지혜는 자기를 향해 애처로운 눈길을 보내오는 난슬을 보며 막 끌어안고 싶어서 몸이 근질거리는 것을 느끼며 말했다.

"괘, 괜찮아요. 저도 오늘은 좀 쉴게요. 같이 가요."

그러잖아도 성아한테 좀 쉬엄쉬엄 하라는 소리를 듣고 있던 참이다. 지혜의 말에 성아는 한숨을 쉬었다.

'유현이랑 둘이 갈 수 있었는데…….'

그녀는 새초롬한 표정으로 난슬을 바라보았다. 하지만 난슬은 전혀 알아차리지 못하고 유현에게 달라붙어서 조잘거리고 있었다.

어쨌든 기왕 이렇게 됐으니 지혜도 좀 쉬게 해야겠다. 그렇게 생각한 성아는 준비를 하겠다면서 서둘러서 나갔다. 지혜까지 그 뒤를 따라서 쪼르르 뛰어나가자 유현이 턱을 쓰다듬으며 중얼거렸다.

"안드로이드 히어로라, 으음."

5

기이이이잉, 철컥. 기이이이잉, 철컥.

도시에 드리워진 어둠 한편에서 기계음을 내면서 걷고 있는 존재가 있었다. 금발에 붉은 눈동자를 가진 서양인 청년이었다. 끼고 있는 검은 장갑의 손등에서 푸른 발광 다이오드가 빛을 발하고 있는 것이 인상적이다. 또한 겉보기로는 20대 초반 정도, 키 185센티미터 정도의 늘씬한 체격을 가진 인간이었지만 내딛는 걸음마다 보도블록이 조금씩 진동하는 것을 보면 실제 체중은 보기보다 훨씬 무겁다는 것을 알 수 있었다.

그렇게 아무런 목적 없이 도시를 배회하던 그의 눈이 어느 순간 빛났다. 눈이 붉은 빛을 발하면서 그의 입에서 기계적인 음성이 흘러나왔다.

"위험 등급 1급의 목표 발견. 최우선으로 제거할 필요성이 있음."

기기기기깅!

동시에 그의 몸에서 울리는 기계음이 강렬해졌다. 곧 그가 땅을 박찼다.

쾅!

폭음과 함께 보도블록이 깨져 나갔다. 그리고 그의 몸이 어둠 저편으로 단숨에 수십 미터를 날아서 사라져 갔다.

*　　　　*　　　　*

유현을 필두로 한 안드로이드 히어로 탐색팀은 꽤나 숫자가 많아져 버렸다. 왜냐하면 성아와 난슬, 지혜뿐만 아니라 아일라와 신우까지 따라나섰기 때문이다.

유현이 아일라에게 나간다고 알리러 갔을 때는 신우가 쓰러져서 부들부들 떨고 있었고 그 앞에서 아일라가 무심하게 그가 일어나기를 기다리고 있었다. 그걸 본 유현은 왠지 대충 무슨 일이 있었는지 짐작이 가서 신우가 살짝 측은해졌다. 그래서 애처로운 눈길을 보내는 신우의 동행을 허락했던 것이다.

"그나저나 어떻게 찾는다? 움직일 때 기계음이 들린다고 하니까 그걸 단서로 찾아봐야 하나?"

"하지만 나타나기 전까지는 일반인은 전혀 모른다고 하고, 여태까지 연옥 사람들도 발견하지 못한 것을 보면 그 소리를 감추는 특수한 수단을 갖추고 있는 게 틀림없어."

유현의 말에 성아가 대답했다. 그리고는 의견을 냈다.

"그럼 개를 풀어서 찾으면 어떨까?"

"…개한테 어떤 조건을 쥐어주고 찾게 하려고?"

"그, 그게… 영적인 냄새가 배어 있는 쇠 냄새라거나."

"도시에 깔린 게 자가용이고 그게 아니더라도 쇠가 얼마나 많은데 그게 될 리가 없잖아. 영적인 냄새가 묻어 있는 것으로 특정해도 장난 아니게 많이 깔려 있을걸."

"……."

별생각없이 의견을 냈던 성아는 침울해져서 입을 다물었다. 그러자 이번에는 지혜가 나섰다.

"제, 제가 찾아볼게요."

"네가?"

"네. 안드로이드 히어로가 금속으로 되어 있긴 하잖아요?"

"아마도 그렇겠지? 기계라고 하니까. 뭐 확실하진 않지만."

"그럼 영적인 힘을 흘리고 있는 '기계'로 특정해서 일단 방향을 잡아보고, 그다음에는 조금씩 접근해 가면서 탐지망을 펼치면서 찾으면 되지 않을까요?"

"영적인 힘을 흘리는 기계라… 그런 거라면 당장 육도에서 파견 나온 양반들의 아우디 R8도 있고 내 자전거도 있고 그 외에도 장비들도 도처에 깔려 있을 텐데?"

"사람 모양으로 한정하면요?"

"그럼 찾을 수 있겠지만, 저쪽도 방어 대책을 세워두고 있는 거 아닐까? 다들 본격적으로 찾아 나서진 않고 그냥 겉핥기식으로 찾아나 볼까, 하는 수준으로 나섰던 것 같긴 하지만 그래도 여태까지 연옥 쪽에는 목격 정보조차 남기지 않았으니까."

"그래도 해볼 만하지 않을까요?"

"한번 해봐."

그 말에 지혜가 주술포켓에서 커다란 판을 하나 꺼냈다. 그리고 주문을 외우며 영력을 흘려 넣자 그 위에 안산을 축소시켜 놓은 미니어처 영상이 떠오른다. 그것을 본 유현이 물었다.

"재미있는 탐지 주문을 쓰는군."

"안산 내에는 사람들한테 부탁해서 이것저것 탐지에 활용할 수 있는 것들을 많이 깔아놓았거든요."

"호오. 유능하네."

안산의 미니어처 영상 위에 추를 늘어뜨리고 주문을 외우며 다우징을 행하는 지혜에게 던진 유현의 한마디에 성아가 움찔했다. 그것은 그녀에게는 '언니는 무능해서 멍청한 소리나 하고 있는데 애가 어린데도 똑똑하고 능력있네' 라는 소리로 번역되어서 들리고 있었다.

'이, 이대로는 안 돼. 나도 뭔가 능력을 보이지 않으면!'

그녀가 두 주먹을 불끈 쥐는 동안 지혜가 눈을 동그랗게 떴다.

"어라?"

"왜?"

"지금 설정한 조건으로는 아무것도 찾을 수가 없는데… 대신에 다른 게 걸렸는데요?"

"다른 것?"

"네. 누가 굉장히 밀도 높은 결계를 쳐놓고 있어요. 그런데 있다는 것만 감지될 뿐 위치를 잡을 수가 없네요."

지혜의 손바닥 아래로 늘어뜨린 추는 심하게 떨리면서 갈팡질팡하고 있었다. 그것은 결계를 친 사람이 굉장히 세련된 방식으로 자신을 감추고 있다는 이야기였다.

"흠. 뭔지 모르지만 신경 쓰이는군. 일단 그것부터 찾아볼까?"

"내, 내가……."

성아가 기다렸다는 듯 나서려다가 멈칫했다.

생각해 보니까 전투 외의 분야에서는 지혜가 명백히 그녀보다 뛰어났다. 지혜가 찾지 못한다면 성아도 찾지 못한다는 이야기였다.

성아가 머뭇거리는 동안 난슬이 폴짝 뛰어서 나섰다.

"내가 찾을게. 결계라면 내가 찾을 수 있을 거야."

"오, 역시 난슬 누나."

신우가 감탄하는 소리가 비수처럼 성아의 가슴을 찌른다. 정녕 자신이 나설 자리는 없단 말인가? 그냥 이대로 무능한 여자로 낙인찍힌 채 구경만 해야 한단 말인가?

한편 아무도 성아에게 관심을 주지 않는 가운데 난슬이 연지혜의 도구를 이용해서 선술을 펼쳤다. 맑고 투명한 기운이 퍼져 나가면서 난슬의 감각이 지혜와 동조했다. 지혜가 포착했던 결계의 존재를 공유받고 그것을 타깃으로 탐지술법을 발동시킨다.

잠시 후 난슬이 고개를 들고 앞발로 한 방향을 가리켰다.

"아, 저쪽이야."

"가자."

그들은 곧바로 난슬이 가리킨 방향으로 몸을 날렸다. 기분 나쁠 정도로 고요한 정적에 휘감긴 도시의 어둠을 가로지르며 여러 명의 인영이 날아간다. 자기만의 세계에 사로잡혀서 흐느적거리고 있던 성아도 뒤늦게 정신을 차리고 그 뒤를 쫓았다.

"어라?"

난슬이 고개를 갸웃했다.

그녀는 유현의 어깨 위에 올라탄 채 계속 술법을 펼치고 있었다. 처음에는 방향밖에 특정할 수 없었기 때문에 계속 다가가면서 위치를 확정할 생각이었다. 그런데 갑자기 예상외의 상황이 벌어지는 게 아닌가?

유현이 물었다.

"왜 그래?"

"위치가 바뀌었어. 결계 통째로 갑자기… 이럴 수도 있나?"

그녀는 고개를 갸웃거리면서 다른 방향을 가리켰다. 사람들은 다들 그녀의 인도를 따라서 방향을 틀었다. 그리고 잠시 후 또 그녀가 위치가 바뀌었다가 말했다.

"이쪽이야."

다들 그쪽으로 방향을 틀었다.

"엇, 우리 뒤쪽으로 바뀌었어."

다들 왔던 길을 되돌아갔다.

"이번엔 이쪽."

다들 다시 한 번 방향을 틀었다.

그런 일이 열다섯 번이나 반복되자 유현의 인내심이 한계에 도달했다.

"그만!"

다들 유현과 함께 그 자리에 멈춰 섰다. 유현이 난슬을 손바닥 위에 내려두고 째려보면서 말했다.

"확실하게 탐지한 것 맞아?"

"마, 맞는데……."

난슬이 주눅이 들어서 몸을 움츠리고 기어들어 가는 목소리로 말했다. 계속 허탕을 치게 되니 그녀도 자신이 없어졌나 보다.

아일라가 지적했다.

"혹시 상대방의 교란대책 같은 것에 걸려든 것 아닐까? 요괴선인이라고는 해도 그녀는 아직 현대의 기술을 공부하는 도중이라고 하니 그럴지도."

"으음. 그럴 수도 있겠군."

그 순간 성아의 눈이 반짝 빛났다. 이번에야말로 자신이 나설 때라는 생각이 들었다. 물론 성공한다는 보장은 없지만 적어도 그냥 무능한 여자로 낙인찍히는 것보다는 시도해 봤지만 안 되는 무능한 여자로 보이는 게 낫지 않겠는가?

'…어라? 뭔가 이상한데?'

어느 쪽이든 무능한 여자라는 결론에 도달하기는 마찬가지였지만 성아는 애써 그 사실을 무시했다. 대책이 없어도 일단은 하고 본다.

"내, 내가 해볼게."

"네가? 음. 지혜 양도 못 찾았는데 할 수 있어? 너는 전투 쪽으로 특화해서 기술을 터득했다며?"

"아이 참. 유현 씨, 지혜 양이라니."

그 옆에서 지혜가 살짝 얼굴을 붉히면서 몸을 배배 꼬았다.

'넌 안 될 거야, 아마' 라는 의미로 들리는 유현의 말에 부끄러워하는 지혜의 모습이 더해지자 성아는 가슴속에서 강대한 어둠의 포스가 스멀스멀 기어오르는 것을 느꼈다. 그녀는 불꽃처럼 이글거리는 눈으로 유현을 바라보며 말했다.

"할 수 있어! 할 수 있다니까!"

"어, 어. 그래. 뭐 그럼 해봐."

유현은 이상할 정도로 박력있는 그녀의 태도에 조금 물러나면서 대답했다.

그런데 그때였다. 난슬이 고개를 들며 중얼거렸다.

"어라? 바로 여기?"

"뭐?"

다들 깜짝 놀라서 난슬을 바라보았다. 그리고 그 순간이었다.

쿠웅!

갑자기 육중한 소리가 울리며 주변 공간이 뒤흔들렸다. 강대한 마력이 요동치면서 주변이 극적인 변화를 일으킨다. 하지만 그 변화는 에너지의 흐름에만 국한되었을 뿐, 주변 풍경에는 아무런 영향도 없었다.

"큭, 이건 뭐야?"

유현은 그 파동의 정체가 결계라는 사실을 알아차리고 신음했다. 생전 처음 접하는 형태의 결계였다. 결계를 이루는 에너지 자체는 이 공간에 존재하지만, 결계의 안쪽에 가둬진 실체는 여기에 없다! 그것이 마법포켓 같은 아공간인지 아니면 다른 어딘가와 연결된 것인지는 알 수 없지만……

"마, 말도 안 돼."

성아와 지혜도 결계의 형태를 파악하고는 깜짝 놀랐다. 이런 형태라면 결계의 위치가 계속 바뀌는 것도 이해가 된다. 결계 안쪽의 실체는 아공간 혹은 다른 어딘가로 고정되어 있고, 결계를 이루는 에너지만이 계속 이동하고 있는 것이다!

"어라? 이건 선술인데 어떻게 마법으로 구현했지?"

난슬이 고개를 갸웃거리며 중얼거렸다. 결계와 그 안쪽을 서로 다른 공간에 분리해서 구현하는 것은 선술 중에서도 아주 고등술법에 속한다. 그런데 마법사가 이런 결계를 구현할 수 있다니?

"다시 이동하기 전에 붙잡아둬야겠군."

유현은 결계가 다시 이동할 조짐을 감지하고 말했다. 그의 왼쪽 눈동자가 청백색 빛을 발하면서 하늘의 왼손이 공명했다. 손끝에서 모든 에너지를 자기 자신과 같은 형질로 변환시키는 퀘이사 에너지가 방출되었다.

"핫!"

파치치치치칙!

유현이 퀘이사 에너지로 결계를 찢어발기자 마력이 강렬한 스파크로 변해서 방전되었다. 동시에 찢어진 틈으로 잠깐 다른 공간이 엿보였다가 금세 다시 복원되기 시작했다.

"고속 복원 구조까지 갖고 있어? 장난이 아닌데?"

이 정도로 고등한 구조를 가진 결계라니, 분명 엄청난 실력을 가진 마법사에 의해 구축되었을 것이다. 유현은 그 실력에 감탄하면서 퀘이사 에너지를 더더욱 강하게 전개했다. 순수한 퀘이사 에너지를 방출하는 것은, 그 통로가 되는 육체가 먹혀서 소멸할지도 모른다는 점에서 상당히 부담이 심한 일이었지만 지금은 다른 방법이 없었다.

"들어간다!"

연속적인 퀘이사 에너지 방출로 큰 틈을 만든 유현은 곧바로 그 속으로 뛰어들어 갔다. 그 뒤를 따라서 다른 사람들도 재빨리 뛰어들었다.

그리고 그들은 보았다.

"어? 저, 저건⋯⋯."

신우가 흠칫하며 물러났다.

숨이 막힐 정도로 짙은 요기가 공간을 가득 메우고 있었다. 사람의 얼굴을 가진 거대한, 체고가 5미터는 넘을 것 같은 거대한 거미가 일행에게 꽁무니를 보인 채 서 있었다.

"대요괴잖아?"

성아가 깜짝 놀라서 외쳤다. 이 엄청난 요력은 분명 대요괴급이다. 망혼의 탐지망을 빠져나간 대요괴가 안산 내에 모습을 드러냈단 말인가?

그렇게 생각했을 때, 갑자기 대요괴의 몸이 기우뚱 옆으로 기울었다. 그리고……

쿠우우우웅!

각진 여덟 개의 다리가 힘을 잃고 흐느적거리면서, 마치 건물이 붕괴하듯 그 몸체가 주저앉았다. 동시에 그 주변이 선명한 피안개로 물들면서 아주 짙은 피비린내가 코를 찔렀다.

"주, 죽었어?"

연지혜가 깜짝 놀라 중얼거리는 동안 그 너머에서 뭔가의 실루엣이 드러났다. 거미요괴가 뿜어낸 핏방울들로 이루어진 붉은 안개 너머에서 붉은 안광, 그리고 양 손등에서 푸른 빛을 발하고 있는 존재, 그것은……

"안드로이드 히어로다!"

신우의 외침이 그의 존재를 확인시켜 주었다. 그곳에 서 있는 것은 금발에 붉은 눈동자를 가진 외국인 청년, 안드로이드 히어로였던 것이다!

기기기기기깅······.

꽹음이 잦아들자 선명한 기계의 구동음이 들려오기 시작했다. 뒤틀린 어둠이 내리깔린 기이한 결계 공간 속에서, 선명하게 퍼져 있는 피안개를 헤치며 붉은 눈의 청년이 금발을 휘날리며 걸어온다. 청년이 한 걸음 내디딜 때마다 철크럭거리는 소리가 나며 그의 정체를 한층 더 뚜렷하게 알려주고 있었다.

"우, 우와. 진짜 기계인가 봐. 멋있다."

신우가 흥분으로 상기된 얼굴로 말했다. 그 말에 유현은 어이없다는 시선을 한 번 보내준 다음 다시 안드로이드 히어로에게 시선을 던졌다.

유현이 뭔가 말하려고 할 때, 안드로이드 히어로 쪽에서 먼저 입을 열었다.

"결계 내에 침입자 발견, 목표 인물인지 확인."

"뭐?"

쾅!

그렇게 생각한 순간 안드로이드 히어로가 달려들었다. 그가 밝은 땅이 폭발하듯 터져 나가면서, 그의 몸이 엄청난 속도로 거리를 좁혀온다.

"큭! 처음부터 나를 노리는 거냐!"

유현은 그가 정확히 자신을 노리고 달려드는 것을 보고는 투덜거렸다. 하지만 그 순간 이미 유현의 몸은 안드로이드 히어로의 돌격을 피해서 옆으로 물러났다가, 다시 방향을 틀어서 그 뒤를 잡고 있었다.

유현은 일단 발차기를 날렸다. 일단은 적당한 타격을 줘서 조용하게 만들 생각으로 내지른 발차기다. 일반인이라면 등뼈가 부서질 만한 일격이 안드로이드의 히어로의 등을 후려 갈겼다.

터엉!

"어?"

그러나 그걸 맞은 안드로이드 히어로는 약간 앞쪽으로 밀려났을 뿐, 무심하게 고개를 돌리고 있었다. 그것도 몸은 그대로 앞을 향한 채 목만 뒤로 돌려서!

그의 붉은 눈동자, 그 안쪽에 있는 인간의 것과는 다른 무기질적인 기계의 구조를 엿본 유현은 이를 악물었다. 그의 몸이 슬쩍 비틀리는가 싶더니 땅을 짚고 있는 발 아래쪽이 움푹 파였다. 그리고 그로부터 발생되어 증폭된 힘이 안드로이드 히어로의 등에 닿은 발에서 폭발했다.

콰아아앙!

유현이 촌경(寸勁)의 이치를 사용해 발한 힘은 거대한 트레일러도 일격이 박살 낼 수 있을 위력이었다. 그걸 맞은 안드로이드 히어로의 몸이 붕 날아서 나가떨어졌다. 유현은 발을 들어 올린 채로 몸을 부르르 떨었다.

"큭, 장난 아니게 단단한데?"

유현이 반동을 중화시키는 동안 안드로이드 히어로가 어기적거리면서 몸을 일으켰다. 그리고 붉은 눈으로 유현을 바라보며 중얼거렸다.

"순간 속도 시속 270.2킬로미터, 후방에서 가해진 일격의 충격량 23.2톤. 목표 인물일 가능성이 있음."

"설마 저거… 충격을 안 받은 거야?"

성아가 기가 막혀하며 중얼거렸다. 방금 전 유현의 발차기는 옆에서 봐도 끔찍할 정도의 파괴력이었다. 그런데 그걸 맞고 날아가서는 무심하게 몸을 일으키고 저런 소리나 중얼거리고 있다니?

"인간이 아닌 것만은 분명하군."

유현이 그렇게 중얼거렸을 때였다. 갑자기 안드로이드 히어로가 팔을 들어 올렸다. 그리고,

쿠앙!

폭음과 함께 그 주먹이 날아왔다!

"로켓 펀치다!"

신우가 감탄성을 토했다.

안드로이드 히어로의 주먹이 팔뚝부터 분리되더니 엄청난

속도로 날아든 것이다. 유현이 아슬아슬하게 그것을 피해내자 이번에는 반대쪽 주먹이 또 날아들었다.

"이 자식!"

유현은 이를 악물고 발차기로 로켓 펀치의 측면을 후려갈겼다. 로켓 펀치의 궤도가 바뀌는 순간, 그 반동을 이용해서 허공을 박차며 섬전 같은 속도로 안드로이드 히어로의 품 안으로 뛰어든다. 그러나 그 순간 양주먹이 사라진 안드로이드 히어로의 팔, 그 단면이 번뜩였다.

쿠아아아앙!

폭발과 함께 굉음이 울려 퍼졌다. 피어오르는 먼지구름을 뚫고 유현의 몸이 허공으로 솟구쳤다.

"이, 이건 무슨 슈퍼로봇인가?"

간발의 차로 허공으로 치솟아올라서 공격을 피해낸 유현이 어처구니없어하며 중얼거렸다. 로켓 펀치를 날리고, 그 단면으로부터 광선을 쏘다니 뭐 이런 어처구니없는 게 다 있지?

철커덩! 철컹!

그러는 동안 날아갔던 로켓 펀치가 궤도를 바꿔 그 팔로 되돌아와서 합체되었다.

"마법 감각으로 정보 파악 가능, 특이 사항 없음. 하지만 결계를 깬 것과 움직임을 개시하는 순간 탐색 기능에 노이즈 발생. 목표 인물일 가능성은 여전히 존재함."

"흠. 도대체 뭔 소리를 지껄이는지 알 수가 없군."

아일라가 여유있게 중얼거렸다. 다른 사람들과 함께 완전히 관객의 태도를 보이고 있는 그녀에게 유현이 신경질을 냈다.

"그렇게 구경만 하지 말고 좀 도와보시지?"

"하지만 저쪽은 너한테만 용건이 있는 것 같은데. 그리고 별로 도와주지 않아도 충분히 상대할 수 있지 않나?"

"젠장!"

유현이 이를 가는 동안에도 안드로이드 히어로는 무표정한 얼굴로 혼자 중얼거리기를 계속하고 있었다.

"데이터 부족. 신체 기능만으로는 상대방의 능력을 끌어내기에 부족하다고 판단. 마법 기능을 사용한다."

"뭘 하려는지 모르겠지만 귀찮으니까 그전에 때려눕혀 주마."

유현은 그렇게 말하면서 달려들었다. 동시에 그의 마법포켓에서 여섯 자루의 검이 튀어나와서 섬광으로 화했다. 유현의 왼쪽 눈이 푸른 빛을 발하면서 양주먹에 푸른 귀화가 타오른다.

"지옥염(地獄炎)!"

화아아악!

유현이 내장된 술식을 발동시키면서 양손을 휘두르자 푸

른 불길이 안드로이드 히어로를 휘감았다. 그리고 동시에 여섯 자루의 섬광이 그 안쪽을 찌르고 들어갔다.

파파파파파파!

그러나 다음 순간 유현은 경악하며 뒤로 물러났다. 잔뜩 마력을 불어넣어 증폭시킨 지옥염의 온도는 7천 도 이상, 그것을 일순간에 인간 하나를 탄화시킬 수 있는 압력으로 퍼부었거늘 안드로이드 히어로는 멀쩡한 모습으로 뚫고 나오는 게 아닌가?

'무슨 방어 결계가 이렇게……!'

게다가 유현이 날린 여섯 자루 빛의 검도 모조리 튕겨내 버렸다. 대요괴에게도 치명상을 입힐 콤비네이션을 한순간에 돌파해 버리다니!

불꽃을 헤치고 나온 안드로이드 히어로가 유현의 5미터 앞까지 접근하는 순간, 그 뒤로 어마어마한 마력이 백색의 안개 형태로 치솟았다. 그와 동시에 안드로이드 히어로의 몸이 어마어마한 속도로 가속했다.

'초음속인가!'

최고조로 가속된 유현의 감각은 안드로이드 히어로의 움직임을 잡아내었다. 안드로이드 히어로가 가속을 시작하려는 순간, 일반인은 전혀 포착하지 못할 한순간의 틈을 이용해 회피 동작을 시작했다.

콰콰콰콰콰!

소리가 울려 퍼졌을 때는 이미 안드로이드 히어로의 주먹이 공간을 관통한 후였다. 그 발밑이 원형으로 깨져 나가면서 충격파가 사방으로 퍼져 나간다.

"으, 으아아아아……."

수준이 달라도 너무 다른 전투에 신우가 완전히 질려 버린 표정으로 신음했다. 세상에, 이건 완전히 괴수대결전이잖아!

"…흥."

유현은 가랑잎이 바람을 타고 팔랑이듯 충격파를 타고 흘러서 안드로이드 히어로에게서 거리를 벌렸다. 간발의 차로 방어 결계를 치고 회피했기 때문에 상처 하나 없었다. 하지만 마하 2.3의 펀치로부터 발생한 충격파는 그의 옷소매를 완전히 찢어놓았다.

"마음에 드는 옷이었는데 짜증나게."

유현은 너덜너덜해진 검은 재킷의 소매를 보며 투덜거렸다. 그런 그에게 안드로이드 히어로가 마찰열로 인해 연기가 나는 주먹을 거두면서 시선을 돌렸다.

"정체불명의 에너지 파동 감지. 목표 인물일 가능성… 70% 이상으로 판정."

중얼거림이 중간에 잠깐 늘어진 것은 휘청거림 때문이었다. 안드로이드 히어로는 내지른 주먹의 반대쪽 팔을 축 늘어뜨린 채 한쪽 무릎을 꿇었다.

"사, 사부님도 한 방 먹였어요?"

"이제 알았냐?"

유현이 코웃음을 치며 대답했다.

그 순간, 유현은 초음속 펀치를 회피하는 것과 동시에 빛의 검을 만들어내어 안드로이드 히어로의 왼팔을 후려쳤던 것이다. 엄청난 속도로 가해진 일격에 안드로이드도 버티지 못하고 왼팔이 부서졌다.

'하지만 이놈, 도대체 무슨 목적으로 이러는 거지?'

유현은 눈살을 찌푸리며 안드로이드 히어로를 바라보았다. 굳이 끝장을 내러 들어가지 않는 것은 그런 의문 때문이었다.

그런 그의 앞에서 안드로이드 히어로가 무표정한 얼굴로 몸을 일으켰다. 그리고 말했다.

"대화의 필요성을 인정한다."

"뭐?"

유현은 어이가 없어서 그를 바라보았다. 다짜고짜 공격해서 일반인 수백 명은 죽일 수 있을 것 같은 공격을 퍼부은 다음에 하는 소리가 뭐? '대화의 필요성을 인정한다' 라고?

유현이 어떻게 생각하든 안드로이드 히어로는 우두커니 선 채 빛을 발하기 시작했다. 갑자기 퍼져 가는 강력한 마력

파동에 또 무슨 짓을 하려나 싶었는데 갑자기 그 모습이 변하기 시작한다.

키기기기긱.

"복원 능력?"

유현은 경악했다. 빛 속에서 안드로이드 히어로의 왼팔이 다시 제모습으로 복원되는 게 아닌가? 혀를 차면서 회복하기 전에 공격하려고 했지만, 그때 안드로이드 히어로가 손을 들어 그를 제지하며, 지금까지와는 명백히 다른 목소리로 말했다.

"잠깐만 기다리게, 더 이상 싸울 뜻이 없으니."

그것은 조금 이상한 울림이 섞여 있기는 했지만 분명 인간의 목소리였다.

6

"어, 저기… 혹시 음료수는 뭘 마시죠? 혹시 기름?"

신우는 이래 봬도 괴상한 손님을 접대하는 것은 자신이 있었다. 지금까지 유현의 집에 빌붙어서 생활하는 동안 평범한 인물이라고는 단 한 명도 접대해 보지 못했으니 그럴 만도 했다.

하지만 그런 신우로서도 기계인간에게 도대체 뭘 접대해

야 하는지는 알 수 없었다.

"아니, 아무것도 안 마셔도 되네. 신경 쓰지 말게나."

그렇게 말한 것은 찰랑거리는 금발과 무기질적인 붉은 눈동자를 가진 청년, 안드로이드 히어로였다. 그는 아까 전의 기계적인 모습을 연상하기 어려운, 마치 인간 같은 모습으로 유현의 집 거실에 앉아 있었다. 얼굴에도 인간적인 표정, 자연스러운 미소가 떠올라 있었고 피부에도 혈색이 도는 게 진짜 아까와는 완전 다른 존재가 되어버린 것 같다. 게다가 계속 울려 퍼지던 기계 구동음도 완전히 사라져서 눈을 잘 들여다보지 않으면 절대 그가 기계라는 것을 알 수 없었다.

지금 그는 지금 행동을 구속당하고 있었다. 주술 처리가 된 구속용 쇠사슬로 온몸이 칭칭 묶여 있는 상태다. 그것은 그가 대화를 나누기 위해서 자처한 상황이었다. 아무리 대단한 힘을 갖고 있어도 저렇게 구속되어 있는 이상 행동까지는 약간의 딜레이가 발생할 것이고, 그 정도 틈이면 유현과 아일라가 충분히 대응할 수 있었다.

"아, 일단 통성명을 했으면 싶군. 다시 소개하지. 내 이름은 멀린, 퀸 오더 소속의 마법사일세."

"당신이 진짜 대마법사 멀린이라고?"

유현이 불신 가득한 눈으로 그를 바라보며 물었다. 안드로이드 히어로라는 엉뚱한 존재가 설치나 싶었더니 그 정체가 퀸 오더의 전설적인 대마법사 멀린이라니, 뭐 이런 어처구니 없는 사태가 있단 말인가?

"그렇네. 물론 내 본체는 영국에 있고 자네들과 마주하고 있는 이 몸은 각별히 신경 써서 만들어낸 기계 몸체이긴 하네만, 내가 멀린인 것만은 분명하지."

"멀린이라면 그 아서왕 신화에 나오는 그 멀린 맞아요?"

연옥의 세계 정세에 대해서 잘 모르는 신우가 순진하게 물었다. 그러자 그가 고개를 끄덕였다.

"그게 바로 나라네."

"그, 그럼 혹시 천 년도 넘게 산 것 아닌가요? 아서왕 이야기는 5세기 경의 이야기라고 하던데……."

"뭐 나는 그 이전부터 살고 있었다네. 그 이야기 자체도 굉장히 많이 왜곡되어 있으니까 그냥 실제 있었던 일을 모티브로 삼아서 창작된 소설 정도로 생각하게. 게다가 워낙 많이 개작되어서 지금은 아예 원래의 흔적을 찾아내기도 어려울 정도니까."

아서왕은 역사적으로는 그 존재 자체가 확인되지 않은 전설 속의 인물이다. 게다가 아서왕 이야기 자체도 세월이 흐르면서 계속해서 왜곡되었고, 몇몇 인물들에 의해 유명한 이야기로 각색되기까지 하면서 이제는 원형이 어떤 것인지를 알기 어려울 지경이 되어버렸다.

그 이야기를 실제로 경험한 멀린 입장에서 보면 터무니없는 역사 왜곡이리라.

신우가 유현의 어깨 위에 앉아 있는 난슬을 보며 말했다.

"우와, 저 난슬 누나보다 나이 많은 사람 처음 봐요."

"응. 나도 참 오랜만에 봐."

난슬도 고개를 끄덕였다. 그녀도 400년이나 살아온 몸이다 보니 자기보다 오래 살아온 존재를 볼 수 있는 경우가 드물었다. 예를 들면 최근에 본 금오의 십천군, 백호존 규혼 역시 그녀보다 연하였고.

"신우, 넌 가만히 좀 있어. 당신이 멀린이라고 치면 그걸 증명할 방법은?"

"으음. 원한다면 퀸 오더 쪽에서 증명서와 인원을 보내오게 할 수 있네만? 육도하고 외교 문제를 해결하는 게 좀 까다롭겠군. 요즘 가뜩이나 사이가 안 좋으니."

"7대세력이 사이가 안 좋은 게 어제오늘 일도 아닌데 뭐 새삼스러운 일처럼 이야기를……."

"아니, 적어도 육도와 우리의 사이가 지금처럼 나빠진 것은 몇 년 사이의 일일세. 퀘이사의 문."

"진유현이다."

"진유현… 흠. 한국인의 이름은 좀 부르기 애매하군. 그냥 진유현이라고 풀 네임을 부르겠네."

"마음대로 해. 그럼 당신이 대마법사 멀린이라는 것을 믿는다 치고, 왜 그런 해괴한 기계 몸을 만들어서 원격조종으로 안산을 배회하면서 엉뚱한 짓거리를 하고 있었던 건데?"

"훗. 해괴한 기계 몸이라니, 자네는 미학을 모르는군."

"미학?"

"기계인간이야말로 사나이의 로망! 모든 과학은 결국 완전하게 인간을 닮았으면서, 그 꿈을 담은 존재를 탄생시키기 위한 것이네! 이 강철의 신체와 여기에 내장된 획기적인 기능들, 이것이야말로 모든 사나이의 염원이 구현된 환상의 신체라고 할 수 있지!"

"아, 그 로켓 펀치는 진짜 멋있었어요."

"거기 어린 친구는 뭘 좀 아는군. 처음에 내가 설계 요구 사항을 말하니 우리 개발부의 연금술사들이 이따위 기능 넣을 수 없다고 막 투덜거리지 뭔가."

"아니, 왜요? 멋있고 게다가 위력도 세잖아요?"

"이걸 넣으려면 다른 기능의 안정화에 문제가 생긴다는 거야. 그걸 해결하려면 단가가 3억 파운드쯤 올라간다고 투덜거리는데 이거야 원! 고작 그런 쩨쩨한 돈 때문에 로망을 포기하라니 그게 말이 되는 소린가!"

"3, 3억 파운드……."

멀린의 말에 동조하던 신우는 갑자기 튀어나온 어마어마

한 액수에 기가 질려 버렸다. 세상에, 그럼 한화로 5천억 원이 넘는 돈 아닌가! 로켓 펀치 하나를 달기 위해 그런 돈을 처들여야만 했다니!

"결국 내가 이런 날을 대비하여 횡령해서 꿍쳐 났던 예산으로 해결했지."

"…퀸 오더, 콩가루 집단이었나."

유현이 기가 막혀서 중얼거렸다. 3억 파운드를 횡령해서 꿍쳐 났다가 사적인 희망 사항을 위해서 사용하는 게 가능하다니, 도대체 조직 체계가 얼마나 엉망이어야 저런 일이 가능하단 말인가?

"훗. 뭐 자네가 생각하는 그런 횡령이 아닐세."

"그럼?"

"그냥 매번 현자의 돌을 만들라고 주어진 재료를 좀 빠듯하게 운용해서 몇 개씩 더 만든 다음 그걸 시장에다 내다 팔았지. 다른 마법사가 열 개 만들 재료면 나는 몇 개씩 더 만들수 있거든."

"……."

유현은 그 순간 이 인간이 대마법사 멀린이라는 것을 믿어 버리고 말았다. 동시에 믿고 싶지 않은 격렬한 반감에 사로잡혔다.

'아, 젠장. 세계를 좌지우지한다는 작자의 성격이 이 모양이라니!

어차피 빌어먹을 세계라면 적어도 좀 더 근엄하고 제정신 박힌 작자들이 위에 앉아 있으면 좋겠다. 하긴 그런 사소한 희망이 항상 짓밟히기에 이 세상이 부조리한 것이지.

유현의 뇌리에 또 다른 대마법사의 얼굴이 스쳐 지나갔다. 생각해 보니 그 양반도 뭔가 '대마법사다운' 근엄함과는 거리가 멀었지. 설마 마법의 극의에 도달하는 인간들은 죄다 성격이 이 모양 이 꼴인 건가?

"아, 쓸데없는 이야기는 그만하고. 하여튼 내 질문에 대답이나 하시지?"

"요즘 젊은 사람들은 예의가 부족하구만. 쯧쯧. 뭐 좋아. 어쨌든 내가 안산에 찾아온 것은 바로 자네를 찾기 위해서였다네."

"나를?"

"그래. 내가 지금 좀 찾아내야 할 놈이 있는데, 마법으로는 도무지 찾을 수가 없더란 말이지. 우리 여왕 폐하께서 말씀하시길 퀘이사의 문인 자네를 찾아가서 그 옆에 붙어 있다 보면 그와 조우하게 될 거라는군. 무수한 운명을 읽어서 확률을 예지해 본 결과 그런 결론에 도달하신 모양일세."

"……."

유현은 순간 울컥해서 그를 한 대 때려주고 싶어졌다.

자기가 무슨 예언자들에게 사랑받는 운명도 아니고, 처음에는 데스트레자의 예언자인 성녀가 아일라를 보내더니, 다음에는 금오의 예언자 헌우가 십천군을 보내어 회유하려고 하고, 이번에는 영국 최고의 예언자라는 위치 퀸이 대마법사를 붙이려고 해? 행동의 근거라는 것들이 하나같이 이성적인 구석은 눈곱만큼도 없는 '예지'다 보니까 정말 기분 나쁘다.

"그럼 나를 곧바로 찾아오면 되지 도대체 왜 안드로이드 히어로니 뭐니 하는 짓을……."

"하하. 실은 우리 여왕 폐하께서도 자네의 소제를 명확하게 알려주신 게 아니라서 말일세. 퀘이사의 문이라고만 하시더군. 그래서 나의 존재를 안산에 알리고, 동시에 감췄지. 육도 본부에서 천상 계급 녀석들이 나오지 않는 한, 나를 찾아낸다 한들 내 결계를 돌파해서 나와 마주할 수 있는 인물은 종잡을 수 없는 퀘이사의 힘을 다루는 존재밖에 없을 테니까."

"너무 주먹구구식이잖아!"

"결국 이렇게 찾았지 않나? 뭐 사실 여왕 폐하께서는 이미 자네에 대해서 알고 있으셨을 걸세. 그냥 심술을 좀 부려서 나를 고생시키고 싶으셨던 게지."

"괜히 우리가 피해를 보잖아! 게다가 왜 확인한답시고 다짜고짜 공격을 하는 건데?"

"하하하. 그야 남자는 원래 주먹으로 서로를 알아가는 게 예로부터 전해 내려오는 사나이의 로망 아니겠나? 결국 그렇게 해서 자네라는 존재를 알게 되었으니 이것이 바로 운명의 안배일세. 번거롭게 한 것은 사과하지. 뭐 말로만 사과하는 게 마음에 안 들면 바라는 걸 말해보게. 웬만한 건 들어주겠네. 엑스칼리버라도 대여해 줄까?"

"……."

운명의 안배가 다 얼어죽었냐? 유현은 부글부글 끓는 속을 진정시키며 그를 노려보았다. 그가 계속 말을 이었다.

"뭐 내 용건이 자네에게도 무관한 이야기는 아닐 것 같은데… 내가 찾고 있는 것은 정도일이라는 인간이네. 전에 육도 소속이었고 쉐도우 머더러라는 코드명으로 불렸지."

"정도일?"

생각지도 못한 이름에 유현이 깜짝 놀라고 말았다. 아니, 도대체 왜 이 양반의 입에서 그의 이름이 튀어나오는 것이지?

유현의 반응을 본 멀린이 의미심장한 미소를 지으며 말했다.

"역시 알고 있는 것 같군. 혹시 그를 만날 방법도 알고 있나? 알려준다면 후하게 보상하겠네."

"왜 당신이 그를 찾는지는 모르겠지만… 만날 방법 같은 것은 몰라. 그가 육도를 나가면서 연이 끊겼으니까."

"역시 그렇게 쉽게는 안 되나. 그럼 할 수 없지. 당분간 신세 좀 지겠네."

"누, 누구 맘대로?"

"아, 자네 집에 머무르겠다는 소리는 아닐세. 옆집을 사서 이사 오겠네. 이 동네 집 값은 얼마나 하지?"

"…오른쪽 집 왼쪽 집 왼쪽 건너편 집 다 관계자로 가득 차 있어."

유현이 골이 지끈거리는 것을 느끼며 말하자 멀린이 훗 하고 웃었다.

"왼쪽 집은 데스트레자, 흠. 거기 아가씨가 사는 것 같군. 그리고 오른쪽 옆집은 뭔가 풍비박산나서 폐가가 다 된 것 같고, 그 옆쪽은… 뭐야? 육도의 녀석들인가?"

'확실히 대마법사군.'

유현은 그가 대수롭지 않게 마력 파장을 발해서 주변을 파악하는 것을 보고는 경각심을 돋우었다. 본체도 아니고, 저 머나먼 영국으로부터 기계 몸체를 조종하고 있으면서 저런 마법을 자유자재로 사용할 수 있다니, 그것만으로도 그가 상상을 초월하는 존재임을 알 수 있었다.

"이 옆집에는 아무도 안 사는 것 같은데, 거길 내가 사지. 엉망진창인 거야 고치면 될 일이고."

"거기… 우리집인데요."

신우가 어색하게 웃으며 말했다. 그 말에 멀린이 잘됐다는 듯 말했다.

"그럼 나한테 팔게. 잘 쳐줌세. 10만 파운드로 어떤가?"

"10만 파운드라니, 여, 여기 집 값 요즘 무지 싼데……."

"하하하. 뭐 가치라는 것은 상대적인 것이지. 아, 혹시 이 소년은 진유현 자네의 제자라거나 그런 관계인가?"

"맞긴 한데……."

"그럼 나를 옆집에 살게 해주면 내 비장의 마법 몇 개를 전수해 주겠네. 그 정도면 교환 조건이 성립할 수 있지 않겠나?"

"……."

이 작자 도대체 머릿속에 뭐가 들어 있는 건지 궁금해졌다. 이 양반의 비장의 마법이라면 퀸 오더의 특급 기밀쯤은 될 텐데 그걸 외부인에게 전수해 주겠다고?

"그럼 거래 성립한 것으로 알겠네. 자네는 나와 집 값에 대해서 좀 이야기를 하지……."

"괜찮은 건가?"

아일라가 무심하게 한마디 물었다. 유현은 잠시 동안 입을 꾹 다물고 있다가 진저리를 쳤다.

"맘대로 하라고 해. 이놈이고 저놈이고 세상이 다 자기 멋대로지."

유현은 자신의 기구한 팔자를 한탄하며 땅이 꺼져라 한숨을 쉬고 말았다.

*   *   *

　인간이 기적을 일으켰을 때, 그는 신이 된다. 무지한 인간들 앞에서 그들과는 다른, 기적의 배포자임을 밝혔을 때 그들은 가슴속에서 신앙을 길러 그 꽃을 바친다.

　하지만 꽃을 받을 자가 그것을 원하지 않는다면, 그때는 어떻게 해야 할까?

　구원을 가져다주리라 믿었던 자가, 구원 대신 파멸을 던져준다면 그때 그를 신앙의 대상으로 삼았던 자들은 어떤 표정을 지을 것인가?

　"역시 첫 번째 시작은 사하라 사막일 수밖에 없지."

　에밀 크레이그는 먼 곳을 보고 있었다. 깊은 숲 속에 바람이 스며들었을 때 나무들이 흔들리며 내는 것 같은, 수많은 사람들이 속삭이는 것 같은 기이한 울림과 함께 아주 먼 곳에 있는 나무가 접하는 모든 것이 그에게로 전달된다. 그는 광활한 사막의 풍경을 보며 이야기하고 있었다.

　"그곳이야말로 기적이 가장 기적다울 수 있는 땅. 그렇게 생각하지 않나?"

　"확실히 그렇군요."

사막 한가운데 서서 에밀에게 대답한 것은 신윤범이었다. 그는 햇빛을 막기 위해 전신을 하얀 천으로 감싼 채 열기로 이글거리는 끝없는 모래의 땅을 바라보고 있었다.

그의 주변에는 미드가르드에서 파견된 수십 명의 인원들이 역사적인 작업을 위해서 분주히 움직이고 있었다. 헬리콥터 로터 소리가 요란하게 울려 퍼지며 사방으로 모래먼지가 휘날린다. 대부분의 기자재는 이미 다 내렸지만 가장 핵심이 되는 물건이 이제야 도착하고 있었다.

신윤범은 대형 헬기에 매달려서 서서히 내려오고 있는, 거대한 알 같은 케이스를 보았다. 그것은 특이하게도 바닥을 제외하면 전부 강화유리로 만들어진 케이스였고, 그 안에 있는 것은 한 그루의 물푸레나무 묘목이었다.

바로 그 묘목과 감각을 동조시키고 있던 에밀은, 그것이 열사의 대지 위에 내려지는 순간 미소지으며 말했다.

"이제 더 이상 아마존 밀림의 훼손을 걱정할 필요가 없는 세상이 될 거야."

Chapter 18
세계수

1

인류가 가장 걱정하는 것 중에 하나는 바로 지구환경의 파괴였다. 사실 현세대가 살아가는 데는 별로 문제가 없지만, 그들은 지금의 무분별한 자원 소모와 환경 파괴가 다음 세대들의 살길을 막아버리리라 예측하고 자신들의 문명을 보다 친환경적으로 만들기 위해 열을 올리고 있었다.

그러나 그런 노력에도 불구하고 여전히 인류는 환경을 급속도로 파괴해 가고 있었다. 자원은 맹렬하게 소모되어 가고, 자연이라 이름 붙였던 것들은 점차 생기를 잃고 사라져 간다.

무수한 과학자들이 파괴된 자연을 복원하고, 사막을 녹지

화하길 꿈꾸었지만 그것은 아직까지는 망상에 불과했다. 수많은 가능성들이 나와 있었지만 현실에 기적이 구현된 예는 없다.

그런데 21세기의 어느 날, 그들 앞에 '기적'이 나타났다.

"그런데 그것이 실제로 일어났습니다."

유현은 잠시 동안 멍청하니 TV 화면을 바라보고 있었다. 외국인 리포터가 흥분해서 떠들어대는 멘트를 번역한 자막 때문이 아니다. 현장 취재를 간 그들의 카메라에 비춰지고 있는 광경이 정말로 믿을 수 없는 것이었기 때문이다.

사하라 사막 한가운데 커다란 숲이 생겨나 있었다.

"뭐야, 저건?"

유현은 집중해서 뉴스 보도를 보고는 곧바로 컴퓨터를 켜고 기사들을 검색해 보았다. 국내 기사는 아무래도 빈약해서 해외 뉴스 사이트들을 열고 검색해 보았더니 이건 정말 난리도 아니었다.

사하라의 기적!
신은 존재한다!
자연은 죽지 않았다!

등등 이 사건을 기적이라고 말하며 흥분한 논조로 내보낸 기사들이 넘쳐흐르고 있었다.

사건은 12월 초, 사막을 지나던 여행자들이 한 그루의 나무를 발견한 것으로부터 시작된다.

기이하게도 사막에서는 절대 자랄 리가 없는 한 그루의 물푸레나무가, 온통 모래뿐인 땅 한가운데 굳건하게 뿌리를 내리고 서 있었다. 여행자는 처음에는 신기루인 줄 알았지만 직접 가서 만져보고 나서야 그 존재를 확신했다고 한다.

그러나 이 이야기는 그의 허풍쯤으로 취급받았다. 절대 있을 수 없는 이야기였기 때문이다.

상황은 시간이 지날수록 달라졌다.

첫 번째 목격자와 같은 것을 목격한 사람들이 늘어났다. 사막 한가운데 오아시스와도 거리가 먼 곳에 뿌리내리고 자라나 있는 커다란 물푸레나무.

그것도 목격자가 늘어날 때마다 그 숫자가 늘어나고 있었다. 첫 번째 목격자가 보았을 때는 사람 키보다 좀 큰 어린 물푸레나무 한 그루가 있었을 뿐이었는데, 열흘쯤 지나자 수십 그루의 나무가 자라나 숲을 이루었고 최초의 나무는 그 중심에서 20미터도 넘는 크기로 자라나 있었다고 한다.

이 사실이 알려지자 몇몇 호기심 많은 학자들이 반신반의하면서 움직이기 시작했고, 결국 사실로 확인되자 전 세계가 들썩였다. 그동안 물푸레나무의 숲에는 100그루도 넘는 나무가 자라나 있었고 직경 5미터짜리 샘도 하나 생겼으며 그 면적은 1만 6천 평방미터를 넘는다고 한다. 그리고 그 숫자와 넓이는 지금 이 순간에도 빠른 속도로 늘어나고 있는 중이었다.

"이런 일이 있을 수가 있나?"

유현은 기막혀하며 중얼거렸다.

"그러니까 기적인 거 아냐?"

어느새 다가온 난슬이 고개를 갸웃거리며 물었다. 꼬리 숫자를 일곱 개까지 회복한 그녀는 이제 하루 종일 요괴선인의 모습으로 있을 수 있게 되었다. 눈동자색은 예전처럼 왼쪽은 녹회색, 오른쪽은 청회색을 띤 오드아이였지만 긴 머리칼을 비롯, 전신의 털이 눈처럼 새하얗게 변해 버린 채로 색소가 회복되지 않아서 인상이 이전과는 많이 달랐다.

"기적이긴 한데… 이게 상식적으로 가능한 일이냔 말이지. 결계 공간 내에서 가짜로 꾸미는 것도 아니고 실제로 사막이 녹지화되고 있는 거야. 물푸레나무만 자라는 것도 아니고 다른 녹색식물들도 같이 자라서 생태계가 형성되고 있다는데… 도대체 어떻게 이런 일이 가능하지?"

"누군가 이런 마법을 만들어내서 실험했을 가능성은?"

"만약 그런 정신 나간 마법사가 있다면 환영해야지. 지구를 위하는 마법이라니 그거 노벨 마법상이라도 제정해서 줘야겠네."

"그럴 리가 없다고 생각하나 봐?"

"아니, 마법이든 선술이든 뭐든… 이런 일을 만들어낼 수도 있겠지. 하지만 그렇다고 쳐도 이건 좀 터무니없는 것 같아서."

"멀린 할아버지한테 물어봐."

"……."

난슬의 말에 유현이 표정을 팍 일그러뜨렸다.

대마법사 멀린, 정확히는 그의 의식과 링크된 기계인형은 결국 신우와 한얼의 집을 사들여서 자리를 잡았다. 대마법사답게 망가진 집 안을 마법으로 가뿐하게 복원해 놓은 모양이다. 하지만 하루에 한 번 유현의 집에 놀러 올 때를 제외하면 처음 만났을 때처럼 정상적인 인격이 아닌, 누가 봐도 기계 같은 유사 인격으로 생활하고 있었다.

유현이 그에게 모든 사정을 들은 것은 그가 집의 권리를 완전히 양도받고, 각종 수속을 밟은 뒤였다. 유현은 그와 독대했던 때를 떠올렸다.

"이제 좀 이야기할 만한 상황이 되었군. 집들이 손님한테 내놓을 것이 아무것도 없어서 미안하네. 우아하게 밀크티 한 잔을 대접하고 싶지만 이런 몸이라서 맛도 모르겠거든."

"감각은 공유하고 있지 않나?"

"기계적인 감각이지. 뭐라고 해야 할까, 생체가 느끼는 감각이 아날로그 적이라면 이건 디지털이라고나 할까? 뭐 말해도 이해하기 쉽지 않을 걸세. 다이렉트로 어떤 감각이 전달되는 게 아니라 '이런 감각이다' 라는 데이터를 전달받는 느낌이라."

"별로 이해하고 싶진 않군."

"매정하긴. 어쨌든 전에 하다 만 이야기를 하지. 말했다시피 내가 자네 곁에 붙어 있으려는 것은 쉐도우 머더러 정도일, 그 빌어먹을 애송이를 찾아서 뜨거운 맛을 보여주기 위해서일세."

"…당신쯤 되는 사람이 고작 전투원 하나 때문에 그렇게 열을 올리는 이유가 뭐지?"

유현은 그가 숨기지도 않고 내보이는 정도일에 대한 분노를 느끼며 물었다. 정도일이 대단한 전투원이었던 것은 사실이지만 멀린쯤 되는 인물이 그에게 집착하는 이유는 모르겠다.

"그건 그가 나를 암살했기 때문이지."

"뭐?"

"자네, 육도에서는 말단이었나 보군. 그런 것도 모르는 걸 보니."

"그럭저럭 중간관리직쯤으로 승진되기 전에 나왔거든. 그래서 기밀 정보는 아는 게 없어."

유현은 대수롭지 않다는 듯 말했다. 하지만 속으로는 정말 놀랐다. 정도일 이 인간이 멀린을 암살했다고?

"뭐 그에 대한 자세한 설명은 생략하고."

"생략하면 안 되는 거 아닌가?"

"구구절절 늘어놔 봤자 재미도 없지 않은가. 핵심만 말하지. 그놈이 나를 암살해서 사경을 헤매게 만들어놨고, 내 본체는 지금 그때 입은 부상을 회복하기 위해 일종의 동면 상태를 유지하고 있네. 그래서 활동을 위해서는 이런 몸을 만들 수밖에 없었어. 딱히 만들고 싶어서 최신예 전투기 개발비보다 더 비싼 돈을 들여가면서 만든 것은 아니라네."

"…아니, 마지막은 절대로 거짓말이라는 것을 알겠는데."

"흠흠. 요즘 젊은이들은 심성이 황폐하구만. 나처럼 진실한 노인의 말을 믿어주지 않다니."

눈을 가늘게 뜨고 불신을 듬뿍 표시하는 유현의 말에 멀린은 겸연쩍은 듯 헛기침을 했다. 젊고 잘생긴 청년의 모습으로 저러고 있으니 정말 안 어울린다.

그가 계속 말을 이었다.

"어쨌든 그래서 내 활동 시간에는 한계가 있네. 동면 중에도 여러 가지 마법을 유지하고 있기 때문에 여기에 쏟을 수 있는 정신 용량의 여유가 별로 없거든. 그러니 대마법사 주제에 저거밖에 안 되나 하면서 구박하진 말게."

"……."

아니, 사경을 헤매는 주제에 여러 가지 마법을 유지하고 바다 건너 머나먼 땅에 의식을 보내어 기계인형의 몸을 조종할 정도면 이미 인간의 한계 따윈 옛날에 초월한 느낌인데. 유현은 기가 막혔지만 그의 주절거림을 한마디라도 줄이기 위해 그냥 입을 다물었다.

"그래서 평소에는 자네가 처음 봤던 그 유사 인격으로 생활하고 있을 걸세. 볼일이 있을 때는 유사 인격에게 요청하면 내 의식이 깨어날 거니까 그렇게 알게나."

"그 유사 인격, 또 다짜고짜 싸움을 걸거나 그러는 것은 아니겠지?"

"그럴 걱정은 없네. 일단 자네들을 도우라고 명령을 내려놓았으니까 필요한 일이 있으면 부려먹어도 되고."

"그럼 요괴를 잡을 때만 좀 손을 빌려야겠군."

"그러게나. 처음 만났을 때 본 결계는 내장된 기능이니까 도움이 될 걸세."

"호오."

유현이 눈을 빛냈다.

확실히 그 결계는 굉장했다. 대요괴조차 가둬두고 결계 밖으로는 전혀 피해가 미치지 않도록 전장을 형성할 수 있다면 정말 큰 도움이 될 것이다.

"어쨌든 정도일 그놈을 잡을 때까지 신세를 지겠네. 그리고 혹시나 해서 묻는 건데, 자네는… 세계의 진실에 대해서 어디까지 알고 있나?"

"일단 세계가 파멸했고 당신들이 그걸 유지하기 위해 연옥을 만들었다는 것 정도는 알고 있지."

유현은 환몽여제 김지아에게 들은 사실 몇 가지를 멀린에게 말해주었다. 그것을 들은 멀린이 미소 지었다.

"다 아는 것은 아니지만, 일단 알아야 할 것은 다 알고 있군. 말단이라 걱정했는데 그런 사실까지 알고 있다니, 지금까지 꽤 여러 가지 일을 겪은 모양이야. 그 사실은 자네 가족들도 다 알고 있는 건가?"

"가족?"

유현은 너무나도 생소한 그 말에 잠시 동안 멍청한 표정을 지었다.

물론 그것이 유현의 '진짜 가족' 을 가리키는 게 아니라는 사실은 안다. 멀린이 말한 '가족' 은 지금 유현과 함께 지내고 있는, 난슬과 신우와 한얼과 아일라 등을 지칭하는 것이리라.

하지만 그럼에도 불구하고 그 의미를 받아들이는 데 잠깐 동안 혼선을 겪었던 것은 유현으로서는 어쩔 수 없는 일이다. 멀린이 그 반응에 의아해할 때, 유현이 표정을 정리하고 대답했다.

"여기까지 알고 있는 것은 난슬하고 아일라뿐이지. 다른 사람들은 몰라."

유현은 아일라와 이 문제에 관해서 대화를 나눌 시간을 가졌고, 그녀가 의외로 많은 것을 알고 있다는 사실을 확인했다. 하지만 그것은 데스트레자의 마이스터에게 허락된 진실이 아니며, 어디까지나 그녀가 조직에서 나올 때 성녀 릴리아나가 알려준 것이라고 한다.

"그런가. 그 아일라 스카우드라는 아가씨는 데스트레자의 마이스터였지. 꽤나 실력파라 우리 쪽에서도 경계 대상 중의 한 명이었는데 조직에서 나와서 자네한테 붙어 있다니, 세상일은 역시 알 수 없군."

멀린은 그렇게 말하고는 살짝 표정을 바꾸었다.

"거기까지 알고 있다면 이야기하기가 더 편하겠어."

"무슨 이야기를 말이지?"

"지금 세계에는 연옥을 파괴하려는 세력이 존재하고 있네. 자네도 대충 짐작은 할 수 있겠지?"

"요즘… 전 세계적으로 일을 벌이고 있는 그 개자식들인가?"

유현이 연쇄적으로 일어나는 사건들을 떠올리며 이를 갈았다. 그 조직에는 분명히 오지윤과 정도일, 그리고 신윤범이 소속되어 있을 것이다. 이무기 사건만으로 모자라서 전 세계를 혼란의 구렁텅이로 빠뜨리다니, 어떻게든 찾아내서 쓰러뜨리고 싶은 녀석들이다.

"잘 알고 있군. 정도일도 거기에 소속되어 있을 것으로 추측하고 있네. 따라서 내가 그놈을 잡는 것은 그 조직의 실체를 잡는 것과도 관련이 있지."

"당신쯤 되는 사람도 그놈들의 꼬리를 잡지 못한 건가?"

7대세력의 힘은 실로 강대하다. 말 그대로 세계의 이면에서 세계 정세를 좌지우지할 정도다.

그런데 그런 이들조차 적의 실체를 파악하지 못하고 농락당하고 있다니, 유현이 보기에는 정말 어처구니가 없었다.

물론 거대한 조직의 특성상 기민하게 게릴라전을 노리는 테러리스트들을 잡기 어려운 것은 당연하다. 하지만 7대세력은 전 세계를 컨트롤할 수 있는 예지 능력자들과 텔레파시 능력자들을 보유하고 있는데, 그럼에도 불구하고 적들이 잡히지 않고 있단 말인가?

게다가 적들은 아무리 봐도 소규모 테러리스트 집단이 아니었다. 여태까지 일으킨 사건들을 보면 거의 7대세력에 필적하는 저력을 가진 것이 아닐까 의심될 정도다. 그런데도 종적을 잡을 수 없다니, 그건 솔직히 믿어지질 않는다.

멀린이 쓴웃음을 지었다.

"우리의 무능을 믿을 수 없다는 눈이군. 하지만 사실일세. 놈들은 무슨 수를 쓰는지는 몰라도 자신들의 정보를 완벽하게 방어하고 있어. 물론 이대로 사태가 가속된다면 가까운 시일 내에 실체가 드러나긴 하겠지만, 그때는 이미 걷잡을 수 없는 상황이 된 이후일 걸세."

"내가 보기에는 지금도 이미 걷잡을 수 없어."

세계는 드라마틱하게 붕괴해 가고 있다. 7대세력이 아니라 그 누가 오더라도 이 상황을 '없던 것'으로 하고 예전으로 되돌릴 수는 없을 것이다.

"어쨌든 당신이 그런 목적을 갖고 있다면… 일단은 협력하지. 하지만 당신들 쪽에서도 충분한 지원을 약속해 줘야겠어."

"물론이네. 나는 맨입으로 신세를 지는 것을 싫어하니까. 약속한 대로 내 비장의 마법 몇 개도 전수해 줄 것이고 며칠 내에 재미있는 선물도 하나 줌세."

"재미있는 선물?"

"그건 그때를 기대하게나. 원래 선물은 받는 순간까지 그 정체를 몰라야 두근거리는 법이지."

멀린은 그렇게 말하곤 음흉하게 웃었다. 잘생긴 청년의 얼굴로 웃어도 한 대 때려주고 싶을 지경이라, 유현은 분명 그가 본래의 노인 얼굴로 웃고 있었으면 살의가 일었을지도 모르겠다고 생각했다.

"…그 영감한테 신세 지기 싫어."

"왜? 재밌는 사람인데?"

난슬이 유현의 태도를 이해할 수 없다는 듯 고개를 갸웃거렸다. 유현은 찌푸린 표정으로 그녀를 바라보았다.

요 며칠간 그녀는 정말 멀린과 죽이 잘 맞아서 지내고 있었다. 둘 다 다른 사람들의 평균연령보다, 아니, 사실은 인류 전체의 평균연령보다도 훨씬 많은 세월을 살아왔다는 동질감이 있기 때문일까?

둘은 선술과 마법에 대한 지식을 교류하기도 하고, 역사의 일부라고밖에 할 수 없는 옛날 이야기를 하기도 하고, 바둑이나 체스를 두기도 하면서 즐거운 시간을 보내고 있었다. 덕분에 요즘 멀린이 놀러 오면 접대하는 것은 언제나 난슬이었다.

'하는 짓이 딱 영감님 두 명이 만난 꼴이지.'

유현은 그렇게 생각하곤 한숨을 쉬고 말았다. 난슬이 말했다.

"네가 꺼림칙하면 내가 가서 물어볼게."

"아니, 잠깐."

"금방 갔다 올게."

유현이 말리는 것도 부질없이, 난슬은 잽싸게 방 밖으로 나가 버렸다.

그리고 3분 후.

"후후후. 이거 또 현명한 노인의 지혜를 필요로 하는 젊은 이들의 부름에 응하지 않을 수 없군. 아, 이놈의 인기란."

"……."

나르시즘에 푹 젖은 듯한 재수없는 모습으로 멀린이 찾아 왔다. 유현이 심히 못마땅한 기색을 드러내며 말했다.

"아니, 별로 부르지는 않았는데."

"뭐 그렇게 부끄러움을 떨고 그러나? 어쨌든 뭐가 궁금한 지 이 멀린 선생님에게 다 말해보게나."

유현은 더 상대해 봤자 자기만 지친다는 것을 알고는 난슬을 바라보았다. 난슬이 에헤헤, 하고 귀엽게 웃으며 방금 전에 본 '사하라 사막의 기적'에 대해서 멀린에게 이야기해 주었다.

그 이야기를 들은 멀린의 표정이 변했다. 방금 전까지의 경망스러움은 온데간데없이 잔뜩 굳어진 표정이라 보고 있던 유현과 난슬이 다 놀랐을 정도였다.

"난슬 양."

"네."

"몇 가지만 확인하겠소. 일단 사하라 사막에 자라난 나무 는 그곳에서 자랄 리가 없는 물푸레나무다. 그리고 날이 갈수록 계속 숫자가 늘어나고 있다. 맞소?"

"네, 맞아요."

"그 중심을 이루는 물푸레나무는 크기가 20미터가 넘었다, 그것도 맞소?"

"네."

"혹시 그 나무들에 대한 화상 자료들이 있나?"

멀린이 유현에게 물었다. 유현은 좀 당혹감을 느끼면서 대답했다.

"아, 그거라면 인터넷에 넘쳐 나지."

"보여주게."

멀린은 이유를 설명하지 않고 유현의 컴퓨터를 이용해 인터넷을 뒤져 보았다. 유튜브에도 수백 건의 동영상들이 올라와 있었고, 뉴스센터에서도 많은 사진들을 뿌려대고 있었다. 숲 속에 들어가서 찍은 사진들을 보면 도저히 그곳이 사하라 사막 한가운데라도 믿어지지 않을 정도다.

한참 동안 멀린이 그 사진들과 기사들을 확인하는 것을 보던 유현이 조금 답답해하며 물었다.

"왜 그러는 거지?"

"이건… 설마 그럴 리가 없는데. 아냐. 하지만 달리 가능성이……."

멀린은 잔뜩 찌푸린 얼굴로 혼자 고개를 저어가면서 중얼거리고 있었다. 그 태도만으로도 이 사건이 갖는 의미가 생각했던 것보다 훨씬 엄청나다는 것을 알 수 있었다. 슬쩍 난슬을 쳐다보니 난슬 역시 그렇게 생각한다는 눈짓을 보내오며 서로 고개를 끄덕였다.

두 사람은 잠시 멀린에게 시간을 주기로 하고 아예 거실에 나와서 기다렸다. 문득 난슬이 물었다.

"그러고 보니 오늘은 왜 신우만 혼자 보냈어?"

"내가 오늘 옥션 쪽하고 일이 있어서 할 수 없었어."

"마치 도살장에 끌려가는 소 같은 눈으로 나를 돌아보던데, 무슨 일 있는 거야?"

난슬이 오늘 아침, 땅이 꺼져라 한숨을 쉬면서 집을 나서던 신우의 모습을 떠올리며 물었다. 가기 싫어하는 티가 역력한데 안 갈 수도 없어서 다 포기하고 터덜터덜 걸어나가는 그를 옆에서 한얼이 열심히 위로해 주었다.

"오늘 훈련은 아일라하고 맨투맨으로 하라고 했거든. 아일라가 가르치는 방식이 좀 거칠더라고. 내 훈련은 아주 부드러웠다는 것을 알게 되었지."

"신우가 불쌍해……."

난슬은 유현이 신우를 가르치는 것을 몇 번이나 보아왔다. 거기서 신우가 당한 꼴만 해도 눈물없이는 못 볼 지경이었는데 그게 부드럽게 느껴질 정도의 하드트레이닝이라니, 과연 신우는 살아서 내일 아침 해를 볼 수 있는 것일까?

두 사람이 신우를 화제로 떠들고 있을 때 멀린이 한숨을 쉬며 나왔다. 유현이 물었다.

"이제 무슨 일인지 설명 좀 해줄 수 있나?"

그 말에 멀린이 심각한 기색으로 짧게 대답했다.

"저건 세계수다."

2

"헉, 헉… 쿨럭, 으으으윽……."

신우는 피가 섞인 침을 흘리면서 꿈틀거리고 있었다. 옆구리가 뼈가 부러진 것처럼 아프고 속이 타는 것 같다. 허벅지 안쪽에 불에 지진 듯한 통증이 있어서 다리가 덜덜 떨린다.

그런 신우를 무심하게 내려다보는 사람이 있었다. 금발을 뒤로 틀어 올려 비녀를 꽂고 자주색 눈동자를 가진 키가 큰 여자, 아일라 스카우드다.

"재생포션, 필요한가?"

"으, 으윽. 스, 슬슬 필요한 것 같은데요."

신우가 몇 번이고 일어나려다가 도저히 못 일어나게 되자 애원했다. 아일라가 여전히 무심한 표정으로 손을 뻗자 한쪽 구석에 놓여져 있던 재생포션 박스로부터 한 병이 스르르, 날아와서 신우의 앞에 놓여졌다. 신우는 덜덜 떨리는 손으로 병을 열고 꿀꺽꿀꺽 마셨다.

"카아! 사, 살 것 같다."

재생포션을 마시자 몸이 급속도로 회복되어 가는 것이 느껴졌다. 과연 한 병당 정가 89만 9천 원짜리 약답게 효과가 탁월하다. 신우는 호흡을 고르며 기감을 조절하여 신체를 안정화시키고, 마력을 조절해서 나노 엘리멘탈들을 활성화시켰다. 그러자 금이 갔던 뼈가 아물고 파열되었던 근육이 다시 원래대로 회복되어 간다.

그 모습을 가만히 지켜보던 아일라가 말했다.

"10분만 휴식하지."

"다, 다 회복하고 하려면 적어도 20분은……."

"그럼 20분."

아일라는 순순히 신우의 엄살을 들어주었다.

'아, 저런 게 더 무서워.'

신우는 돌아서는 아일라를 보며 오한을 느꼈다.

아일라가 신우를 가르치는 태도는 유현에 비하면 강압적이거나 폭력적이지는 않았다. 그저 무심한 표정에서 우러나오는 조용한 위압감으로 알아서 말을 듣게 만들 뿐.

유현의 경우 이것저것 잔소리를 해가면서 신우의 이해를 돕는 데 비해, 아일라는 철저히 몸으로 가르쳐 주는 스타일이었다. 어떤 동작을 가르쳐 주고는 연습을 시킨 다음, 그것이 쓰이는 상황을 상정해서 훈련을 시킨다. 상대방이 어떤 식으로 방어할 수 있으며 그것에 어떻게 대응할지 몇 가지 패턴을 숙지시킨 뒤 실제로 그녀 자신을 상대로 해보게 한다.

그리고 신우가 완벽하게 해낼 때까지 반복해서 시키는데, 실패할 때마다 아일라의 방어와 반격에 두들겨 맞고 날아가게 된다. 그것이 방금 전에도 신우가 죽을 것처럼 끙끙대던 이유였다. 웬만한 부상으로는 '지치고 부상당했을 때도 완벽하게 기술을 사용할 수 있어야 한다'는 이유로 멈춰주질 않으니 신우로서는 끝없이 죽었다 살아났다를 반복하는 기분이랄까.

지금 신우의 진심을 말해보라면,

'이건 미친 짓이야! 난 여기서 나가겠어!'

…라고 말하고 도망치고 싶은 기분이었지만 그랬다가는 후환이 두렵다.

결국 신우가 무한 반복되는 고통으로부터 탈출할 방법은 아일라가 가르쳐 주는 기술을 완벽하게 터득하는 것뿐이다. 하지만 그게 쉽다면 매일같이 지옥을 맛보고 있을 리가 없지.

'사부, 당신은 정말 친절한 스승님이었습니다. 악마라고 욕해서 죄송해요. 흑흑흑.'

기계처럼 원칙적으로 훈련을 계속하는 그녀에 비하면 좀

구박이 심하긴 해도 유현은 얼마나 부드러운 남자란 말인가? 적어도 유현은 신우를 두들겨 패면서도 뼈가 부러지거나 내장, 근육이 파열되는 사태는 '가급적' 피하려고 배려를 해주고 있었으니!

"도련님, 음료수 드세요."

방금 전 훈련장에 들어갔다 나온 한얼이 음료수 캔 하나를 던져 주었다. 그는 유현이나 아일라에게 직접적으로 지도를 받고 있지는 않았지만, 훈련장의 시설을 이용해서 스스로 단련하는 한편 때때로 유현과 아일라와 대련을 통해서 감각을 향상시키고 있었다.

그는 아일라에게도 가서 음료수를 정중하게 건네주었다.

"아, 고마워."

"뭘요. 하나만 여쭤봐도 됩니까?"

"뭐지?"

"도련님이 계속 입으시는 부상이 굉장히 심한 것 같아서 그런데… 왜 유현님처럼 가상공간을 이용하지 않으시나 해서요."

유현은 신우를 가르칠 때 종종 결계를 쳐 가상공간을 이용한다. 죽음까지 이어지는 실전 같은 훈련을 위해서, 그리고 기술을 체험시켜 줄 때도 지나치게 격렬해질 우려가 있을 때.

하지만 아일라는 신우를 철저하게 현실에서만 훈련시키고 있었다.

"아직 그럴 때가 되지 않았어."

"되지 않았다?"

"가상공간은 아무리 리얼하더라도 육체에 미칠 반동을 예상해서 어느 정도 감도를 떨어뜨려 놓게 마련이지. 어떤 '상황'을 경험하게 할 때는 유용하지만 기술을 몸에 박아 넣어야 할 때는 그리 좋은 수단이 아니야. 도망칠 곳이 없는 현실에서, 기초부터 하나하나 철저하게 몸에 각인시켜야만 비로소 이상적인 기술을 터득할 수 있어."

아일라의 말에 한얼은 자신도 모르게 안쓰러움이 가득 담긴 눈으로 신우를 바라보았다. 그녀의 교육철학을 들어보니 앞으로 신우가 앞날에 얼마나 가시밭길이 펼쳐져 있는지 쉽사리 예상된다.

'도련님, 부디 죽지만 마시길.'

안타깝지만 한얼이 해줄 수 있는 일은 없었다. 그저 괴물 같은 스승들의 가르침에 신우의 몸과 정신이 버텨주길 바랄 뿐.

객관적으로 볼 때, 신우는 정말 강해졌다.

지금도 상당히 흐리멍텅하고 우스꽝스러운 인상이 강해서 그렇지, 유현에게 정식으로 제자로 인정받고 교육받기 시작한 후의 성장세는 무서울 정도였다. 굳이 총기류를 들지 않더라도, 자염 시절의 신우라면 수십 명이 한꺼번에 덤빈다고 해도 전부 해치울 수 있을 것이다.

'흠. 그리고 보니 지금의 도련님이라면… 나하고 승부가 될지도 모르겠군.'

신우의 전력을 분석해 본 한얼은 그런 결론을 내렸다. 아직 기감을 다루는 능력과 격투 능력은 그가 우위에 있겠지만, 신우에게는 유현이 철저하게 단련시킨 다양한 상황에 대응하는 능력과 마법이 있다. 굳이 총기를 쓰지 않는다 하더라도 괜찮은 승부가 될지도 모른다.

한얼은 가까운 시일 내에 유현에게 부탁해서 한 번쯤 가상 공간에서 실전처럼 대련을 해봐야겠다고 생각했다. 지금까지 신우는 그에게 있어서 보살펴 줘야만 하는 어린 소년이었지만, 앞으로는 그렇지 않을 것이다. 그를 보필하는 입장에서 그의 현재를 확인해 둬야 할 필요가 있었다.

*　　　　*　　　　*

환몽여제 김지아는 백화점의 의류 코너를 거닐고 있었다. 요괴들의 출몰에 계엄령까지 내린 상황이라 그런지 백화점도 전혀 활기가 없다. 하지만 그녀는 고급 브랜드들만 찾아다니면서 마음에 드는 옷들과 액세서리들을 잔뜩 사들여서, 아직 그녀가 들르지 않은 샵 직원들의 눈빛을 먹이를 노리는 매의 그것으로 바꿔놓고 있었다.

"세계수라고요?"

그 뒤를 따르고 있는 것은 신아연과 진선희였다. 굳이 두 사람이 김지아의 쇼핑에 동행하고 있는 것은 짐꾼 노릇을 하기 위해서다. 이런 일에는 힘 좋은 남자라도 머슴처럼 부리면 좋을 것을, 김지아는 굳이 두 사람에게 포장한 상자를 산더미처럼 들게 하고 있었다.

'뭐 힘들진 않지만 뭔가 꼴사납잖아.'

진선희가 속으로 투덜거리다가 김지아의 시선이 슬쩍 지나가자 흠칫했다. 김지아는 세계 최고 수준의 텔레파시스트, 무슨 생각을 하든 그녀에게 읽히는 것을 피할 수 없었다.

"그래, 세계수다. 일단 우리들은 그렇게 결론을 내렸지."

"세계수라니… 그건 그냥 전설 아닌가요?"

마법사인 진선희에게도 세계수는 북유럽 신화 속의 전설에 불과했다. 과거, 자연이 아직 문명에 파괴당하지 않았을 무렵에는 충만한 숲의 힘을 빌어 마법을 사역하는 이들도 많아서 세계수의 존재를 믿는 이들이 있었지만 지금은 그런 구시대적인 마법사는 찾아보기 어렵다.

김지아가 대답했다.

"유감스럽게도 그렇지가 않군. 전설 속의 세계수는 세계 전체를 지탱하는 거대한 물푸레나무라고 알려져 있지. 당연히 그 신화를 모두 믿을 수는 없지만 핵심적인 사실만은 주목해야 할 필요가 있어."

"물푸레나무라는 것?"

"그래. 그리고 세계를 지탱한다는 것. 거기에는 아주 중요한 마법적인 의미가 숨겨져 있지. 그리고 지금 사하라 사막에 부활한 세계수 역시… 아주 중요한 의미를 갖고 있어. 아마 지금쯤 너희 옆집에 있는 멀린 영감도 놀라서 팔짝 뛰고 있을 걸."

김지아가 쿡쿡거리며 웃었다.

사실 멀린의 등장은 육도로서도 정말 난감한 일이었다. 정도일에 의한 멀린 암살 사건 이후, 육도와 퀸 오더의 사이는 최악으로 치닫고 있었으니까. 멀린이 본체로 왔든 기계 몸으로 왔든 간에 사전에 아무런 통보도 없이 대한민국에 왔다는 것만으로도 전쟁이 발발할 수도 있는 문제였다.

하지만 그 문제는 다행히 어떻게 넘어가긴 넘어간 모양이다. 위치 퀸과 불사천존 이무준이 직접 담판을 지어서 그의 존재를 용인하기로 한 것 같았다.

'뭐 그 양반이 완전히 부활한 것도 아니니 내가 피곤할 일은 아니지. 애들이 피곤할 뿐.'

김지아는 신아연과 진선회를 돌아보며 미소 지었다.

실제로 두 사람은 아주 죽을 맛이었다. 아일라 스카우드의 존재만으로도 짜증나는데, 이제는 아예 차원이 다른 멀린이라는 괴물이 옆집으로 이사 오다니. 그의 동향을 살피는 것만으로도 수명이 깎여 나가는 듯한 스트레스였다.

…라는 것은 이것저것 신경 쓰는 진선회의 경우에만 해당하는 말이었고, 신아연의 경우는 아예 될 대로 되라는 심정으로 만약의 사태에만 대비하기로 한 모양이었다. 원래 이런 상황에서는 세심한 성격의 소유자일수록 손해를 많이 보는 법이다.

사실 김지아로서도 멀린의 완전 부활은 아주 머나먼 미래의 일이 되길 바랐다. 왜냐하면 애당초 퀸 오더가 다른 7대세력에게 미움받던 이유가 위치 퀸과 멀린, 두 신적인 존재가 영맥 컨트롤에 대한 우선권을 타 조직에 비해 월등히 많이 확보했기 때문이다.

7대세력은 자신들이 자리한 지역의 '성흔'을 중심으로 영맥을 제어하여 최대한 안정된 상태를 유지한다. 하지만 인간의 사념은 끊임없이 유입되기에, 영맥은 언제나 요동치고 요괴라는 존재가 태어난다.

어쩔 수 없이 발생하는 요괴의 존재를 효율적으로 이용하는 것 또한 7대세력 우두머리들이 하는 일이다. 그들은 자신들의 계획에 방해되는 조직에게 피해를 입히기 위해 그 지역에 출몰하는 요괴의 숫자를 늘리고, 다른 지역의 요괴 수를 줄이는 등의 조율을 통해서 연옥의 균형을 유지했다.

당연히 이런 행위는 국가적인 규모로 이루어진다. 여기서 퀸 오더는 두 명의 신적인 존재가 영맥을 제어하여 영국 주변에서 일어날 문제를 다른 조직들의 구역으로 밀어버리는 만행을 저질렀던 것이다! 원래 이것은 미묘한 힘 거루기에 의해 끊임없이 일어나는 일인데, 아무래도 다른 조직들에 비해 퀸 오더 측의 능력이 뛰어나다 보니 손익을 따져 보면 그들이 항상 이득을 본다.

그런 상황이다 보니 다들 퀸 오더를 미워할 수밖에 없었다. 모르긴 몰라도 멀린이 암살당했다는 소식이 알려졌을 때 만세를 부른 것이 육도 천상 계급들만은 아니었으리라.

'하지만 정도일 그놈은 어떻게든 찾긴 찾아야 하는데.'

육도에게도 정도일은 최우선적으로 찾아내야 할 대상이었다. 그것을 위해서 견원지간이던 다른 조직들과도 협력 체계를 형성 중이긴 한데, 아무래도 서로 눈치를 보고 견제를 하다 보니 연계가 이루어지는 속도가 너무 느리다. 현재까지는 이렇다 할 성과가 없이 적들이 세 번 일을 벌이면 한 번 정도를 미연에 방지하는 것이 고작이었다.

머리 한구석에서 그런 상념을 진행시키면서, 여전히 비싼 옷들을 살펴보고 입어보고 사들이고 있는 김지아에게 진선희가 물었다.

"그런데… 그 세계수가 뭐기에 그렇게 심각하게 받아들이는 거죠?"

"그건 비밀."

"네?"

"유감스럽게도 아직 너희가 알아도 될 등급의 정보가 아니거든."

김지아의 대답에 진선희가 입을 삐죽 내밀었다. 사람 궁금증을 한껏 부풀려 놓고 하는 말이 '그것은 너희가 알아서는 안 될 사항이다' 라니 짜증이 날 수밖에.

비슷한 시각, 유현이 그에 대한 상세한 정보를 듣고 있었다는 것을 알았다면 그녀는 분명 분통이 터졌을 것이다.

3

유현은 멀린의 설명을 들으며 기가 막혀했다.

"구인류라니, 뭐 그런 말도 안 되는 소리를……."

"자네가 지금까지 접했던 진실들은 말이 됐나? 구인류, 즉 '요정인' 들에 대한 사실 또한 진실일세."

그것은 유현이 아직 몰랐던 사실이었다.

이 세계가 파멸해 있다는 사실은, 파멸하기 전의 세계가 있었다는 것을 알려준다. 하지만 유현은 당연히 그 세계 역시 인간의 세계였으리라 믿고 있었다.

그러나 멀린은 그것을 완벽하게 부정했다.

"구세계의 주인은 인간이 아니고 지금은 요정인이라고 불리는 존재였다네. 그들에 대한 사실은 각지의 전설 등에 파편화되어 녹아들어 가 있지. 인간은 그 시대에 태어났고, 지금까지도 무의식에 자신들의 근원이 되는 시대에 대한 기억을 갖고 있는 거라네."

"그럼 그때 어떤 요인으로 인해서 세계가 파멸했고, 성혼이라는 것이 생겼고, 멸망한 세계 위에서… 인간의 역사가 시작되었다는 건가?"

"그렇네. 어처구니없지만 그게 사실이지."

유현은 헛웃음을 흘리고 말았다.

이건 정말 진실을 알면 알수록 점입가경이다. 누가 말해도 한낮의 몽상으로 치부해 버릴 그런 이야기를 진실로 받아들여야 하다니, 이렇게 황당할 수가!

세계수는 구인류인 요정인들의 상징이었다.

그들은 인간과는 완전히 다른 존재 구조를 갖고 있어서, 세계수가 없이는 존립 자체가 불가능했다. 한 명의 요정인이 한 그루의 세계수와 운명을 공유하는, 실로 요정 같은 삶을 살았다. 그들은 세계수라는 특이 존재를 이용해서 지금은 상상도 할 수 없는 마법 같은 문명을 이루어냈고 영생에 가까운 시간을 살아갔다.

즉, 당시의 지구는 지금보다 훨씬 영적으로 활성화되어 있었던 것이다. 현실과 공상의 경계가 따로 없을 정도로, 그들은 현재의 물질적인 세계관으로 보면 전혀 이해할 수 없는 존재들이었다.

그러나 그런 그들에게도 파국은 찾아왔고, 그들의 존재를 유지시켜 주던 세계수의 파멸과 함께 그들은 역사의 이면으로 자취를 감추었다. 그리고 그 뒤를 이어 인간들이 지구의 주인이 되었지만… 지구의 영적인 포인트 일곱 개에 자리잡고 있던 세계수의 소멸은 세상의 파멸을 의미했다.

"그런데 이제 와서 세계수가 부활했다는 것은… 그 요정인이 현세에 부활한다는 건가?"

"그런 의미로 이해해도 될 걸세. 사실 요정인들은 지금까지도 꾸준히 목격되고 있었네. 전 세계적으로 그들의 망령이 여러 가지 활동을 하고 있는 게 목격되었지. 하지만 그들의 존재를 현세에 되살릴 수 있는 파괴된 세계수의 잔해는 극지방의 얼음 밑에 잠들어 있었고, 그들 스스로가 부른 파멸의 저주와 인류가 그들의 재래를 두려워하여 걸어둔 저주에 의해… 결코 그들의 손이 닿을 수가 없었다네."

거기까지 듣던 유현은 눈살을 찌푸리며 물었다.

"그런데 왜 요정인의 재래를 두려워하지?"

그들이 과거에 세계를 지배하던 존재였다는 것은 알겠다. 하지만 지금은 이미 사멸해 버린 지 오래고, 세상은 인간의 것이 아닌가?

그들이 지금 다시 부활한다 한들 그 숫자가 그렇게 많지는 않을 터. 문명의 발달과 함께 압도적인 힘을 가지게 된 인류가 그들을 두려워할 이유가 있단 말인가?

그 말에 멀린이 피식 웃었다. 이래서 아무것도 모르는 요즘 애들은 안 된다니까~라고 말하는 것 같은 표정이라서 유현은 살짝 발끈했다.

"그건……."

그가 잔뜩 무게 잡고 입을 열려고 했을 때였다.

딩동.

갑자기 벨소리가 울렸다.

"음? 웬 택배기사지?"

유현은 처음에는 연옥의 옥션에서 나온 인물인 줄 알았다가 평범한 우체국 택배기사라는 것을 알고는 의아해했다. 한창 중요한 이야기를 하던 중이었지만 어쩔 수 없다. 일단 나가서 문을 열었다.

"진유현 씨 되시죠?"

"아, 네. 맞는데요?"

"택배입니다. 여기 사인 좀 해주세요."

"어디서 보낸 거죠?"

"영국에서 EMS로 부친 것으로 되어 있네요."

"영국?"

유현이 눈살을 찌푸리며 안쪽을 바라보았다. 벽 때문에 멀린이 보이지 않았지만 왠지 그가 음흉한 웃음을 짓고 있을 것만 같았다.

택배기사로부터 전해진 것은 기다란 상자였다. 내용물은 LED 조명등이니 세심하게 다루라고 적혀 있었는데, 아무리 봐도 이 형태에서 생각나는 것은 하나밖에 없다.

'검인가?'

형태로 보나 무게로 보나 그게 맞을 것 같았다. 유현은 일단 그걸 갖고 가서 멀린 앞에 세워 보이면서 물었다.

"이거 보낸 거 당신이지?"

"맞다네."

"뭐야, 이건? 당신 짐을 나한테 보낸 건가?"

"그건 아닐세. 그건 내가 자네에게 주는 선물일 뿐."

"선물? 도대체 뭐기에?"

"한번 뜯어보게나."

멀린이 의미심장한 표정으로 손짓했다. 유현은 정말 수상하다고 생각하면서 박스를 고정한 테이프들을 찢고 안을 열어보았다. 충격 방지를 위해 스티로폼으로 고정된 그 안쪽에 있던 것은……

"칼? 칼집도 없는 칼은 왜……."

그것은 서양식 장검이었다. 칼집이 없이 통째로 유리관 속에 들어가 있었는데, 그 형태로 보면 양손으로 잡고 쓰는 장검인 것 같다. 마법의 검인지 표면에 회색빛 룬 문자 여러 개가 새겨져 있었고, 그로부터 흘러나온 은은한 청백색 빛이 검 전체를 감싸고 있었다.

난슬이 신기한 듯이 검을 살펴보다가 물었다.

"예쁘다. 이게 무슨 검이에요?"

"후후후. 영광으로 알게나, 진유현."

"무슨 소리야?"

유현이 눈살을 찌푸리자, 멀린은 잔뜩 힘을 주어 검을 손가락으로 가리키면서 아마도 세상에서 가장 유명할 그 검의 이름을 말해주었다.

"그것이 바로 불쌍한 아서 펜드래건이 사용했던 마검(魔劍) 엑스칼리버니까!"

"뭐?"

그 이름에는 유현도 깜짝 놀라서 눈을 크게 뜨고 말았다.

'엑스칼리버를 빌려주겠단 말, 진심으로 한 거였어?!'

*　　　*　　　*

에밀은 만족스러운 표정으로 벽걸이 모니터에 뜬 화상들을 보고 있었다. 사막 한가운데의 물푸레나무 숲 등장 사건은 전 세계를 뒤흔들어 놓았다. 현재 전 세계에서 산발적으로 계속 발생하고 있는 요괴 사태만큼이나.

두 달간 세계는 격변했다. 인간의 인식이 변하고, 인간이 모여 이루는 조직이 변하고, 조직이 모여 이루어지는 국가가 변하며, 마지막으로 그 모든 것을 아우르는 세계 그 자체가 변화하고 있었다.

"만족스러운 결과인가 보구려."

에밀의 맞은편에 앉은 채 말하는 남자가 있었다. 뿔이 난 뱀의 머리에 인간의 그것과 닮은 상반신, 그리고 긴 뱀의 하반신을 가진 나가라쟈 키오스터.

"생각보다 진도가 빨라졌습니다. 이제 차례차례 세계수를 강림시켜 나가는 일만 남았죠."

"7대세력 쪽의 방비도 보통이 아닐 텐데. 요즘은 꽤 움직임을 포착당하고 있지 않소?"

키오스터가 찾아온 이유는 그것이었다.

대한민국에서 서울 종로 사태를 시작으로 전 세계적으로

요괴를 출몰시키는 작전은 슬슬 한계에 달하고 있었다. 초반에는 기습으로 완전히 적의 허를 찌를 수 있었지만, 이제는 7대세력 측에서 슬슬 이쪽의 움직임을 읽어내기 시작한 것이다. 덕분에 아예 시도해 보지도 못하고 철수해야 하는 경우가 제법 늘어나고 있었다.

그것은 이쪽의 정체가 읽힐 수도 있다는 것을 의미한다. 에밀의 기술 덕분에 7대세력의 눈길을 피하고 있던 이사진으로서는 정말 신경 쓰이는 상황일 것이다.

하지만 에밀은 여유만만했다.

"계획이 여기까지 진행된 이상 문제없습니다. 슬슬 요괴들은 알아서 폭주해 줄 것이고, 7대세력의 시선은 세계수로 쏠리게 되겠죠."

실제로 7대세력은 세계수 사태에 온 신경을 곤두세우고 있었다. 요정인들의 움직임을 경계하던 그들에게 있어서 철저하게 봉인해 뒀다고 생각했던 세계수가 나타난 것은 특급 비상사태였다. 일반인들에게 요괴의 존재가 알려진 것만큼이나 심각한 일이다.

"여러분의 안위에는 문제가 없을 겁니다. 여러분의 존재가 드러나기 전에 그들 조직은 이미 궤멸한 후일 것이고, 지구상에 우리에게 대적할 수 있는 조직 따윈 존재하지 않게 될 테니까요."

"흠."

에밀은 미소지으며 이사진의 불안을 일축시켰다.

그것이야말로 키오스터가 듣고 싶던 대답이었지만, 그는 왠지 불안해지는 것을 느꼈다.

지금까지의 전개는 분명 에밀이 그들에게 말했던 그대로다. 세계가 뒤집어지고, 인류 스스로가 요괴에 대적해야 하는 상황이 왔다. 연옥은 붕괴하고 그들을 위협할 수 있는 7대세력 역시 흔들린다.

이때 구인류인 에밀이 가진 기술로 만들어낸 세계수를 이용, 일곱 개의 성흔을 비롯한 영맥의 완전한 제어권을 얻을 수 있게 된다면, 미드가르드야말로 신세계를 지배하는 패자가 된다.

그 세계에서 에밀은 삼라만상을 좌우하는 신과 같은 존재가 될 것이며, 이사진은 그와 동격의 권좌를 손에 넣게 되리라. 세계수를 통해 단순한 불사불멸을 넘어, 요괴화된 스스로의 약점을 넘어 모든 것을 다 가진 존재가 될 수 있을 것이다.

'이제 와서 불안을 느껴봤자 늦은 거겠지만……'

에밀은 지금까지 그들에게 약속한 모든 것을 이루어주었다. 덕분에 그들은 7대세력을 두려워하며 전전긍긍하던 시간에서 벗어나 어둠의 왕이 될 수 있었다. 여전히 운신이 제약되긴 하지만 에밀과 손잡기 전에는 상상도 할 수 없을 정도로 자유롭고 호사스러운 삶이다.

이사진 입장에서는 그런 에밀을 견제할지언정, 지나치게 의심할 이유는 없다. 마지막의 마지막 순간에 뒤통수를 맞지 않도록, 조직에서 자신들의 영향력을 공고히 하고 그를 견제할 뿐이다.

그것으로 충분했을 터였다.

"그러고 보니 탐사대가 극점에 도달한 모양이더구려."

세계가 뒤집어지는 와중에도 북극과 남극에서 극점에 도달하려는 이들이 있었다. 미드가르드의 지원을 받은 탐사대원들이 바로 그들이었다.

에밀은 이 일을 추진함에 있어 철저하게 연옥의 인원들을 배제하고, 일반인을 이용했다. 그 이유는 조금이라도 비의를 터득하고, 연옥에 대해서 아는 자들은 결코 그곳에 도달할 수 없기 때문이라고 한다.

"네. 최근 들은 소식 중 가장 즐거운 소식입니다."

에밀이 만족스러운 미소를 지었다. 키오스터가 물었다.

"당신은 북극에 잠들어 있는 것이 이전 세계수의 잔해라고 했잖소?"

"그렇습니다. 제가 살고 있던 시대의 세계수죠."

"하지만 세계수는 이미 복원되었지 않았소? 왜 원본에 집착하는 것이오?"

에밀은 이미 세계수의 존재를 만들어내었고, 사하라 사막에 부활시키는 것까지 성공했다. 앞으로의 계획에도 인공적으로 만들어낸 새로운 세계수가 이용될 것이다.

그런데 왜 이런 상황에서도 그는 구세계의 세계수, 그 잔해를 포기하지 않는 것일까?

"그건 방금 말씀하신 대로 저의 집착이죠. 원래는 세계수를 성공적으로 복원해 낼 수 없을 때 원형이 필요할 경우를 생각한 조치였지만, 지금에 와서는 그저 집착에 불과합니다. 여러분이 기억하지 못하는 오래전의 세계를 살았던 존재가 가진 미련이라고, 그렇게 이해해 주시면 좋겠군요."

"흠. 이런 상황에서 감상을 챙기다니 당신도 여유가 있구려."

"그런 낭만 하나 없이 기계적으로 일을 수행한다면 너무 삭막하지 않겠습니까? 우리들에게 보다 좋은 미래를 만들어나가기 위한 계획이니, 우리들은 그 과정을 즐겨야겠죠."

키오스터는 에밀의 대답이 만족스럽진 않았지만 더 추궁하지는 않았다. 에밀이 뭔가 감추고 있는 것 같긴 한데, 그의 말에는 어긋남이 없다. 이전에 말했던 것과 지금까지의 진행 상황이 모두 그의 말이 사실이라고 말하고 있었다.

그런 그의 시선을 받으며 에밀은 먼 곳을 바라보고 있었다. 아득할 정도로 오랜 시간 동안 그와 단절되어 있던 존재, 세계수.

두꺼운 방한복을 껴입은 인간들이 기뻐하는 소리가 들린
다.

백야가 계속되는 극점에 도달한 그들은, 자신들의 업적에
기뻐하며 환호성을 지르고 있었다. 그리고 그들이 스폰서의
지시대로 굴착 기구를 이용해 두터운 얼음에 구멍을 뚫고 그
아래쪽의 빙해(氷海)를 드러냈을 때… 이미 잊혀진 저주스러
운 봉인이 열렸다.

'그래. 인간은 무지하기에 과오를 저지르지.'

인류의 무지는 유전된다.

끝없는 허기처럼, 인류로 하여금 탐욕스럽게 지식을 갈구
하게 만드는 성스러운 무지.

그것은 결코 충족되지 않는다. 오래전, 판도라가 열어서는
안 될 상자를 열기 전부터 무지는 결코 지워지지 않는 원죄가
되어 인류로 하여금 끝없이 과오를 되풀이하게 하였다.

'인간은 자신이 무지하다는 것을 알고 있다.'

알고 있기에 그들은 바란다. 무지로부터 벗어나기 위한 지
식을! 진실을!

영원히 무지를 버릴 수 없다는 것을 알게 된 연옥의 존재들
은, 오로지 진정으로 무지한 자들만이 자신들의 결계를 통과
할 수 있게 만들었다. 그리고 아득할 정도로 오랜 시간이 지

난 지금, 그들의 통제에서 벗어난 인간들이 여전히 무지한 채로 금단의 땅에 닿고 말았다!

'긴 시간이었다.'

에밀의 감각 일부가 빙해 아래쪽에 있는 존재와 동조했다. 얼음보다도 차가운 바닷물과 영적으로 괴사한 공간의 삭막함이 덮쳐 온다.

남극의 빙해 아래 잠들어 있는 거대한, 현세의 인간들이 상상도 할 수 없을 정도로 거대한 그 나무는 오래전에 파괴되었고, 그 양분을 공급하던 대지와도 단절되었지만 그럼에도 불구하고 그 조직이 온존되어 있었다. 그리고 그 아래쪽으로는 반딧불처럼 미세한 빛을 발하는, 파괴된 금속의 기계들이 떠다니고 있었다.

'이것으로… 더 이상 아무것도 잃어버릴 필요가 없다.'

에밀은 오랜 악몽에서 깨어난 사람처럼 환하게 미소 지었다.

*　　　*　　　*

세계수는 끝없이 증식하고 있었다. 하루에도 몇 그루씩 그 개체수가 늘어나고, 먹잇감을 노리는 식충식물처럼 역동적으로 꿈틀거린다. 더 이상 생명력이 없는 대지를 용서하지 못하겠다는 듯 탐욕스럽게 사막을 잡아먹고 모든 것을 신록으로 물들여 갔다.

"당분간은 지금 상태가 유지될 거다."

열심히 블로그질을 하고 있는 지윤에게 모건이 말했다. 지윤이 의자를 빙글 돌리며 물었다.

"이 세계수라는 게 무슨 의미가 있는 겁니까?"

"대충 설명을 듣지 않았냐?"

"뭐 세계수가 늘어나는 만큼 우리 조직이 영맥에 대해 행사할 수 있는 영향력이 늘어난다, 따라서 앞으로 세계 각지에 세계수가 출연할 것이다, 그렇게 듣긴 했는데요."

"그것만으로는 만족하지 못하겠다?"

"아크메이지께서 워낙 수상한 이야기를 많이 흘려주시니 제가 어떻게 이걸 곧이곧대로 받아들이고 그러려니 할 수 있겠어요?"

"건방진 녀석 같으니."

모건은 피식 웃었다.

그는 지윤에게 어떤 기대를 하고 있었다. 모든 일이 에밀의 의도대로 흘러가길 바라지 않기 때문에, 지윤과 그의 조직을 변수로 만들고 싶어한다.

지윤도 거기까지는 알겠다. 하지만 그가 구체적으로 무엇을 바라고 있는지는 모르겠다. 모건은 낡은 세계를 타파하고 변혁의 물결이 오는 것을 보고 싶었다고 하지만, 글쎄? 그런 흔해 빠진 개소리가 그가 목적하는 것의 전부라고 생각하면 좀 서글퍼진다. 지윤은 그도 역시 망가진 인간이기에 보다 사적이고 쓸데없는 이유를 가졌을 것이라고 생각했다.

물론 직접 묻는다고 곧이곧대로 대답해 주진 않겠지. 그는 지윤을 시험하고, 변화시키려는 듯 조금씩 조금씩 정보를 제공해 주고 있었다. 덕분에 지윤은 차근차근 힘을 기르고 이 격변 속에서 자신의 앞날을 생각할 수 있게 되었다.

"7대세력은 세계수를 두려워한다. 세계수의 존재에 촉각을 곤두세우고, 어떻게든 그걸 없앨 방법을 고민 중일 게다."

"그건 쉽게 예측할 수 있는 문제인데, 왠지 그것만이 아닌 것 같은데요?"

"물론이지. 하지만 거기에 모든 해답이 있기도 하다. 네 빈 깡통 같은 머리로 생각해 봐라. 왜 7대세력이 세계수를 두려워할까?"

"영맥을 컨트롤할 수 있는 힘을 가진 도구라서 아닌가요? 영맥을 제어할 수 있다면 자유자재로 요괴를 만들어낼 수도 있고, 그건 앞으로 다가올 세계에서 패권을……."

거기까지 말하던 지윤은 문득 생각난 가능성에 눈살을 찌푸렸다. 그가 설마 하는 표정으로 모건을 바라보며 물었다.

"혹시 7대세력은… 기득권을 빼앗길까 두려워하는 겁니까?"

"어느 정도는, 정답."

"즉, 이미 7대세력은… 영맥을 제어하고 있었다? 그것도 전 세계적인 규모로?"

"그것도, 어느 정도는 정답."

지윤은 모건이 차근차근 던져 준 실마리와 지금 일어나는 일들에 대한 정보를 토대로 진실에 도달했다. 하지만 분명 그것만이 전부는 아닐 것이다.

생각해라. 분명히 지금까지 손에 넣은 퍼즐 조각들 사이에… 모건이 그에게 주고 싶어하는 진실들이 숨어 있다.

지윤은 뇌가 맹렬하게 돌아가는 것과 동시에 오른쪽 눈이 욱신거리는 것을 느꼈다. 사고의 방향이 틀린 곳으로 향할 때마다, 지혜의 파편이 올바른 통찰을 요구하며 그를 자극하고 있었다.

"왜 그들이 영맥을 제어하고 있었나, 그걸 의심해 봐야 할 차례인가요?"

"좋은 질문이야. 왜라고 생각하나?"

"예전 같으면 연옥의 패권을 쥐기 위해… 라고 대답했겠지만 그건 아닐 거고. 아무리 봐도 그런 저차원적인 문제가 아닐 것 같은데. 연옥 따윌 계속 유지해 봤자 그들이 얻는 것도 없을 것이고 그들의 행보 자체가 이상하게 자기희생적인 부분이 있으니… 아무래도 그렇게 영맥을 제어할 수밖에 없는 근본적인 사정이 있었다?"

"정답이야. 너도 드디어 거기까지는 도달했구나."

"더 이상은 잘 모르겠는데, 좀 알려주시죠?"

"그들이 영맥을 제어하지 않으면 인류의 세계 그 자체가 파멸하기 때문이다."

모건은 지윤이 아직까지 모르던 '세계의 진실'을 말해주었다. 유현이 환몽여제 김지아에게 들은 것과 동일한 내용을 들은 지윤은 망연자실해하며 말했다.

"그런 쓰레기 같은. 세상에, 이 자식들 완전히 정의의 사도였잖아?"

"허어, 신선한 해석이구먼. 정의의 사도라니, 그놈들이 그런 의도하에 얼마나 많은 불행과 희생을 만들어내는지 아는 네가 그런 소리를 하느냐?"

"그러니까 정의의 사도죠. '정의 구현'이라는 목표를 위해서라면 무슨 일을 하든 상관없다고 생각하는 거잖아요. 세계의 존립을 위해서는 무슨 수를 쓰더라도 상관없다고 생각하고 행동하는 건데… 아니, 잠깐만. 그럼 이거 우리가 하는 일, 굉장히 위험한 거 아닙니까?"

거기까지 말하던 지윤은 섬뜩함을 느꼈다.

세계의 진실을 안 시점에서, 자신들이 지금까지 신이 나서 벌인 광기의 축제가 어떤 사태를 불러일으킬지도 알게 된 것이다. 아무것도 모를 때는 그냥 세계가 뒤집어지고 더 이상 연옥이라는 부조리한 어둠이 사라지고 혼돈이 찾아올 뿐이라고 생각했지만… 이건 자칫하면 그대로 세계가 망할 판 아닌가?

"멍청한 너도 거기까지 생각할 수 있으니 정말 다행이다."

"그럼 에밀 그 양반이 바라는 게 세계가 멸망하는 거란 말입니까?"

지윤은 어처구니가 없었다.

구인류가 뭔 이유 때문인지는 모르겠지만 하여튼 망했다. 에밀 하나만 빼고는 다 망해 버려서 '마지막 요정인'이라는 슬픈 영화를 찍어도 되는 상황이다.

그래서 에밀은 그 이후에 성립된 인간의 세계를 멸망시키기로 했다? 가까스로 세계를 지탱하고 있던 자들의 비밀을 모두 파헤쳐서 세계를 충격의 도가니 속으로 몰아넣고, 드라마틱하게 파멸의 엔딩을 맞이한다?

아무리 그래도 이건 좀 아니다. 지윤도 세계의 변화와 그 속에서 유니크한 존재가 되길 바라지만 멸망을 바라는 것은 아니었다. 죽으면 다 끝인 것처럼 세계가 망해 버리면 유니크한 존재고 빵틀로 찍어낸 양산품이고 뭐고 아무런 의미도 없지 않은가?

"그건 아니지. 에밀은 세계를 존속시킬 다른 수단을 갖고 있다. 그게 뭔지는 너도 이미 알고 있지."

"그게 세계수라는 건가요?"

세계수가 영맥을 제어할 수 있는 힘을 가졌다면, 그 힘이 7대세력이 가졌던 것보다 더 강력하다면⋯ 확실히 인간의 사념이 폭주하는 상황이 되더라도 어떻게 세계를 유지하는 것은 가능할 것이다. 정말 다행스러운 일이다.

하지만 문제는 그게 7대세력이 세계수를 두려워할 이유가 되지는 않는다는 점이다.

'오히려 세계수를 적극적으로 이용하려고 해야 정상 아닌가?'

지금까지 들은 이야기를 종합해 보면, 세계수는 결국 도구다. 그것도 잘만 쓰면 세계를 계속 유지할 수도 있고 동시에 패권을 잡을 수도 있는 대단한 도구.

그런 도구를 군이 7대세력이 두려워할 이유가 뭐란 말인가? 차라리 지금 드러난 세계수의 지배권을 강탈하려고 시도하거나, 아니면 그것을 샘플로 삼아서 자신들만의 세계수를 만들려고 하는 게 정상이지 않나? 지윤이 지금까지 접해온 연옥 조직들의 행동 양식이라면 당연히 그래야 했다.

지윤의 생각을 들은 모건이 큭큭거리며 웃었다. 비웃음당한 지윤이 입술을 삐죽이며 물었다.

"뭐가 우스워요? 설마 제 생각이 완전 꽝?"

"아니, 그건 아니다. 너답지 않게 꽤 대가리를 쓸모있게 굴린 셈이다."

"아, 자꾸 사람 바보 취급하지 말고요."

"그러지. 일단 7대세력은 이미 상당한 인원을 세계수의 숲에 파견한 상태다. 계속 몰려드는 일반인들 사이에 섞여서 세계수를 연구하고, 죽이려는 시도도 계속하고 있지. 마법, 주술, 약물… 동원되지 않은 게 없어."

"진짜요? 그런데도 세계수의 숲이 저렇게 멀쩡하단 말야?"

지윤이 믿을 수 없다는 듯 모니터를 바라보았다. 7대세력이 마음먹고 수를 썼으면 저 정도 숲을 죽음의 숲으로 만드는 것쯤은 어린애 손목을 비트는 것만큼이나 쉬울 것이다. 그런 시도들이 있었는데도 불구하고 세계수의 숲은 끄떡없이 증식을 계속하고 있단 말인가?

"그러니까 세계수라고 하는 거다. 이미 영맥에 뿌리를 뻗고 증식하기 시작한 이상 웬만한 수단으로는 멈출 수 없어. 저기다가 미사일을 퍼부어도 안 될걸. 에밀도 그런 상황을 상정하고 여러 가지 수를 써두었지."

"아니, 하지만……."

"물론 샘플은 가져가서 연구하고 있을 것이고, 지배권을 빼앗으려는 시도도 하고 있겠지. 하지만 그게 의미없는 시도라는 것은 그들 자신이 잘 알고 있을 거다."

"왜죠?"

"현생 인류는 세계수를 제어할 수 없으니까. 세계수에서 태어나지 않은 존재가 세계수를 제어한다는 것은 어불성설. 그 존재조차 제대로 이해할 수 없지. 하다못해 나도 포기했을 정도니 어떤지 알 만하겠지?"

"그 사실을 알고 있기 때문에… 자신들이 지배권을 완전히 빼앗길 것을 두려워한다?"

"그렇게 생각하기 쉽지. 하지만 그게 아니다."

당연한 결론을 내밀었지만 모건은 고개를 저었다. 지윤이 불만스러운 표정으로 바라보자, 그는 천천히 입을 열었다.

"세계수가 영맥을 제어했던 시대에는… 인간이 요괴였기 때문이다."

〈제5권 끝〉

론도 판타지 장편 소설
THE KING OF IMMORTALITY
불사왕
모든 마족들의 어버이, 불사왕!
그의 피와 살을 먹은 자는 영원한 생을 얻고 사악한 마족으로 거듭난다.
힘과 기억을 잃은 채 인간으로 환생한 불사왕.
그에게 있어 평범한 일상이란 허락되지 않는 저주인가.
"나를 건드린 것을 후회하게 만들어주마.
이제 더 이상 자비란 없다!"
지금 이 순간,
불사왕의 새로운 신화가 시작된다.
유행이 아닌 자유추구 -
WWW.chungeoram.com
Book Publishing CHUNGEORAM

가면의

눈매 퓨전 판타지 소설

the Mask of
Leon

레온

**중원을 공포로 떨게 만든 희대의 악마, 혈마존.
그의 영혼이 기억을 잃은 채 차원 이동을 한다.**

한 소년과 몸이 바뀐 후 깨어난 혈마존.
기억은 지워지고 싸가지없는 본성만 남았다!
욱할 때마다 튀어나오는 살벌한 말투와 그의 독자 무공.

'아, 나는 왜 이렇게 성격이 더러운가?
어째서 이리도 잔인한 기술을 알고 있는 것인가? 착하게 살고 싶다.'

살인광이었던 그가 전혀 어울리지 않는 대신관이 되기로 결심한다.
하지만 그 본성이 어디 가나……

"이런 빌어 처먹을 놈들, 신전에서 봉사 활동 안 할래?"

유행이 아닌 자유추구 -
WWW.chungeoram.com
Book Publishing CHUNGEORAM

임준욱 장편 소설

무적자

WITHOUT MERCY

그의 이름은 임화평(林和平)이다.
이름처럼 살기를 소망했고 그렇게 살아왔다.
그를 건드리지 말았어야 했다.
조용히 살게 놔두었어야 했다.

"너희들 실수한 거야.
내 세상의 중심,
내 평안의 근거를 깨뜨린 거다.
세상 전부와도 바꿀 수 없는……
알게 해주마, 너희들이 누구를 건드린 건지."

그의 고독한 여정이 시작되었다.

―오, 바라타족의 아들이여, 언제든지 정의가 무너지고 정의가 아닌 것이
판을 치는 때가 되면 나는 곧 나 자신을 나타내느니라.
올바른 자를 보호하기 위하여, 악한 자를 멸하기 위하여, 그리하여 정의를
다시 세우기 위하여, 나는 시대에서 시대로 태어난다.

〈바가바드기타 중에서〉

유행이 아닌 자유추구 ―
WWW.chungeoram.com
Book Publishing CHUNGEORAM

팔선문

정봉준 新무협 판타지 소설

『철산전기』의 작가 정봉준!!!
팔선문을 통해 또 다른 유쾌함을 선사한다!!

뛰어난 자질을 갖춘 팔선문의 대제자 유검호,
그의 치명적인 단점은 게으름과 의지박약!

천하제일마두의 기행에 재수없이 동참하게 된 의지박약아.
갖은 고생 끝에 가까스로 고향으로 돌아오다.

"무림? 그딴 건 개나 주라 그래. 나만 안 건드리면 돼!"

시간을 가르는 그의 행보에 무림이 뒤집어진다!!!

유행이 아닌 자유추구 -
WWW.chungeoram.com
B o o k   P u b l i s h i n g   **C H U N G E O R A M**

War Mage

워메이지

김재한 퓨전 판타지 소설

사람들이 인식하는 상식의 세계 이면,
짙은 어둠이 드리워진 그곳에 사는 괴물들이 있다.

문명이 드리운 그림자 속에서, 전투기계들과
인간의 사념으로부터 태어난 마물들이 격돌한다.
마법과 주술이 난무하는 초현실적인 전장,
소년은 그곳에 서는 대가로 인생을 잃었다.
운명의 노예가 되어 가족과 인성을 잃어버린 소년, 진유현.

총염(銃炎)과 검광(劍光)이 뒤얽히는
어둠의 거리에서, 운명의 족쇄를 끊고 나온
소년의 눈이 살의를 발한다.

유행이 아닌 자유추구 -
WWW.chungeoram.com

Book Publishing CHUNGEORAM